칩리스

칩리스

김선미
장편소설

한끼
Hân kic

목차

오안, 그날을 기억하니?

폭발음이 들리고 뒤이어 오렌지색 불길이 뜨겁게 일렁이던 그 밤 말이야. 바닥이 진동하며 집 전체가 흔들렸잖아. 부서진 계단 끝에 서서 화마가 혀를 날름대며 곳곳을 집어삼키는 장면을 우리 둘이 멍하니 바라봤었지. 스프링클러에서 쉴 새 없이 쏟아진 물줄기에 잠옷이 젖는 줄도 모른 채로 말이야.

분명 우리 집인데도 시시각각 변해가는 저택의 모습이 낯설어 시멘트 조각을 맨발로 밟으면서도 아픔조차 느끼지 못했던 그 밤이 여전히 생생하게 기억나. 화염에 휩싸인 경비원이 대리석 바닥을 뒹굴며 내지르던 비명부터 네 이마에 총구를 들이대던 검은 복면을 쓴 테러리스트의 몸짓까지 모두.

흠뻑 젖은 잠옷 차림으로 패닉룸에 숨어 오들오들 떨던 우리를 테러리스트들이 무자비하게 끌어내던 때로부터 벌써

20년이나 흘렀는데 아직도 끔찍한 과거 속에 갇혀 사는 것 같아. 어쩌면 테러를 당한 그날 그 시간이 여러 겹으로 접혀 여태껏 내 손에 들려 있는 건지도 모르겠어. 그렇지 않다면 너와 내가 열네 살이던 아득한 그때가 이토록 쉽게 읽히진 않을 테니까.

상담심리사는 내가 과거에서 벗어나지 못하고 강박적으로 그 당시에 붙잡혀 있는 이유가 두려움 때문이 아니라 죄책감 문제라고 말했어. 공포보다 집요한 녀석이 후회라고 말이야. 네게 편지를 쓰듯이 글을 써보면 그 시절의 기억에서 벗어나는 데 도움이 될 거라고도 조언했지.

상담심리사는 유능하고 좋은 사람이야. 나와는 꽤 오래된 사이지. 그런데 나는 아직도 내가 들고 있는 시간이 네게 쓴 반성문이었다는 걸 고백하지 않았어. 모래벌판에서 돌아온 후 내내 반성문을 읽던 사람이 나였다는 걸 달리 설명할 방법이 없었거든. 아마도 상담심리사는 흔들리는 내 눈빛과 무거운 침묵에서 말하지 않은 사정을 짐작했을 거야. 그러니 글을 써보라고 조언했을 테지.

그래서 오늘은 조언을 따라볼 작정이야. 종이를 펼쳐놓고 천천히 글을 적어보려고 해. 어릴 때도 손글씨를 써본 적이 별로 없어서 갑자기 만년필을 잡으려니 어색하네. 그래도 네가 사라진 시간을 온전히 되돌아보려면 아날로그 시계가 필요하니 감수해야겠지.

이 글은 너에게 보내는 나의 사과이자 참회의 기록이야. 그러니 오안, 어딘가에서 부디 무사히 살아 있어줘. 언젠가 이 글이 너에게 가닿았을 때 충분히 나를 증오할 수 있도록.

잠시 손이 떨려서 글씨가 엉망이 됐네.

미안해.

문득 네가 우리 집에 온 날이 떠올랐거든. 그날도 저택 앞에는 디지털 영상 피켓을 든 시위자들이 진을 치고 있었지. 피켓에 떠올라 있던 붉은 글씨가 지금도 눈에 선해.

'생명 윤리를 침해하는 클론을 거부한다!'

무장한 경비원들과 가슴에 엑스 자를 그려 넣은 시위자들이 대치하며 지르던 고함도 여전히 귓가에 들려오는 듯해. 돌이켜보면 불안했던 그해 여름이 모든 불행의 시작이었어. 가을이 지나고 겨울이 왔을 때 눈 덮인 모래벌판의 아비규환 속에 너를 버리게 될 줄도 모른 채 그저 행복했으니까.

오안, 그때 나는 어리석게도 모든 순간이 기억되고 모든 관계가 영원할 줄만 알았어. 그랬기에 모래벌판에서 매몰차게 너를 뿌리치면서도 언젠가 내 잘못을 보상할 날이 오리라 여겼어. 정말이야. 그때가 너를 보는 마지막 순간이라는 걸 미처 몰랐어. 내가 아니라도 누군가 널 구해주리라 믿었어.

그래, 알아. 다 변명이라는 걸.

오랜 시간 동안 계속 책임으로부터 도망쳤지만 사실은 내가 너를 모래벌판에 영원히 가둬두고 미아로 만들었다는 걸 이제는 인정할게. 손을 놓는 순간 네가 구해지지 않을 걸 알았어. 그렇게 너를 버리는 선택을 했기에 이토록 오랫동안 죄책감에 사로잡혀 있는 거겠지.

그래도 오안, 세상의 이치는 공평하더구나. 그 선택으로 인해 내 삶은 영원히 그날의 허공에 매달려 있단다. 따뜻한 침대에 누울 때조차 모래의 차가운 감촉이 또렷이 되살아나. 부드러운 음식을 먹을 때도 피 냄새가 풍겨와 목이 조여오고. 그런 나의 시간을 아주 조금이나마 헤아려줄 수 있을까.

모래벌판에서 보낸 몇 분이 내 남은 삶의 모든 시간이 되고 말았어. 그러니 이 글은 어쩌면 내 유언일지도 모르겠다.

오안, 나는 아마도 지옥에 갈 거야.

부디 지옥에서는 만나지 말자.

1부
시욱 이야기

1.

 클론을 상용화하는 법안이 의회에 상정된 것은 시욱이 열네 살이 되던 해 여름이었다. 그해 여름은 어딜 가든 온통 클론에 관한 이야기로 들끓었다. 몇 해 전 일부 국가에서 이미 상용화된 클론이 장기를 빼앗기지 않으려고 인간을 살해했다는 소문부터 인간 복제를 통한 장기 이식 대중화가 몰고 올 정치·경제·사회적 파장까지 주제는 다양했다.

 시욱은 첫 클론이 자기의 유전자를 모델로 만들어졌다는 걸 알고 있었다. 국가바이오휴먼연구소 책임자인 어머니가 클론을 연구 과제로 삼은 이유가 심장이 안 좋은 아들을 위해서라는 것도. 줄기세포를 이용한 3D 바이오프린팅으로 심장을 배양해 이식하는 기존 방식은 부작용 위험이 뒤따랐다. 불완전 유전자를 제거하고 유전자 교정 과정을 거친 인간 복제체만이 오차 없이 부합하는 완벽한 장기를 제공할 수 있었다. 인간 복제체 클론이 상용화되면 장기 부족 문제도 간단하게 해결될 것이다.

그러나 시욱은 클론 상용화 법안이 몹시 못마땅했다. 학교에서 따돌림당하는 빌미가 되었기 때문이다. 거기에 더해 첫 번째 클론 모델이 자신이라는 사실마저 밝혀진다면? 상상만해도 끔찍했다.

시욱은 학교에서 괴롭힘당할 걸 걱정하느라 밥 먹는 시늉만 냈다. 어머니는 멀티비전에 시선을 고정한 채 식사했다. 클론 상용화를 다룬 특집 프로그램이 방송되고 있었다. 어머니가 미소 지은 채 클론의 신경망 작동 메커니즘에 관해 설명하자 아나운서가 진지하게 고개를 끄덕였다. 어머니도 웃을 줄 안다는 걸 시욱은 멀티비전을 보면서 알게 됐다. 화면 밖의 어머니는 언제나 미간에 주름을 잡고 있었다. 저택에서도 웃게 하려면 클론이 우리 집으로 오면 되겠네. 어머니가 자신을 보고 웃던 날이 까마득했다.

아나운서가 클론 상용화 반대 운동을 어떻게 생각하느냐고 질문하자 미간 주름이 화면에도 나타났다. 그 순간 어머니가 음성 명령을 내렸다. 동시에 멀티비전이 꺼졌다.

"곧 손님이 올 거다. 너도 만나야 하니 나가지 말고 집에 있도록 해라."

입가를 꼼꼼히 닦은 어머니가 자리에서 일어나 시욱이 아직 손도 대지 못한 스테이크를 무표정하게 내려다봤다. 나도 누군가를 경멸하는 눈으로 보는 날이 올까. 어머니가 식당을 나간 뒤에 약간의 시차를 두고 시욱은 멀티비전을 다시 켰다.

"안전한 장기 이식으로 당신의 생명을 보호합니다."

인터뷰가 끝났는지 공익 광고가 나오고 있었다. 환하게 웃던 어머니는 이제 없다. 시욱은 멀티비전을 도로 끄고 창가로 가서 햇빛이 쏟아지는 정원을 쳐다봤다. 푸르른 정원수 사이사이로 전정가위를 든 관리 로봇들이 움직이고 있었다. 정문 앞 시위대가 구호를 외치며 디지털 영상 피켓을 높이 들어 올리는 모습도 보였다. 법안 상정 후 하루도 빠짐없이 계속되고 있는 시위였다. 시위대는 어머니의 자율주행차를 향해 날달걀을 던지고 정문 안으로 드론을 날리기도 했다. 가끔 맹목적으로 담을 넘다가 경비원에게 붙잡히는 시위자도 있었다.

시욱은 정문에 진 친 시위대를 피해 외부로 나갈 때는 뒷문을 이용했다. 뒷문을 지키는 경비원이 시위대에게 들키지 말라며 수시로 주의를 주곤 했다. 시욱은 뒷문을 열 때마다 항상 손에 땀이 났다.

때때로 피켓 든 시위자들을 길거리에서 마주칠 때도 있었다. 평범하고 잘 웃는 보통 사람들. 아스팔트 턱에 걸터앉아 어깨를 주무르며 시원한 물을 나눠 마시는 시위대를 보고 있으면 그들의 폭력을 되갚고 싶다는 생각이 사라졌다. 자신도 그들과 다르지 않은 상처받는 사람이라는 걸 알아주면 좋겠다고 생각할 뿐이었다. 저택으로 터덜터덜 돌아오다가 뒤돌아보면 시위자들은 여전히 웃고 있었다. 그래서 그들이 더욱 두려웠다.

"생명 윤리를 침해하는 클론을 거…."

구호를 덮으며 경적 소리가 길게 울렸다. 정문 앞에 선팅 짙은 리무진이 대기한 게 보였다. 의회가 법안을 상정하기 두 달 전부터 어머니가 고용한 사설 경비원들이 리무진을 살펴보고 정문을 열었다. 그 틈을 타 시위자들이 안으로 뛰어들려는 걸 경비원들이 전기 곤봉을 휘둘러 막아냈다.

경비원들이 시위대를 몰아내고 정문을 닫는 사이에 리무진은 정원을 따라 느리게 저택 앞까지 이동했다. 뒷좌석에서 내린 왜소한 남자가 주변을 경계하듯 둘러봤다. 남자가 리무진 차창을 두드리자 그제야 흰 마스크를 착용한 소년이 뒤따라 내렸다. 소년은 하얀 옷차림에 흰 운동화를 신고 있었다. 소년의 손목을 낚아채듯이 붙잡고 남자가 저택으로 향했다.

시욱은 로비로 뛰어나가 중앙계단이 꺾이는 지점에 숨었

다. 그동안 또래가 손님으로 방문한 적이 없다. 어쩌면 처음으로 친구가 생길지도 모른다. 시욱이 기대감과 호기심에 사로잡혀 있을 때 입주 가사 도우미가 두 사람을 서재로 안내했다. 시욱은 고민하다 가사 도우미가 나오는 순간에 맞춰 서재로 몰래 들어갔다. 남자는 창가에 서 있고 소년은 어머니와 마주 보고 있었다. 어머니가 마스크를 손수 벗긴 뒤 망설임 없이 소년의 뺨을 살짝 쓰다듬었다. 어머니의 표정이 한없이 부드러웠다.

"연구소에서 내가 일러둔 규칙 기억하지? 한번 말해봐."

"첫째, 외부인 눈에 띄지 않도록 주의할 것. 둘째, 저택 밖으로 절대 나가지 말 것. 셋째, 신체에 이상 반응이 생기면 즉각 알릴 것. 이상입니다."

"너는 여기서도 실험체야. 그 사실을 절대 잊으면 안 돼. 자, 이걸 보렴. 여기 작은 점이 바로 너야. 네게 이식한 생체 칩bionic microchip이 네가 어디에 있든 정확하게 위치를 알려줘. 그러니까 도망가도 소용없어. 내 말뜻 이해하지?"

어머니가 허공에 띄워놓은 3D 스크린 크기를 조정해 소년에게 지도를 보여주었다. 지도에는 소년의 GPS 좌표가 둥근 점으로 표시되어 있었다. 소년이 고개를 약간 숙였다.

"저는 도망치지 않아요. 그러니 안심하셔도 돼요."

"오는 동안 생체지표 데이터값은 어땠어요?"

어머니는 소년의 대답을 가볍게 무시하고 이번엔 남자를 향해 질문했다. 남자가 가죽가방에서 태블릿을 꺼내 조작하자 연동된 데이터가 스크린에 나타났다.

"이동 중에도 데이터 변동 추이를 지켜봤는데 연동 오류는 없었습니다. 생체리듬 수치는 정상이긴 하지만 싱크로율은 변화가 없습니다."

"그거야 장기적으로 추적해야 하는 항목이니까요."

"연구 마스터님, 재고할 의향은 정말 없으신 겁니까? 만약 밖에 있는 시위대가 알게 된다면 윤리적인 문제를 넘어 자칫 연구소가 위험에 처할 수도 있습니다."

"그러니 연구 코치님과 수석 연구원 몇몇만이 참여하는 극비 프로젝트로 진행하는 거잖아요. 클론과 수혜자 간의 라포르가 장기 이식에 어떤 영향을 미치는지 분석하려면 이 방법밖에 없지 않나요?"

"장기 이식 성공률에 친밀도의 기여 여부는 이식 전 이벤트를 통해서도 충분히 확인 가능합니다. 수혜자와 클론을 장기적으로 관찰하는 게 오히려 부정적으로 작용할 거라는 제 입장은 변함없습니다."

"연구소에서 이미 다 결정한 사항이에요. 첫 복제체가 성공해야만 상용화 반대 여론에 완벽하게 대적할 수 있어요. 이번 프로젝트가 성공하면 향후 클론의 주거 환경, 복지, 편의는 물론 인간의 고정관념에도 변화가 올 거예요. 윤리 문제도 자연스레 사라질 거고요."

연구 코치가 대꾸하려던 순간, 노크 소리가 들렸다. 가사 도우미가 홍차를 테이블에 내려놓았다.

"이 애를 어제 말한 방으로 데려다줘요."

어머니가 소년에게 마스크를 다시 씌워줬다. 소년은 공손하게 인사한 뒤 가사 도우미를 따라갔다. 문이 닫히자 어머니는 약속이 있다며 논의는 연구소에서 하자고 말했다. 홍차에서 김이 피어오르고 있었다. 어머니는 연구 코치를 배웅하지 않고 반대편 문으로 빠져나갔다. 연구 코치가 한숨을 쉬었다. 그러곤 책장 앞으로 다가와 시욱을 내려다보며 다시금 한숨을 쉬었다. 눈이 마주친 시욱에게 뭔가를 말할 듯 입을 벌렸지만 결국 아무 말도 하지 않은 채 밖으로 나갔다.

시욱이 로비로 나가 보니 연구 코치는 벌써 리무진에 타고 있었다. 리무진은 곧장 정문으로 향했다. 연구 코치와 함께 온 소년이 혼자 저택에 남았다는 것. 그것이 의미하는 바를 생각하며 시욱은 불 꺼진 창문들을 하나씩 올려다보았다.

오렌지빛 석양이 나무 위에 내려앉았을 즈음, 시욱은 저택으로 들어가 어머니 방을 노크했다. 음성 서비스로 메일을 보내고 있던 어머니가 손을 들어 시욱의 말을 막았다. 메일 전송을 완료할 때까지 기다리던 시욱은 점차 어머니의 미간에 갇힌 기분이 들었다. 그래서 어머니가 어디 있었냐고 다그쳤을 때는 창문을 올려다보며 들끓던 복잡한 심경이 서늘하게 식어 있었다.

"그 아이는 누구예요?"

"이미 만났니? 그럼 알겠구나. 네 유전자를 모델링해 만든 클론이야. 당분간 여기서 연구할 거야."

언젠가 심장이 제 기능을 하지 못할 때가 온다면 클론의 심장으로 교체할 거라는 걸 막연하게나마 받아들여왔다. 그러나 희생당할 클론과 같은 공간에서 함께 지내는 생활에 대해선 상상조차 해본 적 없다. 시욱은 어머니의 눈치를 살폈다. 어머니는 반대 의견은 용납할 수 없다는 듯한 표정으로 뜨거운 차를 마셨다. 시욱은 조용히 방문을 닫고 복도로 나왔다.

밝게 켜둔 조명에 눈이 부셨다. 소년과 친구가 될지도 모른다는 기대감으로 가득 찼던 순간이 가마득한 과거처럼 느껴졌다. 복제체를 만드는 것과 장기를 공여받는 것 중 무엇이 더 클론에게 부당한 일인지 분간하는 건 의미가 없었다. 클론에게 생명을 준다는 건 죽음을 갈망하라는 명령이니까. 카펫이 깔린 복도를 툭툭 차며 시욱은 되도록 클론을 피해보자고 다짐했다. 하지만 다짐이 무색하게 자신의 옆 방에서 인기척을 감지하자 호기심을 이기지 못하고 홀린 듯 문을 열고 말았다.

시욱과 똑같은 얼굴의 클론이 장식장에 놓아둔 스탠드 조명을 껐다가 켜고 있었다. 고요한 방에서 둘은 서로를 마주보았다. 검은 머리칼. 갈색 눈동자. 작고 둥근 어깨. 길게 뻗은 팔. 그리고 두 마음. 거울로 자기 모습을 보는 것 같으면서도 미묘하게 다른 느낌이 드는 이유는 각자에게 마음이 있기 때문이라고 시욱은 생각했다.

"이름이 있니?"

말을 걸지 않으면 영원히 적막이 흐를 것 같아 시욱이 질문했다. 클론은 양손을 공손하게 그러쥐었다.

"오안이에요."

"오안? 특이한 이름이네. 내 이름은 류시욱이야."

"알고 있어요. 연구소에서 배웠어요."

"나에 대해서?"

"제가 알아야 할 것들에 대해 배울 때 가장 많이 들은 단어가 류시욱이라는 이름이에요."

오안은 미소를 지었다. 시욱은 미소에 어떤 의미가 담긴 건지 가늠되지 않아 테스트 겸 짓궂은 질문을 던져보았다.

"넌 인간이 만든 클론이라는 사실을 알고 있니?"

"제가 클론이라는 건 알고 있어요."

"생체칩도 이식한 것 같은데. 언제 이식한 거야?"

오안이 손등에 희미하게 비치는 생체칩을 찬찬히 쓰다듬었다.

"연구소에서 나오기 직전에요. 익숙하지 않아서인지 자꾸 만져보게 돼요."

"처음엔 다 그래."

"인간은 면역력이 안정 수치로 접어들면 생체칩을 피하에 삽입한다고 들었어요. 주인님은 언제 생체칩을 이식하셨어요?"

"나는 네 주인이 아니야. 너랑 똑같이…."

갑자기 가슴이 울컥하며 시욱은 말문이 막혔다. 자신과 오안이 똑같다는 건 외모만을 뜻할 뿐, 종種을 의미하는 건 아니었다. 너는 물건인 걸까, 동물인 걸까. 그도 아니면 다른 인류인 걸까. 인류가 될 수 있긴 한 걸까.

"널 만든 인간을 원망 안 해?"

시욱의 예상과 달리 오안의 얼굴에 온아함이 흘렀다.

"저는 복제된 유전자를 유전자 가위로 잘라내고 교정하여 변형한 조합물로 태어났어요. 만들어졌다고 표현하는 게 올

바르겠지만 눈 뜬 순간 이미 다른 생명체들처럼 태어났다고 생각해버렸어요. 현재는 태어나지 않았으면 몰랐을 삶을 배우고 있어요. 예를 들면, 조명은 전체 소등만으로 꺼지는 건 아니라는 사실 같은 거요. 이런 소소한 앎조차 좋아요. 그래서 인간을 원망하지 않아요."

오안을 만들 때 연구소 사람들은 누구도 오안이 태어난 거라고 여기지 않았을 것이다. 곧 죽을 것에게 그런 말은 어울리지 않는다. 그럼에도 오안은 지금을 살고 있다는 사실 자체가 좋은 듯했다. 오안이 짓고 있는 미소를 보면 알 수 있었다.

시욱은 어머니에게 클론 연구를 원점으로 되돌리는 문제에 관해 말하고 싶었다. 그게 어렵다면 오안이 아니라 다른 클론을, 자신을 닮지 않은 클론을 첫 모델로 내세워 오안만은 살려주자고 부탁하려 했다.

어머니는 방에 없었다. 저택 안을 찾아다니다 정책 마스터가 로비에 있는 게 보였다. 정장 차림의 어머니가 정책 마스터와 가볍게 포옹을 나누었다. 정부 요직에서 주요 정책 기획을 책임지는 그는 어머니의 오랜 연인이다.

시욱은 다급하게 손을 흔들며 어머니를 불렀다. 목소리를 듣지 못했는지 어머니는 곧바로 리무진에 올라탔다. 시욱이 천천히 손을 내렸다. 오늘 밤도 혼자 남겨졌다는 걸 멀어지는 리무진을 보면서 생각했다. 시욱은 리무진이 시야에서 사라진 뒤에도 오랫동안 정문을 바라보았다. 문득 정문을 빠져나가기 전에 어머니가 한 번쯤은 저택을 돌아보았을지 궁금했다.

어두운 저택, 오로지 하나의 창문에서만 조명이 꺼졌다 켜지길 반복하고 있었다. 시욱은 서재로 들어가 어머니가 켜둔 프로그램에서 오안의 생체칩 코드를 확인했다. 오안의 생체칩에도 개인 보안 정보인 신상, 위치, DNA, 금융, 출입 정보 등이 저장되어 있었다. 자신이 누구인지 증명하는 생체칩을 이식받았다면 오안도 인간 종이라고 확인받은 게 아닐까. 시욱은 한동안 생각에 빠져 있다가 말소리에 번뜩 정신을 차렸다. 정원수 그늘에서 가사 도우미와 그녀의 남편인 집사가 대화를 나누고 있었다.

"장기 이식을 한답시고 클론을 만들어내다니. 단단히 미친 거야. 늘 뚱해 있는 이 집 애랑 똑같은 얼굴로 그 괴물놈이 날 보고 웃는데 온몸에 소름이 끼쳤다니까. 아무리 입 다무는 대가로 돈을 받았대도 괴물이랑 같이 살 수는 없어."

"어차피 얼마 안 가 죽을 놈이야."

"차라리 도망가주는 편이 피차 나을 텐데. 도망가라고 떠밀어볼까?"

바람이 불어와 커튼이 날렸다. 커튼 자락이 시욱의 화끈거리는 뺨을 가려주었다. 이후 어떤 대화가 이어졌는지 들리지 않았다. 그저 머리가 멍했다. 저녁을 먹으라며 가사 도우미가 서재로 찾아왔을 때까지 시욱은 벽에 기대어 앉은 채 입술을 깨물고 있었다.

식당에는 오안이 먼저 와 있었다. 식탁으로 다가가자 시욱이 앉을 의자를 오안이 빼주려고 했다.

"넌 내 하인이 아니야."

시욱은 퉁명스럽게 말하며 식탁 끝자리에 앉았다. 이제부터 혼자 먹지 않아도 되겠구나. 커다란 식탁에 혼자 쓸쓸하게 앉아 저녁을 먹던 날들이 머릿속을 스쳐 지나갔다. 하지만 오안과 마주한 이 순간이 왠지 더 춥고 외롭게 느껴졌다. 가사 도우미가 가져다준 음식은 평소와 달리 아무런 맛도 나지 않았다.

식사하는 내내 시욱은 아무 말도 하지 않았다. 음식들을 휘저으며 들었다가 놓길 반복하곤 겨우 몇 번만 조금 입에 대었다. 그러다가 오안이 자기를 따라서 음식을 먹고 있다는 걸 알아차렸다. 시욱이 빵을 집으면 오안도 똑같이 빵을 집고, 시욱이 주스를 마시면 오안도 주스를 따라 마셨다. 그 모습을 보고 있자니 배꼽 아래서부터 욕지기가 치밀어 올랐다. 그때까지도 오안은 입가에 그린 듯한 미소를 짓고 있었다. 시욱은 두고 보겠다는 심산으로 화병에서 꽃 한 송이를 꺼내 일부러 꽃잎을 따 먹었다. 어때, 이것도 따라 할 거니?

망설이는 손길로 꽃잎을 딴 오안이 끝부분부터 먹었다. 시욱은 꽃잎을 뱉어낸 후 오안을 노려보았다. 꽃잎을 씹던 오안이 천천히 입놀림을 멈췄다. 시욱은 자신도 어머니처럼 누군가를 경멸하는 눈으로 볼 수 있다는 사실을 그때 처음 깨달았다. 넌 클론일 뿐이야. 그러니 도망가든 말든 신경 쓰지 않을 거야.

시욱이 가시 돋친 말로 오안의 가슴을 후비려던 순간, 오안이 꽃송이에서 다시 꽃잎을 따서 입에 넣었다. 한 잎. 두 잎. 세 잎. 마치 꽃잎이라는 맛있는 음식을 시욱이 양보해준 것처럼 행복한 표정을 지었으므로 시욱은 모진 말들을 잊어버렸다.

시욱은 이따금 그날로부터 지금까지 지나온 시간을 생각해볼 때가 있다. 그리고 변한 것과 변하지 않은 것들 사이에서 흩어지지 않고 떠오르는 오안의 상냥한 미소를 온전히 떠올려보곤 한다.

그날, 오안의 부드러운 미소를 본 그날이 바로 시욱과 오안이 처음 만난 날이었다.

2.

DNA 은행에서 제공받은 슈퍼 정자를 어머니의 난자와 체외 수정시켜서 생겨난 수정란. 그 수정란을 대리모의 자궁에 이식하여 시욱이 태어났다. 어머니는 연구를 포기할 수 없어 대리모 체외 수정을 선택했다고 했다. 시욱은 대리모의 젖을 먹으며 자랐다. 젖을 뗀 뒤에는 유모가 시욱을 길렀다.

시욱이 아홉 살 되던 해에 유모를 대신해 가사 도우미가 저택에 왔다. 유모가 저택을 떠나기 전, 시욱은 어머니가 어떤 이유로 자식을 원한 것인지 물어본 적이 있다. 유모는 한동안 고심하다가 어머니처럼 피붙이가 없는 사람에겐 자신을 기억해 줄 가족이 필요했을 거라고 대답했다. 어머니를 위한 가족은 필요로 만들 수 있지만 너를 위한 가족은 네가 선택할 수 없어. 유모가 한 말의 속뜻은 아마도 그러하리라고 짐작했다.

시욱이 어머니라는 존재의 무게감을 곳곳에서 느끼며 허덕이고 있다는 걸 정작 당사자인 어머니는 모르고 있었다. 오직 한 가지에만 골몰한 사람에게는 그 일 외에 다른 것들은 하찮게 보이는 법이다. 어머니를 대신해 열심히 관심을 표현하는 오안을 시욱이 시종일관 못마땅하게 대했듯이.

시욱은 상냥한 오안이 불편했다. 단순히 얼굴이 똑같다는 이유만은 아니었다. 볼 때마다 오안이 행복해 보이는 탓이 컸다. 마치 시욱의 행복을 모조리 가져간 것처럼. 오안은 잘 웃었고 사소한 상황에도 진심으로 감사할 줄 알았다. 청소를 마친 관리 로봇에게까지 꼬박꼬박 고맙다고 말할 정도였다.

클론인 주제에 인간들과 능숙하게 어울리는 것도 거슬렸다. 가사 도우미와 집사의 이름을 물어보고, 그들이 싫어하는 행동을 조심하며, 느리게 자신을 소개하는 법을 대체 어디서 배운 걸까. 마주치면 먼저 인사를 건네고 잡다한 일을 도와주는 친절만으로도 클론이라는 존재적 거부감을 지워내는 데는 충분한 듯했다. 어느새 가사 도우미는 배고프냐고 서슴없이 물으며 오안에게 비스킷을 건네는 사이가 되어 있었다.

어머니마저도 오안을 특별한 존재인 양 대했다. 생체지표를 체크하며 세상에 관한 오안의 호기심을 충족시켜주려고 노력하는 게 엿보였다. 가끔 오안의 엉뚱한 행동을 보고 웃음을 터뜨리기까지 했다. 그동안 시욱이 접한 적 없는 친밀한 관계를 누리는 오안. 저택에 온 후 시욱과의 유전 형질 싱크로율이 높아지기까지 해 어머니를 기쁘게 만드는 오안. 행복하고 사랑스러운 오안. 그래서 너무나 싫은 오안. 시욱은 유대감을 쌓으라는 어머니의 말에 겉으론 따르는 척했으나 어머니가 뒤돌아서면 시샘을 무시로 바꾸며 오안을 따돌렸다.

시위대가 저택 앞에 진을 치고 있는 것도 모두 오안 때문이라는 피해의식마저 생겨났다. 오안만 만들어지지 않았다면 애초에 시위는 벌어지지 않았을 것이다. 시욱은 저택에서 보내는 시간을 최대한 줄이려고 하교 후 여기저기를 쏘다니다 어둑해진 뒤에야 돌아왔다. 로비로 들어서면 언제나 오안이 기다리고 있었다. 무사히 도착해 다행이라며 다정하게 인사를 건네도 언짢아져 매번 오안 앞에서 몸을 휙 돌리곤 했다.

여름의 마지막 비가 예보된 그날도 시욱은 저택으로 곧장 돌아갈 결심이 서지 않아 디지털 교과서 접속을 종료한 후 홀로 교실에 남아 있었다. 움직임이 감지되지 않자 조명이 자동으로 소등됐다. 운동화 끈을 새로 묶고 교실을 나왔을 때 복도에서 주머니칼의 부하가 웃으며 시욱의 어깨에 팔을 둘렀다. 팔에 들어간 힘이 반항하지 말고 조용히 따라오라는 암묵적인 협박을 담고 있었다. 지능형 CCTV에 시욱의 얼굴이 인식되지 않도록 일부러 야구모자까지 씌운 부하는 시욱을 배전반실로 끌고 갔다.

배전반실에는 주머니칼 무리가 먼저 와 있었다. 주머니칼은 가상현실VR 해부 실습 도중 몰래 가져온 토끼를 주머니칼로 발기발기 찢어놓아서 생긴 권혜의 별명이다. 걸핏하면 장기를 도려내겠다며 아이들을 위협하는 탓에 학교에서도 골치를 앓았는데 영향력 있는 종교 지도자의 아들이라 아무도 건드리지 못했다.

클론 상용화 법안이 상정되며 연구 책임자가 시욱의 어머니라는 소문이 학교에 퍼진 날부터 시욱은 권혜의 장난감이었다. 권혜는 자연물이 아닌 인공의 클론은 해악이라는 종교 메시지에 심취해 있었다. 시욱을 괴롭히는 것이 권혜의 사명 같았다.

"안전한 장기 이식을 위해 클론이 필요하다며? 3D 바이오 프린팅 인공 장기 이식에서 숙제로 남은 거부반응도 해결된다고 유치한 광고로 홍보하면서 법안 통과시키려 발악하더라. 네가 솔선수범해 실험용 쥐가 되면 그 거짓말들 믿어줄 용의가 있는데. 내가 믿을 수 있게 네가 도와줄래?"

권혜는 학교폭력으로 신고될 때를 대비해 책임 소재에서 벗어날 단어를 적절하게 선택하는 걸 잘했다. 시욱은 대답하지 않는 게 최선이라는 걸 알 만큼 폭력을 겪어왔으므로 입을 열지 않았다. 시욱을 밀쳐 바닥에 드러눕히고 아랫배에 걸터앉은 권혜가 맨살이 드러난 시욱의 가슴에 사인펜을 가져다 대었다. 시욱이 반항하자 부하들이 팔과 다리를 결박했다. 시욱은 눈을 질끈 감고 시간이 빠르게 흐르길 기도했다. 장기 위치를 설명하는 권혜의 목소리가, 가슴에 그어지는 펜의 사각거림이, 아이들의 웃음소리가 아득히 먼 과거가 되기를 바랐다.

시간이 얼마나 흘렀을까. 소리가 사라지며 갑자기 정적이 찾아왔다. 눈을 뜨자 날카롭게 갈린 칼끝이 가슴 중앙에 맞닿아 있는 게 보였다. 시욱은 비명을 삼켰다. 섣불리 움직이면 찔릴 수 있어 숨마저 참았다. 무리에 낀 아이들의 불규칙한 숨소리가 들려왔다.

"슬슬 보안 로봇 뜰 때도 됐는데 그만하면 어떨까…."

권혜가 시욱의 가슴에서 주머니칼을 거뒀다. 그러곤 주머니칼을 손가락에 끼고 돌리다가 자신을 말린 부하에게 돌연 칼끝을 겨눴다.

"나한테 명령하지 마. 명령은 나만 내릴 수 있어."

부하가 겁먹은 표정으로 미친 듯이 고개를 끄덕였다. 권혜가 냉혹한 시선을 옮겨 시욱을 내려다봤다.

"류시욱! 너희 엄마가 마치 신이라도 된 것처럼 인간 복제체를 창조하려고 해. 인공적으로 만들어진 클론은 혐오스러운 존재야. 없어져야 할 악이라고. 그런데도 넌 그걸 가장 가까이에서 지켜보면서 아무 행동도 안 하고 있어. 왜냐면 넌, 사탄 새끼니까."

권혜가 곧바로 부하들을 향해 과장된 한숨을 쉬었다.

"이 새끼 엄마는 적그리스도야. 클론이 상용화된다는 게 바로 적그리스도가 나타났다는 증표야. 알아들었니? 그러니까 내가 죽이는 건 사탄 새끼지, 사람이 아니야."

권혜가 한쪽 무릎을 꿇고 시욱의 이마에 숫자 '666'을 써넣었다.

"너한테 씐 사탄을 제거하면 너도 영생을 얻고 구원의 나라로 갈 수 있어. 그곳에 가면 회개할 기회를 준 내게 고마워해라."

권혜가 시욱의 어깨를 단호하게 붙잡고 주머니칼을 고쳐 쥐었다. 눈빛에 광기가 서려 있었다.

그때 배전반실 문이 열리며 개의 형태를 한 보안 로봇이 호루라기 소리를 내며 들어왔다. 당황한 부하들이 시욱의 팔과 다리를 하나둘 놓쳤다. 보안 로봇에 달린 카메라에 찍힐까 봐 부하들이 얼굴을 가린 채 달아나기 시작했다. 권혜는 도망치는 부하들을 비웃더니 칼집을 접고 시욱의 어깨를 툭 쳤다.

"이걸로 끝났다고 생각하지 마. 네 꼬리표는 내가 잡고 있으니까 구원받을 때까지 계속 도와줄게."

권혜가 느긋하게 배전반실을 빠져나갔다. 보안 로봇이 시욱의 주변을 빙글빙글 돌았다. 시욱은 이마를 문지른 후 천장을 바라봤다. 먼지 입자가 허공에서 뛰놀고 있었다. 아주 천천히 시야에서 사라지는 먼지 입자를 뒤좇다 이제 더는 견딜 수 없을지도 모르겠다고 시욱은 생각했다.

저택으로 돌아가는 동안 가로등이 켜지며 거리에는 그림자가 생겨났다. 로비에서 기다리고 있던 오안이 시욱에게 다가오려다가 멈칫거리며 멈춰 섰다. 오안과 눈이 마주친 뒤에야 시욱은 이마에 채 지우지 못한 펜 자국이 남아 있다는 걸 깨달았다. 고개를 숙인 채로 오안을 지나쳐 중앙계단을 오르면서 입술을 꽉 깨물었다. 아마도 뒤에서 오안이 보고 있다는 자각이 없었다면 휘청거리는 다리를 버텨내지 못했을 것이다.

시욱은 도착하자마자 곧장 욕실로 들어가 샤워기를 틀었다. 배전반실에서는 미처 몰랐는데 욕실 거울에 비춰 보니 배꼽 밑에 권혜의 서명이 있었다. 사인펜 자국을 지우다가 힘이 빠져 스르륵 욕조에 누웠다. 떠다니는 거품 사이로 남은 얼룩이 나타났다가 사라졌다가 했다. 아무 생각도 하고 싶지 않아서 숫자를 셌다. 하지만 수가 육백육십육에 가까워지자 목소리가 점점 나오질 않았다. 사탄 새끼. 권혜의 목소리가 귓전에서 다시 울렸다. 시욱은 무릎을 모으고 얼굴을 파묻었다. 이대로 거품에 녹아 세상에서 꺼져버리고 싶었다.

밤부터 비가 내리기 시작했다. 천둥과 번개가 번갈아 하늘을 갈라놓는 요란한 비였다. 시욱은 조명을 끈 시네마룸에서 담요로 몸을 휘감고 멍하니 스크린을 보았다. 노크 소리가 들려와 돌아보니 오안이 연구 마스터님에게서 연락이 왔다고 전한 뒤 가만히 서 있었다. 뭔가를 더 말하고 싶어 하는 기색이었으나 시욱이 더는 쳐다보지 않자 문을 닫고 조용히 나갔다.

"별일 없지?"

연구소에서는 기밀 정보 유출을 막기 위해 영상 통화가 허용되지 않았다. 스크린에 연결된 스피커로 어머니의 목소리가 흘러나왔다. 어머니 목소리를 듣자 시욱의 눈에 눈물이 고였다. 시욱은 오늘 벌어진 일을 어머니에게 털어놓고 함께 해결책을 찾고 싶었다. 오늘은 정말 너무 추워 혼자 있고 싶지 않다고 보채고도 싶었다. 그래서 울먹이는 목소리로 간절하게 어머니를 불렀다. 그 한마디가 끝나기도 전에 연구원이 어머니에게 질문하는 목소리가 겹쳐 들려왔다. 연구원에게 암호로 지시 사항을 전달하는 목소리를 가만히 들으며 시욱은 비가 내리는 창밖을 바라보았다. 굵은 빗줄기가 창을 타고 하염없이 흘러내리고 있었다.

한참 뒤에 연구원과 논의를 마친 어머니가 조금 전 뭐라고 말했는지 다시 물었다. 시욱은 아무 일도 없다고 대답했다. 자신의 목소리가 기운 없어 보이길 바라면서. 일이 생긴 걸 알아주길 바랐지만 어머니는 통화를 마칠 때까지 눈치채지 못했다.

스크린이 본래 화면으로 돌아왔다. 시욱은 한없이 울적해 담요 속으로 파고들며 볼륨을 높였다. 뉴스에선 클론 상용화를 반대하다가 분신한 시위자의 소식을 전하고 있었다. 사탄 새끼. 아무리 몸을 웅크려봐도 한기는 가시지 않았다.

시욱은 담요를 두르고 유령처럼 저택 이곳저곳을 기웃거리다 방으로 돌아갔다. 천둥이 울고 있었다. 천둥이 칠 때마다 시욱은 비명을 질렀다. 비명은 천둥소리에 먹혀 시욱의 귀에도 잘 들리지 않았다. 세 번쯤 비명을 질렀을 때 방문이 벌컥 열리며 오안이 안으로 뛰어 들어왔다. 지금껏 누구도 시욱이 지른 비명을 듣지 못했다. 듣지 못했기에 안부를 살피러 오지 않은 거라 여기는 게 마음 편했다.

그런데 마침내 문이 열렸다. 너무도 싫은 오안이 걱정스러운 눈빛으로 비명 지른 이유를 들려주길 기다리고 있었다. 단지 마음이 들끓었던 것뿐이라고 말한다면 오안은 어떤 표정으로 방을 나갈까. 오안이 방을 나가기를 바란다면 그저 고개를 돌리면 그만이었다. 그러나 시욱은 오늘 밤 누군가가 간절히 필요했다. 정말이지 혼자 있고 싶지 않았다. 그런 마음을 어떻게 표현해야 하는 건지 시욱은 알지 못했다. 그래서 말없이 오안을 마주 바라보기만 했다. 어머니처럼 마음을 알아채

주지 못한다 해도 어쩔 수 없다고 생각하면서.

천둥이 다시 울었다. 오안이 침대 옆으로 조심스럽게 다가왔다.

"괜찮으시면 비가 그칠 때까지 같이 있어도 될까요? 천둥 칠 때 혼자 있으려니 무서워서요."

오안이 클론이라는 걸 안 순간부터 시욱은 줄곧 마음을 다져왔다. 그 다짐은 오안의 예정된 미래를 알고 있는 자신이 취해야 할 태도였다. 정을 나누지 말고 거리를 둘 것. 늘 단속해온 다짐이 같이 있어도 되냐는 한마디에 무너졌다. 그리고 무너진 게 좋았다.

시욱과 오안은 나란히 누워 천장을 바라보았다. 오안의 체온이 고스란히 전해져왔다. 체온은 원래 이토록 따뜻했던 걸까. 배전반실에서부터 계속된 한기가 서서히 잦아들고 있었다.

비는 계속 내렸다. 문득 연구소에서 오안은 어떻게 지냈을지 궁금했다. 연구원들은 어땠는지, 다른 클론을 만난 적 있는지, 주로 뭘 하며 지냈는지 같은 소소한 것들. 그러나 저택에서도 오안이 커넥터 프로그램으로 정해진 순서에 맞게 몇 시간씩 테스트를 받고 있다는 데 생각이 뒤미쳤다. 연구소에 비하면 저택 생활은 편하다고 식사 때 말한 적도 있다. 시욱은 궁금증을 누르고 다른 질문을 했다.

"요즘은 어떤 세상을 배우고 있니?"

"제가 세상에 대해 배우는 걸 알고 계셨어요?"

"뭐… 어머니에게 묻는 걸 몇 번 들은 적 있어."

"그러셨군요. 요 며칠은 세계가 돌아가는 질서에 대해 공부했어요."

"세계의 질서? 예를 들면?"

"오늘 배운 생체칩으로 설명하자면, 초기 생체칩은 일부 성범죄자에게 한정적으로 이식돼 위치 정보 확인용으로 사용되었어요. 그러다 기능을 향상해 적용 범위를 퇴행성 뇌 질환자까지 확대해요. 실종된 퇴행성 뇌 질환자를 효과적으로 수색한 미담 사례와 인슐린 자동 분비 촉진으로 장기 이식 부작용을 줄여 이식 성공률이 크게 높아졌다는 의료계 발표를 토대로 생체칩 기능 추가 개발에 속도가 붙었어요. 과학기술계가 생체칩을 통해 인간의 신경세포에서 내보내는 전기신호를 해석해 유전자 정보까지 취합하면서 유전자 연구가 획기적으로 발전하기에 이르러요. 그러면서 생체칩 전면 이식 법안이 통과되죠. 과학이 진일보하도록 시스템이 움직인 거예요."

"생체칩 발전 역사네. 근데 그게 세계 질서와 무슨 상관이 있다는 거야?”

 “생체칩은 전면 이식 정착기까지 강한 반대에 부딪혔어요. 지속적인 온도 변화가 일어나는 손등이 피부 온도에 따라 자동 충전되는 생체칩을 이식하기에 가장 적합한 위치라는 설명만으로는 종교계를 설득하지 못했죠. 요한계시록 제13장에 기록된 오른손이나 이마에 표를 받게 해 이 표를 가진 자 외에는 사거나 팔 수 없게 한다는 구절이 ‘666칩’으로 해석되며 사회는 극도로 혼란해져요. 하지만 편리한 생활이 일상화되면서 결국 반대 의견마저 흡수돼 모든 인간이 생체칩 이식을 받아들였어요. 세계 질서는 파도가 치는 방식처럼 자리 잡아요. 과도기에는 풍파와 같은 진통을 겪기 마련이죠. 지금처럼요. 아마도 질서의 주기에 따라 장기 이식 효과가 입증되면 클론 상용화 반대 의견은 물결처럼 가라앉을 거예요. 그러니 혼자 견디지 않으셔도 되는 시기가 곧 올 거예요.”

 오안은 죽음을 발밑에 깔아두고 현재를 걸어가고 있었다. 홀로 애쓰는 건 오안도 마찬가지인 것이다. 그럼에도 태연하게 죽음을 말하는 오안을 보자 무기력해지는 건 어쩔 수 없었다. 시욱은 클론이 상용화된다는 건 오안의 생명과 자신의 건강을 맞바꿔도 된다는 걸 합리화하는 일이라고 설명했다. 자신은 오안을 희생해 건강을 되찾고 싶지 않다고도. 왜냐하면 그건 자신에게도 상처가 되는 일이니까. 오안은 어리둥절한 표정으로 왜 시욱에게 상처인지를 되물었다.

인간이 아닌 종에게는 운명이 어떻게 작용할까. 씁쓸하게도 오안의 말처럼 클론의 운명은 처음부터 정해져 있었다. 그것도 인간보다 더욱 명확하게. 그렇기에 그걸 지켜보는 입장인 시욱은 클론의 운명이 어떻게 자신을 상처 입히는지 정확히 설명할 자신이 없었다. 진심이 전해지길 바라는 것 자체가 위악처럼 여겨져 목소리가 가라앉았다.

"지금 내 눈앞에 살아 있는 네가 세상에서 사라지게 되니까."

"인간은 클론을 사라지게 하려고 만드는 것 아닌가요?"

"모든 인간이 다른 생명을 빼앗고 싶어 하는 건 아냐. 나는 네가 오랫동안 살면 좋겠어. 가능하면 나보다 오래."

한동안 오안에게선 반응이 없었다. 천장 조명이 스르륵 조도를 낮췄다. 옆을 돌아보니 오안이 가만히 가슴을 누른 채 소리도 없이 눈물을 흘리고 있었다. 계속 울고 있었구나. 시욱은 오안이 울게 내버려뒀다. 자신도 울 수 있었더라면 지금보다 마음이 나아졌을 테니까. 오안이 마음을 진정시키고 시욱에게 특유의 미소를 짓기까지는 시간이 걸렸다.

"이상하게도 마음이 아픈데 행복해요. 류시욱 님의 마음을 알게 돼 기쁘기도 하고요. 제 마음에 닿은 류시욱 님의 진심을 끝까지 간직할게요."

"끝까지?"

"생명체에게는 끝이 있어요. 죽는 순간이 언제인지 모를 뿐이죠. 저 역시 인간처럼 제가 죽을 시기를 알지 못해요. 관리할 수 있는 건 죽음의 시기가 아니라 죽음을 받아들이는 마음이에요. 저는 류시욱 님이 위태로운 상황에 놓인다면 대신 위험을 겪을 거예요. 오늘 대화로 그 마음을 기꺼이 받아들였어요. 류시욱 님이 제게 무엇보다 소중한 존재라는 걸 깨달았거든요. 그러니 저를 위해서라도 자신을 소중히 여겨주세요."

오안의 말에 가슴이 몽글대며 울렸다. 시욱은 울지 않으려고 안간힘을 썼다. 하지만 눈물이 흐르는 걸 막을 순 없었다. 클론을 연구하는 책임자의 아들이라는 소문이 학교에 퍼진 날부터 기를 쓰고 눌러온 눈물이었다. 자신을 바코드 찍힌 장난감처럼 대하며 언제 망가질지를 기대하는 아이들이 시욱이 알고 있는 세상을 전부 차지하고 있었다. 그런데 이 세계의 이방인인 오안이 어두운 세상의 틈새로 빛을 비추며 위안을 주었다. 단 한 명뿐이지만 자기편이 생긴 것만으로 시욱은 조금 더 세상을 견딜 수 있을 것 같았다.

"둘 다 울어버렸네. 이런 바보 같은 순간을 잊지 말아야 추억이 생긴다는데. 우리 같이 사진 찍어 기념으로 남겨둘까?"

분위기를 바꾸려고 가볍게 던진 말에 오안이 활짝 웃었다. 자료용이 아닌 추억용으로, 누군가와 함께 찍는 사진은 처음이라며 마치 친구와 찍는 것 같아 긴장된다고 했다. 그 말이 머릿속으로 뚜벅뚜벅 걸어온 듯 시욱은 잠시 멍해졌다. 그렇구나. 우리는 친구가 될 수 있겠구나. 서로에게 생긴 첫 번째 친구.

"우리 그럼 친구 할까?"

"인간과 클론이 친구가 돼도 될까요?"

"마음이 있으면 되지. 넌 마음이 어떤데?"

"저는 무척 설레요."

"나도 그래. 이제 우리는 친구야. 친구니까 이제 류시욱 님이라고 부르는 건 그만둬. 친구끼리는 그렇게 부르지 않아."

"시욱이라고 부르면 어때요?"

"좋아. 존댓말도 그만해."

"이건 친구라도 어쩔 수 없어요. 인간을 존중하도록 유전자에 프로그래밍되어 있어서요."

"나도 친구가 처음이라 잘은 모르지만 아마도 친구에게는 편하게 다가서는 게 필요할 거야. 내가 먼저 너한테 친숙한 사람이 될게."

시욱은 말을 해놓고 괜히 쑥스러워져 얼른 진열장에서 화소가 가장 뛰어난 클래식 카메라를 들고 왔다. 삼각대를 세우고 사각 프레임 안에 두 사람이 제대로 들어가는지 확인한 뒤에 타이머를 맞췄다. 소파에 나란히 앉아 서로의 머리를 정돈해주곤 어깨동무했다. 타이머가 울린 뒤 플래시가 번쩍였다. 포토 프린터로 인화한 사진에는 두 소년이 세상 그 누구보다 눈부시게 웃고 있었다.

훗날 이 사진은 디지털 교과서에 수록된다. 클론의 진보 단계를 설명하는 챕터에 '첫 클론 모델 오안과 모델 소유주 류시욱'이라는 캡션을 달고서. 교과를 배운 아이들은 둘이 누구인지 알았지만 친구라는 사실을 아는 사람은 없었다. 그것이 교과서에 나오지 않는 이야기, 시욱과 오안의 역사였다.

3.

여름의 마지막 비가 내린 이후로 시욱은 저택으로 돌아가는 시간을 기대했다. 저택에는 친구이자 휴식처인 오안이 있었다. 시욱과 오안은 늦은 밤까지 함께 흑백 무성 영화를 보거나 표지가 예쁜 책을 번갈아 읽곤 했다. 둘 다 유행에는 관심이 없었다. 아무리 강구해봐도 이 옷에 왜 열광하는지, 이

춤을 어떻게 따라 춰야 하는지, 이 게임이 어째서 재미있는지 이유를 알 수 없었기 때문이다.

집사는 둘이 항상 붙어 다녀 누가 시욱이고 누가 오안인지 헷갈린다며 손을 내저었다. 그런 불평에 시욱과 오안은 가장 듣기 좋은 칭찬을 들은 것처럼 환하게 웃었다. 시욱은 오안의 미래였고, 오안은 시욱의 과거였다.

평화로운 저택과 달리 세상은 단계를 높여가며 뒤숭숭해졌다. 언젠가부터 시위자들 외에 파파라치마저 저택에 따라 붙었다. 첫 클론이 만들어졌고 이미 상용화를 대비한 실전 연구에 들어갔다는 정보는 대중에게도 알려져 있었다. 그러나 첫 클론 모델이 어떤 인물인지 정체에 관한 사항은 기밀이라 궁금증이 극에 달해 정보가 돈을 불렀다. 시욱도 하굣길에 사진이 찍히곤 했다. 어머니가 고용한 경호원이 시욱의 등하교에 동행하기 시작했다.

어머니는 무엇보다 보안에 예민했다. 창문마다 흰 커튼이 드리워졌다. 어머니의 방침에 따라 오안은 저택 안에서 마스크와 모자를 착용하고 다녔다. 창가에 가까이 다가가는 건 허용되지 않았다. 시욱이 반발했으나 오안은 저택 사람들을 곤란하게 만들지 않으려고 최선을 다해 새로운 규칙을 지켰다.

그러는 사이에 가을이 왔다. 시욱은 울긋불긋한 색이 정원을 뒤덮는 걸 알아채지 못하는 오안이 안쓰러웠다. 그래서 낙엽이 지기 전에 오안에게 선물을 주고 싶었다. 밝고 반짝이며 희망적인 것을.

어머니가 연구소로 출근하는 날을 미리 확인한 시욱은 오안을 데리고 저택 밖으로 몰래 빠져나갈 만반의 준비를 마쳤다. 자율주행차가 정문을 나서자마자 오안을 불러 계획을 늘어놨다. 오안은 처음에는 웃었고 다음에는 난감해했다.

"연구 마스터님이 위험한 상황에 노출되지 않도록 주의하라고 당부하셨잖아요. 만약 밖으로 나갔다가 예상치 못한 일이 닥치면 여러모로 곤란해질 거예요."

"그렇지만 계절이 바뀌었어. 바람의 감촉마저 달라졌다고. VR로 보는 것과는 차원이 다른 세상이 저 밖에 있단 말이야. 연구소에서도 제한 구역에만 있었다고 했잖아. 진짜 세상을 배울 기회라고."

"알아요. 제게 보여주고 싶은 게 잔뜩 있다는 걸. 가을을 만끽할 기회가 마지막일 수 있다는 것도요. 하지만 파파라치는 시욱을 집요하게 좇을 거예요. 시욱에 관한 정보를 꿰고 있을 테니 갑자기 나타난 동행을 의심스럽게 볼 거고요. 밖에서 제 정체를 들키지 않을 확률은 매우 낮아요. 저택에 있는 편이 안전해요."

시욱은 감정에 호소하기로 했다. 함께 지내면서 오안이 강한 상대에게 강하고 약한 상대에게는 약하다는 걸 알게 됐다. 페인트 총을 쏘며 친구끼리 노는 공연에 혼자 가야 한다고 어깨를 떨구면 분명 자신을 외롭게 내버려둘 리 없다.

시욱의 예측대로 곤혹스러워하던 오안이 함께 가겠다고 대답했다. 오안은 마스크와 야구모자를 검은색으로 바꿔 착용하고도 안심이 안 되는지 안경을 쓰고 스카프까지 둘둘 둘렀다. 그사이 시욱은 뒷문을 지키는 경비원이 자리를 비우는 틈을 노렸다. 경비원은 내내 자리를 지키고 있었다. 시욱은 경비원들에게 따뜻한 커피를 가져다주라고, 이왕이면 저택 앞 시위자와 파파라치에게도 전달해달라고 가사 도우미에게 부탁했다. 웬일로 기특한 말을 한다는 듯 가사 도우미가 눈을 동그랗게 뜨곤 관리 로봇에게 커피를 주문했다.

모두 커피를 마시며 찰나의 여유로움을 누리는 시간. 뒷문을 지키는 경비원도 다른 구역 경비원과 합류해 대화를 나눴다. 시욱은 빈 뒷문을 열고 시위자들이 있는지를 살폈다. 아무도 없었다. 곧장 큰길로 뛰어나가자 오안이 뒤따라왔다. 높낮이가 다른 타닥타닥 발소리가 들렸다. 오안이 두 팔을 벌리고 오른쪽으로, 다시 왼쪽으로 방향을 틀며 달리고 있었다. 멀리서도 온몸에서 행복이 발산되는 게 느껴졌다.

"이렇게 자유롭게 뛰는 건 처음이에요."

오안은 연구소에서 심박수 체크를 위해 고작 러닝머신을 뛴 게 다였다. 오늘 해보는 모든 활동이 첫 경험의 경이로움을 선사할 터였다. 밝고 반짝이며 한순간만이라도 희망으로 기댈 수 있는. 그것만으로도 불안한 현재를 치워두기에는 충분했다.

한바탕 달린 뒤에는 나란히 걸으며 공평하게 햇볕을 받았다. 길목마다 추억으로 남을 웃음이 가득했다. 오안이 상점가에 진열된 상품들을 하나도 지나치지 못하고 신기하게 바라보면 시욱은 한술 더 떠 그것을 사주겠다고 우겼다. 눈부신 고층 건물들 사이로 각양각색의 홀로그램 광고가 나타났다 사라졌다. 호버보드를 탄 스태프가 공중에서 공연 영상을 펼쳐 보이자 둘은 누가 먼저랄 것도 없이 호버보드가 꺾어 들어간 길로 달려갔다.

화려한 전구가 반짝이는 로열 버라이어티 퍼포먼스 홀로그램 공연장이 눈앞에 있었다. 지난 세기부터 이어진 처형 문화를 모티브로 한 공연장이었다. 처형 장면을 스마트글래스로 감상하거나 고문 도구에 부착된 센서를 통해 신경망 연결 유니폼을 입고 VR로 처형 체험을 해볼 수도 있었다. 비인간적이라는 비평에도 불구하고 사람들은 잔혹한 공연에 매료

돼 공연장은 연일 매진 행렬이었다.

시욱과 오안은 디지털 사이니지를 따라 처형 도구 전시관으로 들어갔다. 관람객들이 괴로운 표정으로 비명을 지르며 다양한 처형 도구를 체험하고 있었다. 전시관마다 자극적이고 사실적인 재현이 펼쳐졌다. 오안은 시무룩하게 바닥을 내려다봤다. 인간이 죽는 모습을 보는 게 괴롭다고 했다. 시욱 역시 전시관에 들어온 걸 후회하기 시작한 참이었다. 체험하지 말고 바로 공연장으로 가서 버라이어티 퍼포먼스를 보자고 하자 그제야 오안의 표정이 누그러졌다.

그때 누군가 시욱의 이름을 불렀다. 권혜 무리가 2층 계단에서 내려오며 시욱 옆에 선 오안을 탐색하듯 뜯어봤다. 새로운 먹잇감일까. 먹잇감을 가로챌 방해꾼일까. 가늠하는 권혜의 눈초리가 날카로웠다.

"누구야?"

"친구."

"친구?"

거짓말, 이라는 속마음이 권혜의 얼굴에 서려 있었다. 시욱 옆으로 바짝 다가선 권혜가 같이 전시관을 둘러보자고 말했다. 대답도 듣지 않은 채 권혜가 성큼성큼 앞서 걸어갔다. 오안이 불안한 듯 야구모자를 깊숙이 눌러썼다. 권혜 무리에 포위당한 채 VIP 체험관으로 이동하자 주변이 한산해졌다.

권혜가 VIP 체험관 앞 스태프에게 손등을 내밀었다. 생체칩을 스캔한 휴대용 리더기에 공연 티켓의 열 배가 넘는 금액이 찍히며 결제되었다. 스태프가 가죽채찍을 건네주고 체험관 문을 열었다. 덩그러니 놓인 이동식 십자형 사형대에 허수아비처럼 양팔을 벌린 사람이 처참한 몰골로 묶여 있었다. 홀로그램이 아니었다. 혈관이 터지고 찢긴 상처에 고름이 고여 있었다. 시욱은 지독한 피 냄새에 숨이 막혀 고개를 돌렸다. 권혜가 우악스럽게 시욱의 턱을 잡았다.

"힘 있는 자들에게 자발적으로 장기를 파는 인간들이 있어. 아주 널렸었지. 그런데 적그리스도인 네 엄마가 클론 따위를 만들어 저들의 돈줄을 막은 거야. 장기 하나만 팔아도 품위 있게 생활할 수도 있었는데 조롱거리로 전락한 꼴을 보라고. 저 불쌍한 사람을 저런 비참한 꼴로 만든 건 너야, 류시욱!"

시욱은 사형대를 보지 않으려고 안간힘을 썼다. 권혜가 손아귀에 힘을 줘 시욱의 얼굴을 사형대 방향으로 돌려놓았다. 그 순간 권혜의 손목을 오안이 붙들었다.

"이봐, 류시욱 친구. 지금 누구 손목을 잡고 있는지 정확히 알고 있니?"

"시욱에게서 먼저 손을 떼시면 저도 놓을게요."

잠시 오안을 흥미롭게 쳐다보던 권혜가 시욱의 턱을 툭 치며 장난스럽게 손을 뗐다. 동시에 오안 역시 권혜의 손목을 놓아주었다.

"아주 재미난 녀석을 친구로 뒀구나. 근데 낯이 많이 익네."

권혜가 거칠게 오안의 마스크를 낚아챘다. 집요한 손길에 야구모자가 비스듬히 걸쳐지고 안경이 바닥으로 떨어졌다. 오안의 얼굴이 고스란히 드러났다. 주변을 둘러싼 무리에서 탄성이 터져 나왔다.

"클론이구나. 기어이 사탄을 만들어냈구나."

권혜가 마스크를 바닥에 던져버리고 침을 뱉었다. 오안이 야구모자를 고쳐 쓴 뒤 안경을 주웠다. 시욱은 어머니가 알기 전에 어서 저택으로 돌아가야 한다는 생각만 들었다. 그만 가보겠다며 오안의 손을 잡아끌자 권혜가 재킷에서 주머니칼을 꺼내 남자가 묶인 사형대 측면에 꽂았다.

"우리? 네 유전자로 만들었다고 진짜 친구라도 되는 줄 아는 거야? 정신 차려, 류시욱. 저 녀석은 혐오스러운 인공물일 뿐이야. 아! 이것도 하늘의 계시인가. 적그리스도의 창조물이 활개치기 전에 내가 먼저 파괴해버리라는."

"오안은 정부에서 관리하고 있어. 만약 오안을 건드리면 학교랑 달리 너도 책임 소재에서 무사하진 못할 거야."

"사탄과 어울리더니 협박 기술도 배우고 악에 제대로 물들어버렸네. 구원은 안 받을 거야? 류시욱, 잘 들어. 회개할 기회를 줄게. 이제라도 올바르게 행동하는 거야. 어쩌면 넌 악을 퇴치한 영웅이 될 수도 있어. 보상도 해줄게. 내가 그만하라고 할 때까지 저 사탄을 벌한다면 이제 널 불러내는 일은 없을 거야."

권혜가 채찍을 내밀었다. 어서 채찍을 휘두르라는 압박이 무리로부터 밀려왔다. 시욱은 주먹을 힘껏 쥐었다. 만약 오안을 때린다면 앞으로 학교생활이 편해질 수 있다. 그러나 오안을 때린다면 영원히 친구를 잃게 될 것이다. 어깨에 힘을 뺀 시욱을 향해 권혜가 한숨을 내쉬었다.

"사탄 새끼는 어쩔 수 없구나. 수고스럽지만 내가 대신 구원해줄 수밖에 없겠네."

권혜가 팔을 크게 뻗어 채찍을 휘둘렀다. 시욱이 때맞춰 몸을 돌려 오안을 감싸안았다. 등에 채찍을 맞은 시욱이 신음을 삼켰다. 오안의 표정이 일그러졌다. 시욱은 간절한 눈빛으로 오안에게 마음을 전했다. 여긴 내가 책임질 테니까 넌 나서지 말고 가만히 있어줘.

그러나 두 번째 채찍에 연이어 세 번째 채찍이 날아왔을 때 오안은 더는 참지 못하고 채찍을 움켜잡았다. 권혜가 눈을 부릅떴다. 오안과 권혜가 각각 양쪽에서 힘주어 당기자 채찍이 팽팽해졌다. 부하들이 숨죽인 채 상황을 지켜보고 있었다. 권혜가 채찍을 제 몸 쪽으로 끌어오기 위해 이를 악문 순간 오안이 채찍을 놓아버렸다. 권혜가 나동그라졌다.

시욱이 아는 한 권혜가 이런 식으로 당한 적은 없었다. 또래든, 선생님이든, 그 누구에게든. 굳건한 성도 실금으로 붕괴되기도 한다. 시욱은 방금 본 상황이 실금이라고 생각했다.

채찍은 바닥에 떨어져 있었다. 그걸 오안이 집었다. 그저 들고 있을 줄 알았던 오안이 허공에 채찍을 휘두르며 권혜와의 거리를 좁혀갔다. 권혜가 팔로 얼굴을 가렸다. 오안의 채찍은 권혜를 노리지 않고 바닥을 때렸다. 외모가 같아서인지 마치 시욱 자신이 권혜에게 저항하고 있는 것같이 보였다. 부하들이 수군거리기 시작했다. 권혜가 도와주려는 부하를 뿌리치고 일어나 오안을 노려봤다.

"덤빈 것도 모자라 감히 나를 우롱해?"

"인간답게 사는 노력을 잊으신 것 같아 일깨워드리려고요."

오안은 주눅 들지 않고 담담하게 대답했다. 시욱은 그 말이 권혜를 더욱 자극할 거라는 걸 경험으로 알았다. 권혜가 손을 뻗어 주머니칼을 사형대에서 빼냈다. 칼을 휘두를 적절한 거리를 가늠해보는 게 느껴졌다. 권혜가 칼을 허공에 가볍게 내저었다. 그러곤 인간이 만든 인공물 따위가 인간을 안다는 듯 오만을 부리는 게 인간에 대한 모욕이라고 이를 갈았다. 인간이 부리는 하등한 존재. 장기를 꺼낼 때마다 예의를 갖춰 인간에게 감사해야 하는 존재가 권혜가 생각하는 클론이었다.

"네가 잘못 알고 있어. 오안은 하등하지 않아. 오안은 인간을 인간답게 만드는 존재가 될 거야."

그동안 괴롭힘당하면서 한 번도 침묵을 깬 적 없던 시욱이 앞으로 나섰다.

"인간다운 게 뭔데? 설마 서로 의지하고 돕고, 그런 걸 말하는 거야? 약해빠진 걸 숨기는 것 아니고?"

권혜와 눈이 마주친 시욱은 마른침을 삼켰다. 시욱이 오안에게 의지하고 있다는 걸 간파한 듯했다. 권혜의 눈동자에 둘의 관계를 깨뜨리고 싶어 하는 갈증이 일고 있었다.

긴장된 분위기를 주도하며 권혜가 고개를 좌우로 꺾어 뚝뚝 소리를 냈다. 곧 찔러올 기세로 주머니칼을 고쳐 쥐었을 때 노크 소리가 들렸다. 문을 연 스태프가 시간이 다 됐다고 알렸다. 스태프 뒤로 정장 차림의 연인이 서 있었다. 권혜가 잠시 문밖을 노려보다 주머니칼을 재킷에 집어넣었다.

"류시욱, 네가 착각하는 게 있는데 정부에서 관리하는 건 클론이 아니라 클론으로 건강을 살 수 있다는 자본주의 경제야. 그건 값을 치를 수 있다면 내 손으로 클론을 죽여도 문제없다는 의미지. 그러니까 네 클론을 조금이라도 더 살려두고 싶으면 간수 잘하는 게 좋을 거다."

권혜를 따라 무리가 VIP 체험관을 나갔다. 시욱과 오안도 밖으로 나와 통로에서 서로를 마주 보았다. 괜찮냐는 질문들이, 괜찮다는 대답들이 서로의 눈 속에 담겨 있었다. 둘은 천천히 공연장으로 돌아갔다. 공연을 관람하고 싶진 않았지만 당장 나가면 권혜 무리와 마주칠 수 있다는 우려에 관람하기로 했다. 또한 저택으로 돌아가면 어머니에게 오안의 정체를 들켰다는 사실을 고백해야 한다. 질책의 시간을 조금이나마 지연시키고 싶었다.

입구에서 관객들에게 페인트 총이 자동 지급되었다. 특수 잉크로 제작된 용액이라 몇 분 뒤 말끔히 사라지니 안심하고 사용해도 된다는 문구가 페인트 총 측면의 디스플레이에 안내되었다. 예약된 좌석에 앉자 오안이 머뭇거리다가 어째서 조금 전 자신이 인간을 인간답게 만드는 존재가 될 거라고 했는지를 물었다.

시욱은 그동안 오안의 따뜻한 면모를 보며 그렇지 못한 자신을 스스로 반성해왔다. 인간이 인간에게 모진 것에 관해 여러 날 생각해보기도 했었다. 만약 인간이 되는 기준점이 생긴다면 지금과 다른 세상이 올지도 모른다. 그리고 인간의 기준점은 인간보다 더 인간다운 클론이 될 거라고 생각했다. 믿는 바를 말해주자 오안은 조용히 생각에 잠겼다. 시욱은 오안을 방해하지 않기 위해 아픈 등을 만지지도 못하고 참았다.

이윽고 축포와 함께 환호성이 일었다. 무대로 나온 광대가 익살스러운 몸짓으로 분위기를 고조시킨 뒤 사라지자 무대 배경이 바뀌며 공연이 시작되었다. 클론의 장기를 이식받은 인간이 건강을 회복해 영생을 누리고, 장기를 기증해 '클론 처형'을 당한 클론은 천사가 된다는 줄거리였다. 웅장한 사운드와 서커스를 연상시키는 배우들의 몸놀림, 시시각각 변형되는 무대 구성이 관객들을 몰입시키기에 충분했다. 오로지 시욱과 오안만을 제외하고.

공연 줄거리에 충격받은 시욱은 속이 메스꺼웠다. 출입구를 눈으로 좇으며 나갈 타이밍을 재고 있을 때 광대가 다시 등장해 장난감 페인트 총을 들라고 외쳤다. 관객들이 구령 소리에 맞춰 서로를 겨냥하고 페인트 총을 쐈다. 여기저기에서 피처럼 붉은 특수 잉크 용액이 튀어 마치 관객들이 총에 맞은 것처럼 보였다. 시욱은 방아쇠를 당기지 못했다. 오안은 페인트 총을 떨어뜨리고 얼어붙어 있었다.

처형 종료를 알리는 자막이 뜨고 스크린이 꺼졌다. 관객들의 얼굴이 상기돼 있었다. 오안의 가슴에도 누가 쏘았는지 모를 피 같은 붉은 용액이 묻어 있었다. 어쩐지 붉은색이 지워지지 않고 오안에게 영원히 남아 있을 것 같은 예감이 들었다.

시욱은 몇 걸음 걷지 못하고 주저앉아 아침에 먹은 것을 토해냈다. 위액이 푸르러 눈을 감았다. 오안이 다가와 시욱을 부축했다. 용액이 그대로 남은 페인트 총을 반납한 뒤 시욱은 화장실에서 입을 헹구고 로비로 나왔다.

"클론! 클론이다!"

공연장 밖으로 나가자마자 어디선가 들려온 외침. 어리둥절한 시욱과 오안을 둘러싸고 파파라치들이 사진과 영상을 찍었다. 카메라 불빛에 눈이 부시고 어지러웠다. 휘청거리며 정신없이 떠밀리다 시욱은 가까스로 오안의 손을 맞잡았다. 오안은 야구모자가 벗겨진 채로 어딘가를 응시하고 있었다. 시선 끝에 권혜가 보였다. 비웃음을 머금은 얼굴에 승리의 빛이 감돌았다. 권혜가 파파라치에게 정보를 줬구나. 돈이 되는 정보가 폭풍을 몰고 왔다. 개인 방송 채널마다 둘의 모습이 여과 없이 노출되고 있었다.

"얘들아! 괜찮니?"

인파를 뚫고 나타난 정책 마스터가 시욱에게 담요를 둘러 주었다. 정책 마스터가 나타났다는 건 이미 정부에서도 오안의 정체가 탄로 난 상황을 알고 있다는 뜻이었다. 경호원들이 파파라치를 막으며 시욱과 오안을 국가바이오휴먼연구소 로고가 찍힌 차량으로 호위했다. 사방에서 사나운 욕설이 들려왔다. 차량으로 들어가자 연구원이 시욱의 손등에 생체칩 리더기를 가져다 대었다.

"류시욱. 14세. 본인 확인했습니다."

연구원이 랩톱 컴퓨터에 시욱의 생체칩 코드를 입력하고 신체 정밀검사를 했다. 채찍을 맞은 등 전반에 염증 수치가 증가해 있었다. 긴급 처치를 하고 다른 이상이 없다고 판명되자 오안을 연이어 검사했다. 오안은 손바닥에 쓸린 상처가 있었다. 정책 마스터가 난처한 기색으로 차량을 나갔다. 어딘가로 연락을 취하려는 모양이었다. 오안의 손에 붕대가 감겼다.

어머니는 저택 현관문 앞에 서 있었다. 팔짱을 끼고 있던 어머니가 차량에서 먼저 내린 시욱을 지나쳐 오안의 뺨을 세차게 올려붙였다.

"연구소가 비상이야. 차라리 도망가지 그랬니."

어머니가 싸늘하게 말했다. 오안이 죄송하다며 고개를 숙였다. 이번 일의 발단은 자신이라는 말이 입에서 맴돌았지만 시욱은 차마 뱉어내지 못했다. 어머니와 관계가 더 틀어질까 두려웠다.

관리 로봇이 목욕물을 받는 동안 시욱은 오늘 일들을 반추했다. 아무리 포장해봐도 자신이 비겁했다는 결론은 변하지 않았다. 연구소가 발칵 뒤집힌 상황에서 어머니가 극단적인 결단을 내릴 가능성은 얼마든지 있었다. 클론 상용화 반대 여론을 잠재우기 위해서는 장기 이식 성공 사례가 필요하다. 애초에 오안이 저택으로 온 것도 이식 성공률을 높이기 위한 라포르를 확보하기 위해서다. 아마도 첫 클론인 오안의 존재를 공개하는 시기는 수술 성공률 100퍼센트라는 검증된 데이터를 증명할 때일 것이다. 그러나 오늘 일로 자신의 건강과 무관하게 수술이 진행될 가능성도 있었다. 오안을 지키려면 진실을 말해야만 한다. 설령 어머니와의 관계가 영원히 악화되더라도.

방에 없는 어머니를 찾아다니다 식당 앞에 이르렀다. 식당 안에서 정책 마스터의 목소리가 들려왔다.

"하늘이 준 기회일지도 몰라. 클론과 인간의 교류가 가능하다는 걸 자연스럽게 보여줬잖아. 사람들이 클론을 우호적으로 보게 될 거야."

"클론은 무조건 주인에게 충성하도록 설계돼 있어. 유전자 변형으로 공격적인 성향을 제거한 것도 온순한 특징을 두드러지게 해. 오늘 외출도 분명 시욱이 하자니까 따라간 거겠지. 그걸 교류라고 불러야 하는 거야? 시욱이는 클론 상용화 입법 추진 후에 여론이 좋지 않다는 걸 누구보다 잘 알면서 어리석은 짓을 저질렀어. 연구소뿐만이 아니라 시욱이도 위험에 처했다고. 위험을 자초한 꼴이 된 거야."

"아직 애잖아. 오안을 좋아하니까 함께 외출하려고 했던 것뿐이야. 오히려 두 아이의 우정이 알려지면 여론의 방향을 바꿀 수 있어. 그러니까 기분 풀어."

"시욱이는 진심일지 몰라도 오안은 주인을 좋아하도록 프로그래밍된 거야. 시욱이는 착각하고 있어. 오안이 자기를 진심으로 좋아한다고 말이야."

마침내 친구가 생겼다는 것에 들떴었다. 오안과 자신이 닮은 만큼 운명도, 감정도 같을 거라 여겼다. 오안이 자신을 보며 웃는 게 정말 연출된 거라면 우정은 진실하지 않은 것이 된다. 시욱은 돌아서서 중앙계단을 올라갔다. 그러곤 오안의 방으로 곧장 들어갔다. 붕대를 손에 감은 오안이 그림을 그리다가 시욱을 보곤 일어섰다.

"무슨 일 있으세요? 표정이 꼭 울 것 같아요."

마음은 우러나는 것. 우러나는 곳은 처음에는 심장. 이후에는 눈으로, 손으로, 입술로, 머리카락 한 올 한 올로, 온몸이 좋아하는 마음을 만들고 느낀다. 오안은 자신보다 건강한 몸을 가지고 있다. 그 몸에서 만들어진 감정이라면 분명 튼튼하고 올곧을 것이다. 그러니 모든 신체 기관 세포들이 조작되어 마음이 프로그래밍되었다고 해도 오안은 그대로의 오안이었다.

"오늘 힘들었지? 잘 자라고 인사하러 왔어."

오랜 시간 홀로 잠들며 시욱이 밤으로부터 배운 교훈은 딱 한 가지였다. 만약 자는 도중 깨어났다면 다시 잠을 청하면 된다는 것. 관계도 마찬가지다. 다시 청하면 된다. 시욱은 오안을 잃고 싶지 않았다.

방문을 닫으려는 시욱에게 오안이 미소 지으며 찬찬히 다가왔다. 그러고는 시욱의 어깨를 가만히 감싸안았다. 오늘 정말 고마웠고 행복했다면서 추억을 영원히 잊지 않을 거라고 덧붙여 말했다. 비난받고 상처받은 하루가 아니라 너에겐 오늘이 선물이었구나. 그렇게 행복으로 오늘을 기억해줄 거구나. 다행스럽게도.

시욱도 오안의 어깨에 기대었다. 오안이 어깨를 쓸어주자 어째서인지 눈물이 고였다. 가슴이 쓰리기도 했다.

"연구 마스터님 일은 너무 마음 쓰지 마세요. 제가 오늘 외출을 주도한 거라고 아시니까 괜찮을 거예요."

어머니는 오안을 연구하고 있지만 마음까지 속속들이 아는 건 아니었다. 프로그래밍되지 않은 마음도 있다는 걸 몰랐다. 그건 너무 보잘것없으나 위안이 되는 깨달음이었다.

시욱이 계속 울자 오안도 끝내 따라 울었다. 그렇게 서로에게 기댄 채 둘은 오랫동안 함께 울었다. 함께여서 다행이었다.

4.

정문에 설치된 조명이 기울어져 푸르스름한 빛이 도망치듯 시위대의 발밑에 깔렸다. 클론 상용화 반대 시위는 점점 과격하게 변해갔다. 생명 윤리를 무시하는 법안 통과를 강행하면 보복하겠다는 협박성 성명을 동영상 사이트를 통해 공표하는 시위자도 늘어났다. 무장한 경비원들이 저택 주변을 순찰하면서 시위대와 종종 험악하게 대치하기도 했다.

카메라 불빛에 둘러싸인 그날 이후 어머니가 가장 먼저 결정한 건 시욱이 학교를 그만두고 홈스쿨링으로 학업을 마치도록 한 것이다. 그것은 시욱 역시 오안처럼 저택에 틀어박혀야 한다는 걸 의미했다. 또한 그것은 오안과 종일 함께 보낼 수 있다는 걸 뜻하기도 했다. 어머니는 커튼을 활짝 열어젖혔다. 오안은 더는 마스크를 쓰지 않았고 정원 출입도 허락되었다. 오안을 촬영하려는 파파라치와 드론이 늘어났다. 연구소로 출근하는 어머니는 개인 경호원을 더 늘렸다. 경호원들은 1층 손님방에 머물렀다.

첫눈은 아직 내리지 않았다. 예보에서는 크리스마스에 첫눈이 올 거라고 했다. 시욱은 크리스마스에 오안에게 미술용품을 선물할 계획이다. 근래 오안은 그림에 심취해 곧잘 주변 사물을 스케치하곤 했다. 오안이 캔버스에 그려낼 첫 작품을 저택 벽면에 걸어두는 걸 상상만 해도 흐뭇했다. 캔버스와 이젤, 유화 물감을 침대 밑에 숨겨두자마자 노크 소리가 들렸다.

"크리스마스 케이크 만들 건데 동참하실래요?"

"누가 데코를 잘하는지 내기할까?"

오안을 가볍게 밀치며 시욱이 주방으로 뛰어 내려갔다. 뒤따라온 오안에게 관리 로봇이 반죽하고 있던 밀가루 덩이를 던졌다. 오안이 피하면서 밀가루를 시욱에게 흩뿌리자 흰 가루가 눈처럼 날렸다. 가사 도우미가 잔소리하며 시욱을 주방에서 쫓아내기 전까지 둘은 밀가루를 뿌리며 신나게 놀았다.

손을 씻고 나온 시욱은 응접실에서 대화를 나누고 있는 어머니와 정책 마스터를 보았다. 얼마 전 홈스쿨링 메이커 수업에서 제작한 초정밀 감청 태그를 응접실에 붙여뒀다. 어른들의 대화가 주로 오안과 관련되었다는 걸 확인한 후 정보 수집 차원으로 미리 붙여둔 것이다. 방으로 돌아와 감청 연동 프로그램을 켜자 어머니의 목소리가 나지막하게 들려왔다.

"1급 보안 파일 열람이 차단됐어. 보안 문제로 저택에서 접속하는 걸 막았다는데, 연구 코치 혼자 꾸밀 수 있는 일이 아니야. 나보다 더 윗선에서 시켰겠지. 독단적인 프로젝트를 중단하라는 압박 차원으로."

"누가 지시했는지 내가 좀 알아볼게. 그보다 오안을 연구소로 데려가는 건 결정했어?"

"내가 왜 연구소를 꺼리는지 알잖아. 연구소는 슈퍼 인자를 활용한 생체 수치에만 집착해. 무리한 유전체 합성으로 벌써 클론 넷이 죽었어. 분명 오안은 버티지 못할 거야."

"클론을 상용화하는 정책에 회의감이 들어?"

"같이 주도해온 당신 앞에서 할 말은 아니지만 그럴지도 모르겠어."

"당신답지 않아. 클론 연구에 모든 걸 바쳤잖아."

"나도 내가 실험체를 가엽게 여길 줄은 몰랐어. 이인자 잡종 문제를 해결하느라고 쏟아부은 시간이 얼만데. 그렇지만 오안은 그저 바이오 산업물로 여기기엔 너무나 인간적인 존재야. 내 예측보다 더 인간과 친밀한 관계를 형성할 줄 알아. 그렇기에 시욱이 전적으로 의지하는 거고. 더욱이 둘은 서로 성장시키는 관계로까지 발전했어."

"오안이 다른 클론에 비해 유독 우호적인 특징을 가졌을 수도 있어. 알고리즘 분석에서도 클론은 성향 패턴이 주인의 성격과 유사하게 측정된다며. 시욱이도 타인에게 따뜻하잖아."

"같은 유전자 특성이 발현되니 둘이 동일한 성격 패턴을 띠는 건 당연해. 그런데 뭐랄까, 오안은 좀 달라. 클론의 특성답게 오안 역시 시욱에 대한 희생을 받아들이면서도 삶에 대한 집착이 커지는 모순을 보여. 점점 죽는 걸 두려워하고 있어. 클론도 인간과 다를 바 없이 성장하며 자기 존재를 인식하는 거야. 인간도 아기 땐 죽는 걸 인지하지 못하잖아."

"모든 면에서 성장하기 전에, 가령 클론을 만들자마자 바로 장기 이식을 추진하는 건 어때?"

"이미 클론이 진화가 가능한 존재라는 게 밝혀졌어. 클론은 동물이 아니야. 인간과 같은, 더 나은 삶을 꿈꾸는 종이야. 인간이 진화하기 위해 같은 종을 희생하는 게 맞을까?"

"연구를 중단한다고 하면 정부에서 받아들이지 않을 거야. 이미 이식 성공을 확신하고 있으니까. 장기 부족 문제를 해결할 가능성을 제시하고 과학적 진전을 이뤄냈다는 것만으로도 이번 정부는 지지받고 있어. 세계적으로 클론 수요가 늘어나면 국내 경제도 좋아질 테고. 의회가 여론의 추이를 살피느라 투표를 미루고 있지만 이미 정부와 법안 통과 협의를 마친 상태야."

"알아. 그래서 괴로워. 애초에 오안을 저택으로 데려오지 말았어야 했나 봐. 저택에서도 짐승처럼 감금되기만 했고. 아마도 자유는 끝내 줄 수 없을 테지."

"자책하지 마. 오안을 연구소로 다시 데려가는 건 나도 반대야. 지금 연구소에 오안만큼 완벽한 클론은 없어. 만약 오안을 연구소로 데려가면 상용화를 결정할 근거로서 곧바로 이식 절차를 밟게 될 거야. 시욱이를 위해서라도 이식 상황만은 막아야 해."

"이제 어떻게 하지?"

"이따 크리스마스 파티에 가서 최고위급들을 접촉해보자. 협상할 여지가 있을 거야."

어째서 인간은 문명의 발전이라는 명목하에 다른 종의 희생을 당연하다고 여기는 걸까. 연구소에서 죽은 클론은 어떻게 처리되고 있을까. 클론을 인간 종으로 인정하는 건 누가 정하는 걸까. 수많은 의문 중 저녁까지 시욱의 머릿속을 꽉 채운 질문은 어머니가 파티에서 해결책을 찾을 수 있을까였다.

그러나 답은 영원히 미제인 채로 남았다. 어머니가 파티에 갈 수 없었기 때문이다. 불안한 탓인지 어머니는 평소에 하지 않던 실수를 저질렀다. 중앙계단에서 드레스 자락을 밟아 발목을 접질린 것이다. 주치의마저 크리스마스 휴가라 어쩔 수 없이 응급실로 간 어머니는 두 시간이 지나서야 발목에 깁스한 채 돌아왔다. 어머니를 침대에 눕힌 정책 마스터가 시욱에게 사인펜을 내밀었다.

"아주 고전적으로 쾌유를 비는 방식이야. 어머니에게 하고 싶은 말을 깁스에 적어보렴."

말을 고르던 시욱이 깁스에 천천히 한 글자씩 적어나갔다.

'어머니! 얼른 완쾌하시고, 오래오래 건강하시길 바랄게요.'

정책 마스터가 상체를 숙이고 글을 읽어보더니 웃으며 분위기를 띄웠다. 깁스 풀면 다 같이 여행이라도 다녀오자고. 그러곤 출출하다고 보채서 크리스마스 케이크를 나눠 먹었다. 정책 마스터가 오안의 장식 솜씨를 칭찬했다. 시욱은 허둥대며 어머니를 시중들다 케이크 조각이 입가에 묻은 것도 몰랐다. 다들 시욱을 보고 한바탕 웃었다. 케이크를 다 먹은 후에는 늦게라도 크리스마스 파티에 가는 게 좋겠다는 어머니의 권유에 따라 정책 마스터 혼자 파티장으로 향했다.

크리스마스이브에 어머니가 파티에 가지 않고 저택에 있는 건 시욱이 기억하는 한 처음이다. 비록 최고위급과 접촉할 기회를 잃었지만 그건 정책 마스터가 맡아줄 것이다. 그러니 행운이 온 만큼 이 순간을 즐기면 된다. 시욱은 오랜만에 어머니와 체스를 뒀다. 모든 판에서 져 부루퉁해 있던 어머니는 마지막 판에서 이기자 손을 번쩍 들며 기뻐했다. 어머니가 머물고 있다는 사실만으로 저택 온도가 높아진 듯했다. 기분 좋은 하루의 마무리. 내일은 일어나자마자 어머니와 오안에게 메리 크리스마스라고 말해줘야지. 시욱은 내일이 어서 오길 바라며 자정이 넘어 잠자리에 들었다.

깊은 밤이었다. 폭발에 침대가 흔들리자 시욱은 잠에서 깼다. 천장에서 시멘트 가루가 떨어지고 있었다. 화약 냄새에 코가 시큰했다. 밖에서 무언가 요란하게 부서졌고 동시에 총소리가 뒤섞여 들려왔다. 오안이 방으로 들어올 때까지 시욱은 이불을 끌어안은 채 떨었다. 대체 무슨 일이 일어난 건지 오안도 모른다고 했다.

두 번째 폭발음과 함께 바닥이 흔들렸다. 창문이 박살이 났다. 고함과 총성이 점점 크게 사방을 메워갔다. 오안은 결심이 선 듯 시욱의 손을 힘주어 잡은 채 조심스럽게 복도로 발을 내디뎠다. 연기가 자욱했다. 연기 너머로 로비에 장식한 크리스마스트리가 은은한 빛을 발하고 있었다. 매캐한 연기에 눈물이 계속 흘러내렸다.

한 경호원이 장식장을 끌어다 현관문 앞에 엎어두고 있었다. 유리창을 깨고 총구를 바깥으로 뺀 경호원들도 보였다. 탄피가 대리석 바닥에 흩어졌다. 시욱과 오안은 서둘러 어머니의 침실로 향했다. 깨진 유리창으로 찬바람이 들어와 추웠다. 그런데도 어머니의 침실로 가는 동안 이상하리만치 몸이 뜨거워졌다.

"어… 어…."

침실이 정면으로 보이는 지점에서 시욱은 저도 모르게 신음을 흘렸다. 방문은 두 동강이 난 채였다. 반 정도 남은 벽면조차 누가 밀어내기라도 하는 듯 시나브로 스륵스륵 부서져내렸다. 벽지를 타고 오르는 오렌지빛 불길이 강렬했다. 시욱이 침실로 들어가기도 전에 오안의 탄식이 먼저 들려왔다. 벌벌 떨며 겨우 방문을 넘어섰을 때 불타고 있는 커튼 아래 깁스한 다리가 기묘한 형태로 꺾여 있는 것이 보였다.

"어머니!"

시욱은 절규에 가까운 비명을 지르며 어머니에게로 달려갔다. 어머니를 품에 안자 손바닥에 진득한 피가 묻었다. 온몸이 감전된 것처럼 떨려 목소리가 제대로 나오질 않았다. 시욱이 어머니를 끌어안고 울부짖는 사이에 스프링클러가 작동했다. 불길이 일렁였고 또다시 폭발음이 들리며 저택 전체가 흔들렸다. 천장에서 자잘한 시멘트 조각들이 떨어져 내리기 시작했다. 오안이 무릎을 꿇고 어머니의 목에 손가락을 가져다 대었다.

"연구 마스터님은 살아 계셔요. 맥박이 느껴져요."

오안의 말대로 정말 숨결이 희미하게나마 느껴졌다.

"천장이 곧 무너질 것 같아요. 연구 마스터님을 안전한 곳으로 옮겨야 해요."

오안이 침대 시트를 벗겨내 바닥에 펼쳐놓았다. 어머니의 몸 밑으로 시트를 밀어 넣는 과정을 시욱도 눈물을 닦으며 도왔다.

"이제 가야 해요."

온 힘을 다해 시트를 잡아끌며 침실을 빠져나오자 불과 몇 분 사이에 저택은 지옥으로 변해 있었다. 중앙계단은 3분의 1이 사라졌고, 화염에 휩싸인 경호원이 몸에 붙은 불을 끄기 위해 바닥을 구르고 있었다. 불씨가 양탄자에서 벽지로 옮겨 붙으면서 화마가 곳곳을 날름대며 집어삼켰다. 이윽고 까맣게 불탄 경호원이 잠잠해졌다. 사람이 죽는 걸 처음 본 시욱은 정신을 잃을 것만 같았다. 다리가 제 것이 아닌 양 후들거렸다. 하지만 어머니를 위해 버텨야 한다. 그 생각뿐이었다. 시트를 끌며 힘겹게 복도를 지나갔다. 스프링클러에서 뿜어진 물에 바닥이 젖어 발이 자꾸만 미끄러졌다. 시욱과 오안은 번갈아가며 넘어졌다가 일어났다.

크리스털 골동품을 배낭에 집어넣으며 집사와 가사 도우미가 응접실에서 나오는 게 보였다. 그들이 도와준다면 어머니를 수월하게 옮길 수 있겠기에 도와달라고 소리쳤다. 시욱의 절박한 얼굴을 마주 보던 집사가 입을 굳게 다문 채 뒷문으로 향했다. 집사와 가사 도우미가 저택에서 지낸 시간이 몇 초의 갈림길에서 짓밟혔다. 시욱은 체념하며 시트를 잡은 손아귀에 힘을 줬다.

드레스룸을 지나칠 때 현관문이 부서지는 소리가 들렸다. 어머니를 패닉룸까지 옮길 시간이 부족했다. 오안이 드레스룸을 열고 안으로 재빠르게 들어가 전신 거울을 일렬로 맞춰놓았다. 그러곤 거울 뒤로 생긴 공간에 어머니를 끌어다 놓았다. 시욱은 진열된 구두와 가방들을 바닥에 내던졌다. 누군가 뒤진 것처럼 보이길 바라며 액세서리 서랍도 뒤집어놓았다.

"어머니, 잠시만 숨어 계세요. 경찰을 불러올게요."

비록 의식은 없었으나 시욱은 어머니에게 당부를 전했다. 이제 시욱과 오안도 피해야 했다. 둘은 지하 패닉룸으로 가는 가장 빠른 동선을 선택했다. 복도 벽에 붙어선 오안이 창밖에서 포착되지 않도록 상체를 숙였다. 시욱도 같은 자세로 발끝을 들고 따라갔다. 중간쯤 갔을 때 인기척이 났다. 복도가 꺾이는 지점에서 오안이 창밖 너머를 확인했다. 집사 부부가 무릎을 꿇은 채 뒤통수에 손을 올리고 있었다. 검은 복면을 쓴 테러리스트들이 기관총을 들고 서 있었다. 뒷문으로 도망가기 직전 테러리스트에게 붙잡힌 듯했다. 테러리스트가 가사 도우미의 관자놀이에 총구를 들이댔다. 오안이 시욱의 입을 막으며 창문에서 돌려세웠다.

"보지 마세요."

총성이 한 방, 잠시 후 한 방 더 울렸다. 온몸에 전율이 흘렀다. 한순간에 인간이 인간을 죽음으로 덮칠 수 있다는 사실이 충격적이었다. 시욱은 주저앉아 귀를 막았다. 손끝이 덜덜 떨렸다. 오안이 시욱의 눈을 쳐다보며 어깨를 움켜쥐었다.

"숨 쉬어요. 숨 쉴 수 있어요. 다른 생각 말고 어머니만 떠올리세요."

계속된 유도로 불규칙하던 날숨과 들숨이 점차 고르게 흘러나왔다. 호흡을 확인한 오안이 어깨를 쥐었던 손을 놓고 가야 할 방향을 가리켰다. 더는 지체할 수 없어 둘은 양손으로 바닥을 짚고 창문 아래를 지나갔다. 오안이 먼저 계단을 내려가 주변을 살핀 후 지하실로 뛰어갔다. 테러리스트들이 지하실에 침입한 흔적은 없었다.

드디어 벽으로 위장된 패닉룸 입구였다. 시욱이 지문 인식 패드에 손바닥을 대자 문이 열렸다. 터치 패드 버튼을 눌러 문을 닫자 내부에 설치된 감시 카메라 화면이 자동으로 켜졌다. 저택에 흩어진 테러리스트들이 주변을 수색하는 모습이 보였다. 시욱은 통신 시스템으로 긴급 구조 요청과 함께 신고를 했다. 이제 경찰이 나타나길 기다리면 된다. 시욱은 그제야 긴장이 풀려 주저앉듯 소파에 기댔다. 흠뻑 젖은 잠옷에서 물방울이 떨어져 소파가 젖어갔다. 저택을 테러한 자들은 시위대일까. 아니면 사주받은 범죄 조직일까. 그도 아니면 어떤 이득을 취하고자 음지에서 튕겨 나온 자들일까. 시욱이 짐작해볼 수 있는 가능성을 획획 끄집어내는 동안 오안은 바깥 상황을 주시했다.

테러리스트들이 GPS를 확인하며 지하실로 향하고 있었다. 위성 좌표에서 사용된 IP를 생체칩 코드와 연결해 정확한 위치를 확보한 듯했다. 지하실로 들어온 테러리스트가 벽으로 위장된 패닉룸을 손으로 더듬어보곤 화재경보기 내부에 설치된 감시 카메라를 올려다봤다. 곧 테러리스트들이 지문 인식 패드를 발견했다. 그들은 패드에 찍힌 지문을 채취하는 작업에 곧장 돌입했다.

"이곳도 위험해요. 곧 문이 열릴 거예요. 캐비닛 안에 숨으셔야 해요."

감시 카메라 화면을 바라본 시욱은 쓰러지지 않으려고 소파 모서리를 붙잡았다. 테러리스트들이 휴대용 3D 프린터로 시욱의 손바닥 지문을 실리콘 모형으로 제작하고 있었다. 딥페이크 기술이 발전하면서 홍채 인식은 보안에 취약해져 일부러 패닉룸 인증을 손바닥 지문 인식으로 채택했다. 그런데 실리콘 지문이라니. 폭탄을 터뜨리지 않아도 손쉽게 문이 열릴 터였다.

철제 캐비닛에서 비상용 합성식품을 끄집어내자 한 사람이 들어갈 만한 좁은 공간이 마련되었다. 시욱은 오안의 의도를 알아차렸다.

"너는?"

오안이 시욱의 등을 쓸어주며 괜찮을 거라고 말했다. 잘못될 일은 없을 거라고. 그러곤 어떤 일이 있어도 절대 나오지도, 소리 내지도 말라고 주의를 주었다. 실리콘 지문을 손에 대보는 테러리스트의 모습이 화면에 잡혔다.

"나 혼자 숨을 순 없어."

"문이 열리면 어차피 둘 다 붙잡혀요. 합리적인 방법은 한

72

명이라도 들키지 않는 거예요. 시욱이 붙잡히면 제 존재 의미도 사라져요. 그러니 부디 무사히 살아주세요."

오안에게서 풍겨오는 결연한 분위기 때문에 시욱은 캐비닛으로 들어갔다. 하고 싶은 말은 많았으나 어떤 말도 할 수가 없었다. 시욱이 자리를 잡고 서자 오안이 캐비닛 문을 닫았다. 캐비닛 앞으로 침대를 끌어다 놓고 반대편 문은 일부러 살짝 열어 캐비닛 안에 물건들만 있는 것처럼 보이도록 연출했다. 끄집어낸 비상식량 중 일부는 침대에 올려두고 나머진 침대 밑으로 숨겼다.

문이 열렸을 때 오안은 홀로 패닉룸에 숨은 것처럼 바닥에 엎드렸다. 손을 머리꼭지에 붙인 오안을 향해 테러리스트가 기관총을 겨누었다. 시욱은 그 모습을 철제 캐비닛 틈으로 지켜보고 있었다. 테러리스트가 예고도 없이 방아쇠를 당길 것만 같아서 숨 막히도록 두려웠다. 오안의 팔을 뒤로 꺾은 테러리스트가 손등에 생체칩 리더기를 가져다 대었다.

"네가 클론이구나. 네 주인은 어디 있지?"

오안은 이마를 바닥에 붙인 채 아무 대꾸도 하지 않았다. 테러리스트가 오안의 새끼손가락을 꺾었다. 오안이 비명을 삼키며 이를 악물었다. 테러리스트가 웅크린 오안을 힘으로 일으켜 세웠다.

"클론은 통증도 못 느끼도록 만들어진 거냐?"

입을 열지 않는 오안을 대신해 다른 테러리스트가 패닉룸으로 들어와 철수해야 한다고 보고했다. 오안에게 총구를 겨누고 있던 테러리스트 시선이 캐비닛에 꽂혀 있었다.

"클론은 충성하고 주인은 숨었구나. 좋아, 클론. 철수하라니 5초 안에 내 눈앞에서 사라지면 목숨은 살려주마. 네게 주는 기회다. 이제 숫자를 세마. 다섯!"

숫자가 점차 줄어들었다. 오안은 비틀거리며 문을 향해 달려갔다. 오안이 패닉룸을 막 빠져나가려고 할 때, 시간이 남았음에도 세는 걸 멈춘 테러리스트가 기관총을 조준했다. 시욱은 긴박한 상황을 지켜보고 있었다. 캐비닛 안에서 물건 떨어지는 소리가 난 건 바로 그 순간이었다. 오안을 제외한 이들이 캐비닛 쪽을 일제히 쳐다봤다. 테러리스트가 오안에게 총구를 겨눈 채로 다른 테러리스트에게 고갯짓했다. 캐비닛 쪽을 겨누고 기관총이 다가왔다. 시욱의 손에서는 비상식량이 구겨지고 있었다.

캐비닛 문이 활짝 열렸다. 괴물의 아가리보다 커 보이는 손이 시욱을 끌어냈다. 두려움이 머리까지 차올라 눈앞의 테러리스트 외에는 사물이 흐릿하게 보였다. 모든 게 꿈처럼 느껴졌다.

"감별해봐."

시욱이 어른이 되어 돌이켜보니 테러리스트들은 이미 자신이 캐비닛에 숨은 걸 알고 있었던 것 같다. 그런데도 굳이 속임수를 쓰며 오안에게 총구를 겨눈 것은 시욱 스스로 나설 기회를 준 것이었다. 그것은 어른의 방식. 친구를 구하지 않은 대가는 평생 모멸감을 안고 살아가는 것으로 치러야 한다는 걸 아는 어른이 비겁해지지 말라고 준 기회였다. 그러나 선택의 순간에도 시욱은 움츠린 채 결정을 미뤘다. 비상식량이 떨어진 건 시욱의 의도가 아니라 순전히 우연이었으므로 어른이 된 후까지 수치스러운 기억 속에 살아야만 했다.

시욱은 금방이라도 쓰러질 것 같았지만 총구에 등이 눌린 채 계속 걸어갔다. 몇 걸음 앞에 오안의 맨발이 보였다. 오안도 총구에 채이며 걸어갔다. 저택 앞 계단은 부서졌고 대리석 바닥에는 타이어 자국이 어지럽게 찍혀 있었다. 시욱은 그런 저택이 낯설어 바닥에 깔린 시멘트 조각들에 발바닥이 아픈 줄도 몰랐다. 정원에는 방탄차가 드문드문 세워져 있었다. 시동을 걸어놓았는지 엔진 소리가 요란했다.

밖은 여전히 어두웠다.

5.

　시욱과 오안은 다른 방탄차에 각각 태워졌다. 방탄차에는 빛이 전혀 들어오지 않았다. 다른 사람은 없다는 걸 알면서도 시욱은 누군가 어둠을 틈타 총을 겨누고 있을지도 모른다는 두려움에 고개를 돌리지도 못했다. 축축한 잠옷이 몸에 달라붙어 조금씩 말라갔다. 울지 않으려고 아랫입술을 깨물었지만 눈물은 끊임없이 흘러내렸다.

　방탄차는 남은 인생을 돌아나가는 것처럼 끝도 없이 달렸다. 흔들림이 멎고 문이 열렸을 땐 동트기 직전의 희뿌연 어둠이 하늘에 깔려 있었다. 테러리스트가 들어와 등을 떠미는 바람에 시욱은 허둥대며 밖으로 나왔다. 얼어붙은 땅을 맨발로 밟자 한기가 머리꼭지까지 뻗쳐왔다.

　"류시욱!"

　먼저 끌어내려진 오안이 달려오려다가 다른 테러리스트에게 제지당했다. 시욱 역시 오안을 부르려고 했으나 목소리가 나오질 않았다. 혼자가 아니라는 사실에 테러 이후 처음으로 안도감이 느껴졌다.

　테러리스트가 옷과 신발을 두 사람에게로 던졌다. 입으라는 명령에 흙바닥에 떨어진 낡은 점퍼를 걸치고 크기가 맞지 않는 운동화를 서둘러 챙겨 신었다. 점퍼 단추를 막 채웠을 때, 화물칸에 쇠창살이 달린 전기 트럭 한 대가 흙먼지를 일으키며 방탄차 근처에 멈춰 섰다. 시동이 꺼지자 홀로그램이 사라지며 쇠창살 안에 가득 들어찬 아이들이 보였다. 앙상한 손목뼈가 금방이라도 비틀어질 듯 연약해 보이는 아이들이었다.

울대뼈에 돛단배 문신을 새긴 남자가 운전석에서 내리며 시욱 쪽을 흘깃 쳐다봤다. 테러리스트와 뭔가를 속닥인 운전사가 쇠창살을 열자 화물칸에 타라는 듯 테러리스트가 길을 비켜줬다. 시욱과 오안은 테러리스트의 눈치를 살피면서 트럭으로 걸어갔다. 화물칸의 검은 눈동자들이 일제히 둘을 쳐다보고 있었다. 오안이 먼저 화물칸에 올라가 시욱이 탈 수 있도록 도와줬다. 쇠창살 문이 닫히고 트럭이 곧바로 출발했다. 어둠 속으로 빨려 들어가듯이 테러리스트들이 점점 작은 점으로 변해갔다.

테러리스트가 보이지 않는다는 사실만으로도 안도감이 밀려왔다. 다리에 힘이 풀려서 주저앉고 싶었지만 화물칸에 다닥다닥 붙어선 아이들 때문에 앉을 자리가 없었다. 운전사가 험악하게 차로를 바꿀 때마다 화물칸에 탄 아이들이 그 방향으로 몸이 쏠리며 넘어졌다. 시욱은 쇠창살을 쥐고 가까스로 균형을 잡았다. 오안이 뒤에 자리를 잡고 서서 시욱을 감싸안았다. 괜찮다고, 괜찮을 거라고 오안이 끊임없이 속삭였다.

시욱은 나지막한 목소리에 버틸 힘을 얻어 오안을 돌아보았다. 오안은 멀고 먼 어딘가를 응시하고 있었다. 어쩌면 오안은 희미해진 희망을 동트기 시작한 지평선 너머에서 찾는 건지도 모르겠다고 시욱은 생각했다. 오안, 우리는 이제 어떻게 되는 걸까. 말 대신에 나오는 헛구역질을 참으며 시욱은 오안에게 조금 더 몸을 기대었다. 트럭이 흔들릴 때마다 아이들의 몸에서 지독한 지린내가 풍겨왔다. 바람에도 냄새가 물들 수 있다는 걸 이미 아는 듯, 앞으로 일어날 일에 비하면 지린내쯤은 별일 아니라는 듯, 뒤에서 오안이 시욱의 손등을 꽉 쥐었다. 아주 뜨거우면서도 부드럽게.

사방이 밝아졌을 무렵 해를 등진 모래언덕 밑에 트럭이 멈춰 섰다. 주변에 자동 텐트가 여남은 개 설치되어 있었다. 모닥불을 쬐던 남자들이 트럭을 무심하게 바라봤다. 그들 역시 테러리스트처럼 기관총을 어깨에 한 자루씩 메고 있었다.

쇠창살 문을 열고 운전사가 제일 앞줄에 서 있던 시욱부터 끌어내렸다. 칼바람이 불고 있었다. 몸을 부대끼며 서 있던 아이들과 떨어지자 살이 아릴 정도로 추웠다. 트럭에서 내려온 아이들도 입술을 떨며 몸을 꼬았다. 개중에는 해진 옷을

겹겹이 껴입은 아이들도 있었지만 뺏길까 봐 잔뜩 경계하는 눈초리가 사나워 감히 다가갈 엄두조차 내지 못했다.

수염이 덥수룩한 패거리들이 어슬렁거리며 걸어와선 자기들끼리 쑥덕이며 웃었다. 아이들을 보고 웃던 패거리가 슬며시 자리를 비킨 건 밍크 털모자를 쓴 남자가 기관총을 멘 자들을 거느리고 나타난 후였다. 패거리들이 작은 목소리로 소령이 왔다며 고개를 숙였다. 소령이 걸걸한 목소리로 물었다.

"클론이 어느 쪽이냐, 돛배야?"

대답을 듣기도 전에 소령의 강렬한 시선이 시욱과 오안에게 머물렀다. 두 소년의 외모가 똑같아 여느 아이들과 다르다는 걸 바로 알아본 듯했다. 울대뼈에 돛단배 문신을 새긴 돛배가 오안을 가리켰다. 소령이 기습적으로 시욱의 뺨을 올려붙였다. 클론을 만든 어머니를 대신해 맞는 거라면서. 시욱은 자신들이 모래벌판으로 끌려온 건 클론 상용화 때문이라는 걸 비로소 깨달았다. 드디어 곪은 상처가 터졌구나 싶은 심정이었다.

소령이 시욱의 생체칩을 제거해 위치 추적당할 싹을 미리 잘라내라고 명령했다. 그러자 클론과 클론 주인의 상호 작용이 장기 이식에 미치는 영향을 알아보려고 기술자의 요청으로 납치한 건데 생체칩을 제거하는 게 합당한 건지 묻는 말이

들려왔다. 질문을 누르듯 장기밀매 사업이 클론 때문에 망해 간다면서 윽박지르는 소리도 여기저기에서 들려왔다.

소란이 한순간에 멈춘 건 소령의 눈빛 때문이다. 소령이 찌를 듯한 눈초리로 모두를 쏘아봤다. 자신은 의견을 구한 게 아니라 명령을 내린 거라고 경고하면서. 기관총을 멘 조직원 두 명이 얻어맞아 뺨이 붉어진 시욱의 팔을 양옆에서 붙잡았다. 동시에 오안이 조직원들 앞을 가로막았다. 무서운 기세로 조직원이 오안의 배를 걷어찼다. 쓰러진 오안을 밟으려는 조직원을 소령이 저지했다. 소령은 오안이 왜 앞을 막아섰는지 궁금해했다. 오안은 비틀거리며 일어나 점퍼 소매를 팔목까지 걷어붙이곤 오른손등을 내보였다.

"클론은 내가 아니라 저 녀석이야. 내가 인간이라고. 역겨운 클론 따위가 아니라. 이게 증거야. 봐, 여기 생체칩을."

이식 직후 현미경으로 테플론 코팅을 입힌 생체칩을 찾아봤던 적이 있기에 시욱은 생체칩이 맨눈에 잘 보이지 않는다는 사실을 알고 있었다. 오안도 모를 리 없다. 그렇기에 이식 위치를 손가락으로 정확하게 가리키며 긴장하고 있었다. 오안이 스스로 나선 상황이 의외였는지 소령이 이름을 물었다. 오안은 류시욱이라고 또박또박 대답했다. 드론으로 상자를 옮기던 조직원들이 오안의 행동을 흥미롭게 지켜보며 잠시 조종을 멈췄다.

시욱은 눈을 내리깐 채 떨고만 있었다. 조직원들이 거짓말하지 말라며 금방이라도 목덜미를 낚아챌 것 같아 겁났다. 시욱과 이름을 바꾸려고 애쓰고 있는 오안의 거짓말이 무사히 넘어가 자신이 잡혀가지 않기를 진심으로 빌고 또 빌었다. 조직원들은 그깟 생체칩 아무렇게나 제거해도 된다며 둘의 손등을 모두 확인하자고 제안했다. 소령은 다시 조직원들을 칩떠보곤 돛배에게 물었다. 클론은 생체칩을 이식하지 않았는지를.

"이 아이들을 넘겨준 녀석들 말론 클론은 생체칩을 이식하지 않는다고 합니다."

시욱과 오안이 생체칩을 이식했다는 걸 테러리스트들은 감별을 통해 분명 확인했다. 그 사실을 운전사였던 돛배에게 확실히 전달했을 것이다. 그런데도 돛배는 거짓말을 했다.

"그럼 넌 왜 아까 이 아이를 클론이라고 한 거냐?"

"죄송합니다. 생김새가 똑같아 헷갈렸습니다."

소령이 돛배를 노려보며 지금 불안하냐고 물었다. 돛배는 당황해서 그렇다고 대답했다가 아니라며 고개를 수그렸다.

"누가 거짓말한 건지는 생체칩을 제거해보면 알게 되겠지."

소령이 지하 벙커로 들어갔다. 지하 벙커로 끌려가는 오안의 뒷모습을 시욱은 곁눈질로 바라봤다. 조직원들은 소령이 어째서 시욱의 생체칩을 동시에 감별하지 않은 건지 의문을 품었다. 그러다 기술자가 벼르고 있는 상품에 흠나는 게 싫은 거라고 농담하며 시시덕거렸다. 시욱은 슬그머니 왼손으로 오른손을 감싸 쥐었다.

오안이 끌려간 후, 조직원들이 텐트 뒤에 있는 공터로 아이들을 몰아갔다. 시욱 역시 아이들과 함께 공터로 쓸려 갔다. 공터에는 지하로 향하는 또 다른 비밀 문이 있었다. 모래를 털고 키패드를 누르자 철문이 양옆으로 열렸다. 조직원이 사다리가 자동으로 걸쳐지도록 키패드를 조작한 후 아이들을 차례로 내려보냈다.

안은 어두웠다. 어둠 속에서 들짐승처럼 보이는 아이들이 사다리를 타고 내려오는 아이들을 올려다보고 있었다. 시욱과 함께 내려온 아이들이 머뭇대다가 먼저 있던 아이들처럼 빛이 들지 않는 구석으로 가서 쪼그리고 앉았다. 언제부터, 어째서, 왜. 의문들이 머리에 맴돌았지만 철문을 닫으며 고함지르는 조직원에게 주눅 들어 더는 생각을 이을 수가 없었다.

어딘가에 앉기 위해 주위를 찬찬히 둘러봤다. 비교적 깨끗한 자리는 이미 다른 아이들이 차지하고 있었다. 곳곳에서 음식물이 썩어가며 벌레가 들끓었다. 시욱은 토악질했다. 지난

반나절 동안 먹은 것이 없어서 위액만이 식도를 역류해 쏟아져 나왔다. 아이들의 검은 눈이 허리를 접고 토하는 시욱을 지켜보고 있었다. 아무런 감정이 담기지 않은 눈동자였다.

구토한 후에는 묘하게 기진맥진해졌다. 시욱은 썩은 내를 풍기는 음식물 옆에 앉아 무릎을 감싸안았다. 바닥에서 올라오는 서늘한 기운에 얇은 잠옷 바지가 금세 축축해졌다. 어딘지도 모르는 지하의 어둠에 숨어서 몸을 최대한 웅크렸다. 냄새가 흐릿해져 갈수록 어째서인지 점점 잠이 쏟아졌다.

까무룩 잠이 들었다가 철문을 여는 소리에 깨어났다. 사다리 위에 오안이 서 있었다. 조직원이 팔을 놓자 오안이 무너져 내리듯 쓰러졌다. 맑은 하늘을 배경으로 쓰러지는 오안의 모습은 기이할 정도로 느렸다. 어쩌면 다음 일을 예상했기에 움직임 하나하나를 눈동자에 각인했기 때문인지도 몰랐다. 오안이 짐짝처럼 바닥으로 굴러떨어지는 걸 비명을 지르며 지켜봤다.

다리가 후들거려서 시욱은 땅바닥을 기어 오안에게로 갔다. 바닥에 얼굴을 박고 있는 오안을 돌려세우자 거친 숨결이 피부에 와 닿았다. 오안의 손은 붕대로 동여져 있고 피가 번져 있었다. 아마도 피부를 찢어놓은 듯했다. 시욱이 잠들어버린 그 시간에. 오안을 품에 안고 시욱은 울었다. 울음이 변명처럼 흘러갔다.

어스름이 내리고 드론에 매달린 양철통이 내려왔다. 오안을 조심스럽게 바닥에 눕힌 뒤 시욱은 드론을 조종하는 남자에게 진통제와 소염제를 달라고 사정했다. 남자가 신기한 생물을 발견한 듯 시욱을 내려다보다가 조소를 흘렸다.

"너한테 줄 약이 있었으면 네가 여기 잡혀 오지도 않았을 거다."

드론이 양철통을 바닥에 떨궈놓자마자 허기진 아이들이 몰려들었다. 양철통에는 휴대용 합성식품 팩이 들어 있었다. 얼마 되지 않는 그것을 차지하기 위해 싸움이 벌어졌다. 합성식품을 손에 쥐자마자 입출구를 허겁지겁 빨아먹기 시작했다. 그 모습을 보면서 아이들이 가난하기에 팔려 왔다는 사실을 절실하게 깨달았다. 아이들에게 약은 사치였다.

오안은 밤새 고열에 시달렸다. 열이 끓는 오안을 끌어안고 시욱은 밤을 새웠다. 그렇게 생각하지 않으려고 노력했지만 오안의 몸에서 발산되는 열로 인해 춥지 않다는 생각을 문득 문득 하기도 했다. 자신이 괴물같이 느껴진다는 게 그나마 위안이었다. 환기를 위해서인지 철문은 주기적으로 열렸다가 닫히길 반복했다.

새벽부터는 눈이 내렸다. 시욱이 저택에서 기다리던 첫눈이었다. 아이들이 모두 입을 벌리고 흰 눈을 받아먹었다. 시욱도 하늘을 보며 입을 벌렸다. 눈송이를 맛보는 혀끝이 차가워졌다. 얼음 결정체는 혀에서 순식간에 녹았지만 갈증은 해소되지 않았다. 웅크린 아이들 머리 위로 눈이 소복하게 쌓여갔다. 눈을 털어내려고 움직이는 아이는 아무도 없었다.

그 밤에 외따로 앉았던 여자아이가 얼어 죽었다. 시신은 바로 거둬지지 않고 한동안 방치되었다. 조직원들이 여자아이 시신을 실어 나가면서 돈줄이 줄었다며 툴툴거렸다. 시욱은 자신이 얼어 죽지 않은 게 다행이라는 생각만 했다. 마지막까지 살아남아야 할 사람은 자신과 오안이어야 한다. 시신을 봐도 슬프기보다 가슴 밑바닥에서 오기가 끓었다.

조직원들과 함께 내려온 돛배가 눈치를 살피더니 시욱 앞에 뭔가를 툭 떨어뜨렸다. 해열제였다. 돛배가 아무 일도 없었던 척하며 패거리를 도와 시신을 끌어냈다. 눈 밟는 소리가 멀어져 들리지 않았을 때야 눈밭에서 해열제를 꺼냈다. 오안의 입을 벌리고 하얀 알약을 붉은 혀 위에 올려두었다. 제발 살아줘. 핏덩어리가 말라붙은 오안의 손을 가슴에 품으며 끊임없이 중얼거렸다. 제발 살아줘. 제발.

기적처럼, 오안이 깨어난 것은 해열제를 먹고 눈이 한 차례 더 내린 뒤였다. 눈썹에 눈송이가 붙은 오안이 부르튼 입술을 달싹여 시욱을 불렀다. 시욱, 하고 부드러운 목소리로 다시 불렀을 때 시욱은 울지 않으려고 잔뜩 흐린 하늘을 쳐다봤다. 감사합니다. 오안이 손을 들어 눈물이 흘러내리고 있는 시욱의 뺨을 어루만졌다. 울지 말라는 듯. 시욱은 미안하다는 말 대신에 오안의 언 손을 감싸안았다. 이제는 자신이 오안을 지켜주리라 다짐하면서.

아픈 오안을 위해 거들떠보지도 않던 음식을 받아내려고 시욱은 두 번의 몸싸움을 벌였다. 한 번은 먹지 못했고 다른 한 번은 합성식품 한 팩을 손에 쥐었다. 오안에게 반을 먹이고 시욱도 먹었다. 첫입은 비린 냄새에 역했지만 끈적하게 입 안에 달라붙는 내용물을 끝까지 핥았다. 그래도 배고픔은 사라지지 않았다. 어떻게 해야 배부르게 먹을 수 있을까.

시욱과 오안의 몰골 역시 아이들과 별반 다를 게 없어졌다. 아이들과 비슷해질수록 정보가 생겨났다. 장기밀매 조직이 지내는 지하 벙커는 '버려진 자들의 소굴'이라고 불렸다. 지하 벙커 안에는 조직원들 숙소 외에도 '소굴'이라고 불리는 별도 구역이 있다고 했다. 지역과 나이 그리고 사연이 제각각인 팔려 온 아이들이 소굴에 가득 들어차 있다고. 소굴이 꽉 찬 탓에 창고로 사용되던 이곳에 자신들이 갇히게 된 거라고 설명해줬다. 모래벌판은 새로운 도시를 세우기 위해 무너뜨린 과거의 도시라 아무도 접근하지 않는다고도 말했다. 아주 먼 곳부터 순차적으로 낙후된 도시를 스마트 시티로 탈바꿈하는 작업을 진행한다는 소문이 퍼져 있지만 언제 개발될지는 미정이었다.

살 수 있을 거라는 기대를 진즉 버린 아이들과 달리 오안은 희망을 버리지 않았다. 오안은 생체칩 위치 정보를 확인한 선한 인간이 반드시 구해주러 올 거라고 믿었다. 반면 시욱은 생체칩을 희망으로 여길 수가 없었다. 모든 아이가 마이크로칩을 이식했지만 구출하러 온 사람은 그동안 아무도 없다. 버려진다는 건 그런 거다. 그래도 오안이 인간에게 가진 믿음을 깨버리고 싶지는 않았다. 시욱은 생체칩이 아닌 오안을 믿음으로써 희망을 생각했다.

얼어붙어가는 손에 입김을 불면서 추위를 견뎌내던 늦은 오후에 조직원들이 사다리를 세웠다. 아이들은 내려왔을 때처럼 한 명씩 사다리를 밟고 지상으로 올라갔다. 텐트에 쌓인 하얀 눈이 햇빛을 받아 반짝거렸다. 기관총을 멘 조직원이 아이를 잡아끌며 줄을 서라고 소리쳤다. 아이들이 쇠창살 달린 트럭에 차례로 올라탔다. 지하 벙커에서 올라온 아이들도 대기하고 있던 다른 트럭에 태워지고 있었다.

어느새 나타난 돛배가 시욱 옆에 붙어 섰다. 돛배와 눈이 마주치자 시욱은 살길이 열릴지도 모르겠다는 예감이 들었다. 돛배만이 약을 몰래 건네주었으니까. 돛배는 생체칩을 숨겨주었으니까. 시욱이 트럭에 올라탈 차례에 돛배가 돌아와 쇠창살을 닫고 시욱과 오안이 자신의 트럭에 타도록 수를 썼다.

트럭이 일렬로 늘어서서 모래벌판을 가로질렀다. 시욱과 오안이 탄 트럭은 세 번째 순서로 벌판에 들어섰다. 모래벌판 군데군데에 녹지 않은 눈이 쌓여 있었고 하늘은 구름 한 점 없이 맑았다. 트럭에 탄 아이들은 서로의 몸을 쓰다듬으며 칼바람을 이겨내고 있었다.

쾅!

출발한 지 얼마 지나지 않아서 폭발음이 들렸다. 앞서가던 트럭이 뒤집히며 모래 위를 미끄러졌다. 뒤집힌 트럭을 피하려고 길을 벗어나면서 차체가 기우뚱거렸다. 아이들이 마구 흔들렸다. 트럭은 길에서 한참 벗어나 모래 둔덕 옆에 멈춰 섰다. 화물칸에서 아이들과 포개져 있다가 겨우 몸을 일으켰을 때, 뒤따라오던 트럭이 허공에 뜨더니 모로 쓰러지는 모습이 보였다.

하늘에 여러 대의 무소음 군용 헬기가 떠 있었다. 프로펠러 바람에 아이들이 본능적으로 어깨를 움츠렸다. 헬기에 탄 특공대원들이 낙하해 바닥에 착지하는 모습이 눈에 들어왔다.

트럭에서 빠져나온 조직원들이 헬기를 향해 총을 쏘았다. 지상에 내려온 특공대원들이 맞대응하며 총격전이 벌어졌다. 조직원들이 주춤거리며 트럭 뒤로 몸을 숨겼고, 특공대원들은 트럭으로 전진했다.

시욱은 총알에 맞을까 봐 최대한 납작하게 바닥에 엎드렸다. 아무리 귀를 막아도 총성은 멈추지 않고 계속 들려왔다. 옆에 엎드려 있던 아이가 바지에 오줌을 지렸다. 비명을 지르며 일어서는 아이도 있었다. 오안이 일어선 아이를 끌어 앉히며 안았다. 트럭의 쇠창살 문이 열리며 특공대원이 나타났다.

"여기 류시욱이 있나?"

특공대원이 이름을 말하는 순간, 시욱은 총알이 빗발치는 것도 아랑곳하지 않고 튕기듯 자리에서 일어났다.

"저요. 저 여기 있어요. 제가 류시욱이예요."

본능적으로 특공대원들이 자신을 살리기 위해 출동했다는 걸 알 수 있었다. 그들은 시욱의 생체칩에서 송신하는 GPS 신호의 좌표를 파악하고 온 거라는 걸. 특공대원이 시욱의 손등을 스캔하고 곧바로 무전을 쳤다.

"구출자 확보! 구출자 확보!"

특공대원이 시욱의 오른손을 억세게 붙잡았다. 시욱은 왼손으로 붕대를 묶어둔 오안의 오른손을 잡았다. 가자. 시욱이 먼저 트럭에서 뛰어내리고 뒤이어 오안이 내려섰다. 그 뒤를 따라서 아이들이 우르르 트럭을 빠져나갔다.

시욱과 오안은 특공대원이 이끄는 대로 달려갔다. 군데군데 땅이 움푹 파인 벌판에서 모래바람이 불어왔다. 피가 튀고 누군가 모래 더미로 쓰러지는 상황에서도 특공대원은 전방만을 주시했다. 아이들은 숨을 곳을 향해 달리고 총을 쏘던 조직원들은 아이들을 잡기 위해 따라 달리며 아수라장이 되었다. 소음에 귀가 먹먹해졌다. 특공대원들은 시욱의 뒤를 엄호하면서 서서히 군용 헬기로 돌아가고 있었다. 특공대원 옆에 붙어선 아이들이 헬기에 태워달라고 손을 내밀었지만 무시한 채로 철수가 진행되었다.

멀리서 헬기 한 대가 제자리에서 날고 있는 게 보였다. 헬기에서 내려온 자일이 땅바닥에 닿으면서 모래가 흩어졌다. 시욱의 손을 잡고 달리는 특공대원이 속도를 더욱 높였다. 다친 오안은 시욱보다 느렸다. 중간에서 둘의 속도를 연결하는 헐거운 고리가 시욱이었다. 이렇게 계속 뒤처지다 보면 다른 아이들처럼 자신도 버려질 것만 같아 불안해졌을 때, 오안이 신고 있던 운동화가 벗겨졌다.

그 순간을 놓치지 않고 시욱은 지금이다 싶어 오안의 손을 매몰차게 뿌리쳤다. 오안의 손을 감고 있던 붕대가 풀리며 모래 위로 떨어졌다. 오안이 운동화를 주울 틈도 없이 근처에서 폭격이 일었다. 조직원들이 반격한 통에 시욱은 흙더미 뒤에 숨었다가 일어나야만 했다. 특공대원이 시욱을 끌고선 다시 달렸다. 오안은 달릴 타이밍을 잡지 못하고 조금 더 엎드려 있다가 상체를 일으켰다.

헬기는 이제 시욱의 코앞에 있었다. 특공대원이 시욱의 몸에 하네스를 채우고 카라비너로 자일에 고정했다. 곧바로 헬기가 상승하고 순식간에 시욱이 하늘로 끌어올려졌다. 오안이 헬기를 향해 달려오는 모습이 눈에 들어왔다. 얼굴에는 절박함을 가득 담고서 맨발로 달려오고 있었다.

트럭들이 움직이기 시작했고 모래가 사방으로 날렸다. 오안은 모래바람에 눈을 비볐다. 허공을 어지럽게 날고 있는 모래 사이로 조직원에게 붙잡힌 오안의 모습이 보였다. 오안을 도와주는 특공대원은 아무도 없었다. 그제야 시욱도 무언가 잘못됐다는 깨달음이 왔다. 오안의 손을 뿌리치지 말았어야 했다는 자각에 가슴이 울컥했다. 오안이 시욱에게로 손을 뻗었다. 잘못을 깨달은 시욱도 자일을 붙잡은 채로 목이 터지도록 오안의 이름을 불렀다.

"오안! 오안! 오안!"

오안 역시 검은 입을 벌렸지만 바람 소리에 묻혀 목소리가 들리지 않았다. 헬기는 눈으로 뒤덮인 모래벌판 위를 떠났다. 희망을 체념한 표정이 마지막으로 본 오안의 모습이었다.

6.

모래벌판에서 구출된 시욱은 곧장 군 전용 병원으로 옮겨졌다. 생체칩 정밀검사를 통해 바이러스 감염도가 제로이고 건강에 이상 없다는 소견을 받았다. 시욱은 병실을 드나드는 의사들을 붙잡고 모래벌판에 아직 구해내지 못한 아이들이 많다는 것을, 버려진 아이들 중에는 오안이 있다는 말을 쏟아냈지만 아무도 시욱의 말을 귀담아듣지 않았다.

검은 정장 차림의 정부 요원들이 지키는 병실에서 시욱은 뉴스 채널을 종일 틀어놓았다. 뉴스마다 헤드라인으로 테러 소식을 보도했다. 크리스마스트리 밑에 선물이 놓이던 밤에 클론은 인간에게 주는 선물로 받아들여지지 않았다고 앵커는 논평했다. 국가바이오휴먼연구소와 연구 코치의 자택에도 테러가 가해졌다는 걸 뉴스를 통해 알게 되었다.

동시다발적 테러를 사주한 건 장기밀매 연합 조직이다. 전 세계적으로 건강한 삶과 생명 연장에 대한 욕구가 커지며 장기 이식 수요가 늘어났고, 그에 비례하여 이식 거부반응이 끊임없이 발생하자 클론이 만들어지기에 이른 것이다. 하지만 클론 상용화로 장기밀매 사업에 타격을 입은 조직들이 많았다. 그들이 연합해 테러 전문 단체에 경고성 테러를 의뢰한 거라고 정부 관계자들은 파악하고 있었다. 더 건강하게 살기 위한 미래에 무모하게 도전한 대규모 장기밀매 조직을 대대적으로 소탕할 계획이라고 덧붙여 발표하기도 했다.

시욱은 인터넷에 유포된 어머니의 동영상을 천 번도 넘게 재생해서 봤다. 흐릿한 조명에 의지한 영상은 폐허가 된 저택에 경찰들이 도착하는 장면부터 시작됐다. 테러리스트가 현관 벽면에 휘갈겨 써놓은 '생명 윤리를 침해하는 클론 상용화를 거부한다!'는 문구가 순식간에 화면에서 지나갔지만 그 무엇보다 강렬하게 눈길을 사로잡았다.

GPS를 켠 경찰이 드레스룸에서 어머니를 발견했다. 시욱은 패닉룸에서 찾아낸 것처럼 영상이 조작되었다. 어머니와 시욱은 병원 이송 후에도 의식을 회복하지 못해 의사가 생체 칩 스캔으로 병력 및 알레르기 정보를 알아낸 뒤 급박하게 수술실로 이동하는 것으로 영상은 끝났다.

국가바이오휴먼연구소 홍보를 담당하는 대행사 직원이 연구 마스터를 추모하는 의미로 인터넷 사이트에 영상을 퍼뜨렸다고 했다. 댓글창에는 조작 아니냐는 댓글이 이어졌다. 클론이 저택 사람들을 죽였다는 음모론을 주장하는 사람도 적지 않았다. 어머니를 마녀라고 부르는 사람도 있었다.

'테러 속에서 찾아낸 기적'이라든지 '클론의 기적'이라는 타이틀을 건 방송에는 늘 시욱의 얼굴이 나왔다. 잠옷은 해져 너저분하고 눈 밑은 퀭하게 파인 소년이 금방이라도 울 듯한 표정으로 헬기에서 내리는 장면이었다. 의료진에게 인계되는 순간 시욱은 이제 살았다는 안도감을 굳이 숨기지 않고 있었다. 이 장면을 자신과 함께 갇혀 있던 아이들이 본다고 생각하면 시욱은 스스로가 끔찍해서 하루에도 몇 번씩 두통에 시달렸다.

더욱 끔찍한 것은 구출된 인물은 시욱이 아니라 오안이라고 소개되었다는 점이다. 공식적으로 시욱은 저택 테러로 중상을 입어 중환자실에 입원한 상태로 설정되어 있었다. 장기 밀매 조직이 애당초 납치한 건 클론뿐으로 특공대원들이 오안을 구하기 위해 출동한 걸로 꾸며졌다. 시욱은 손상된 장기를 클론의 장기로 교체해 살아남은 인물로 포장되었다. 테러를 당하고도 며칠 만에 멀쩡하게 회복한 사람이 류시욱이라는 기적이었다.

정부 요원이 병실을 지키는 것도 진실을 누설할 기회를 차단하기 위해서였다. 브리핑 자료에 실리지 않은 진실은 출동한 특공대원들이 오로지 시욱만을 구하라는 명령을 받았다는 것. 그것은 정부에서 시욱을 구하기 위한 함정으로 아이들을 이용했다는 것. 그리하여 비루먹은 개처럼 도망가던 아이들이 헬기가 떠나는 모습을 망연하게 바라봤다는 걸 시욱은 어디에도 말할 수 없었다.

시욱을 구출하는 작전은 정책 마스터가 계획한 일이었다. 병실로 찾아온 정책 마스터의 고백에 시욱은 악을 쓰며 발작을 일으켰다. 다른 관료들은 몰라도 적어도 오안과 교류한 적 있는 정책 마스터가 어떻게 잔악한 작전을 세울 수 있느냐고 힐난했다. 시욱이 진정될 때까지 기다린 정책 마스터가 오안을 구출하면 연구용으로 쓰이다 결국 죽임을 당할 상황이었다고 설명했다. 어머니는 오안에게 자유를 주고 싶어 했다고. 자신은 어머니의 뜻을 존중하고 싶었다고. 오안을 모래벌판에서 구출하지 않는 결정은 정책 마스터가 그간의 경력을 걸고 제안한 도박이었다고. 그렇게 시욱이 거짓으로 오안의 장기를 이식받는 시나리오가 만들어졌다.

"빌어먹을 계획을 제가 고마워해야 하는 건가요?"

시욱은 버려진 오안이 어떤 결말을 맞을지 예측할 수 있을 만큼 밑바닥을 경험했다. 결국 장기밀매 조직에 붙잡힌 오안은 지하 벙커에서 손등을 헤집혔듯 무자비하게 연구당할 것이다. 정책 마스터가 자유를 준다며 추진한 결과는 깨끗한 수술실에서 절제된 방식에 따라 순차적으로 죽음을 맞이하는 것보다 가혹할 터였다. 시욱은 한껏 적의를 드러내며 정책 마스터와의 면회를 거부했다.

어두운 것에 익숙해지면 어둠 속에 있어도 어둡다는 것을 모른다. 하지만 잠시라도 빛을 보게 되면 상황은 변한다. 모래벌판에서 구출되어 도시의 빛을 본 순간, 시욱은 배신자로서 돌이킬 수 없는 잘못을 저질렀다는 걸 깨달았다. 단 몇 분일지라도 모래벌판에서의 일들이 평생에 걸쳐 영향을 끼칠 거라는 걸 예감했다.

시욱은 밤마다 신에게 제 잘못이 아니라고 변명했다. 수없이 찾아오는 불면의 밤들을 어떻게 견뎌야 옳은 건지 신은 방법을 알려주지 않았다. 어쩌다가 잠들면 시신으로 변한 오안이 시욱의 이름을 부르며 섬뜩하게 쫓아왔다. 시욱은 잠에서 깨어나 그림자가 얼룩덜룩하게 번져가는 천장을 바라보았다. 오안이 곁에 누워 조용히 울던 밤이 떠올랐다. 이렇게 쉽게 오안을 포기할 순 없었다.

시욱은 죽겠다고 난리를 피운 다음에야 GPS를 손에 넣을 수 있었다. 오안의 생체칩 코드를 GPS에 입력한 뒤 중앙통제

시스템에 접속했다. 위치정보보호법상 개인의 위치 정보는 일차적으로 좌푯값만 제공되었다. 이동 경로나 정확한 현 위치 정보를 얻으려면 중앙통제시스템의 승인을 얻어야만 했다. 최소한 오안의 생체칩 신호가 끊긴 지하 벙커 위치라도 확인하려면 권한을 가진 누군가의 힘이 필요했다. 접근 권한이 없는 시욱의 신원을 보증하며 정책 마스터가 위치 추적을 승인해줬다. 그러나 추적 결과는 코드 확인 불가였다. 오안의 생체칩 코드가 삭제되어 있었다.

강도나 살인 같은 강력 범죄가 발생해 생체칩을 강제로 제거할 경우를 대비하여 생체칩은 제거되는 순간 기능이 중지되도록 고안되었다. 생체칩 코드 역시 재사용하지 못하도록 일련번호가 자동으로 중앙통제시스템에 남겨진다. 그러므로 오안이 생체칩을 제거당했을 때 마지막 신호를 비롯한 각종 기록은 고유번호와 함께 중앙통제시스템 데이터에 남았어야 마땅하다. 데이터가 영구적으로 삭제되었다는 말은 인위적으로 삭제한 누군가가 있다는 의미였다.

정책 마스터는 오안의 코드가 삭제되었다는 사실을 이미 알고 있었다. 장기밀매 조직 소탕 작전은 벌써 개시되었다. 모래벌판으로 출동했으나 버려진 자들의 소굴은 파괴되어 땅속에 파묻힌 채였다. 곧바로 장기밀매 조직과 같이 있을 거라고 추정되는 오안의 생체칩 코드를 추적했다. 그러나 코드 삭제로 그마저도 실패하고 말았다. 지하 벙커에서 위치를 추적당하지 않으려고 코드를 삭제했을 가능성과 정부에서 보안 유지를 위해 정보를 삭제했을 가능성도 배제할 수 없다고 정책 마스터는 덧붙였다.

"지금으로선 버려진 자들의 소굴이 왜 파괴된 건지 원인 파악이 안 돼."

"안에 있던 사람들은요? 오안의 시신은 찾은 거예요?"

"조직원으로 보이는 일부 시신을 찾아냈어. 근데 아이들은 없었어. 오안도 현재로선 흔적을 찾지 못했어."

시욱은 비로소 참았던 숨을 쉴 수 있었다.

"오안이 살았을 수도 있다는 거죠?"

"가능성은 있어. 물론 장담할 순 없지만."

"다른 장기밀매 조직으로 빼돌려진 걸까요? 다른 연합 조직들도 소탕하고 계신 거 맞죠?"

"소탕 중이야. 네가 원하면 장기밀매 조직 하나하나 루트를 파헤치는 것까지 시도해볼 수 있어. 하지만 시일이 오래 걸리는 일이야."

오안을 찾을 단서는 생체칩 일련번호를 파기한 누군가가 가지고 있을 것이다.

"오안의 생체칩 일련번호를 삭제한 인물을 찾을 수 있을까요?"

"이미 찾아봤어. 실력 좋은 해커가 맡아 처리한 건지 디지털 지문조차 남기지 않았더라. 지금으로선 어떤 내막인지 파악이 안 되지만 그곳에 있었던 네가 단서가 될 만한 것들을 복기하다 보면 실마리를 얻을 수 있을지도 모르겠다."

시욱은 시간이 얼마나 걸리든 간에 무조건 오안을 구하기로 결심했다. 그러기 위해 사소한 정보나마 기억나는 대로 기록했다. 음식을 차지하기 위해 경쟁하던 아이들을 경계하느라 정보를 더 얻지 못한 것이 후회되었다. 그나마 단편적인 정보를 확보할 수 있었던 것도 오안이 먼저 아이들에게 말을 걸었기 때문이다. 시욱은 그때도 자신은 아이들과 다르다고 생각했다. 가난하고 더러운 너희들과 자신은 본질적으로 다르다고. 그런 생각을 한 벌을 오안을 잃는 것으로 받고 있었다.

매일 밤 이어지는 오안이 나오는 꿈. 희망에 기대었다가 절망으로 바뀌는 꿈. 오안의 손을 놓친 순간이 반복되며 죄책감에 잠에서 깨어나곤 했다. 더는 모래벌판에서 있었던 일이 기억나는 게 없어 멍하니 어머니의 인터뷰 영상을 보고 있을 때 정책 마스터가 다시 찾아왔다. 마침내 중환자실로 들어가도 된다는 허락을 받았다는 소식과 함께.

심전계에서 단속적으로 울리는 신호음과 불행을 압축해놓은 것 같은 영상 그래프들이 중환자실 광경이었다. 인공호흡기를 단 어머니는 온몸에 붕대를 두르고 있었다. 열 시간이 넘는 대수술을 두 번이나 받았는데도 여전히 의식이 없는 상태였다. 어머니를 살리기 위해서는 외국의 명망 있는 신경외과 의사가 국내로 들어와 직접 집도해야 한다고 했다. 그건 국가 간의 거래로 가능한 일이었다.

정부가 시욱에게 원하는 바는 명확했다. 아이러니하게도 시욱이 클론의 장기를 이식받은 걸 계기로 국민은 인공 장기의 부작용에 두려움을 갖기 시작했다. 인공 장기 부작용을 죽음과 연결 짓자 여론이 바뀌었다. 장기 이식 시에 부작용을 줄여야 해. 어떻게? 나만의 클론을 만들어 장기를 이식받으면 돼. 그러려면 하루빨리 클론이 상용화되도록 시스템이 바뀌어야 되는데 말이야.

안전한 장기 이식의 필요성을 인지하자 살고자 하는 욕망이 넘실대며 거리로 흘러넘쳤다. 진보한 과학기술을 누구보다 먼저 접한 시욱이 우상으로 떠받들리는 건 당연했다. 정부는 클론 상용화에 우호적인 분위기를 놓치지 않았다. 시욱은 클론 장기 이식의 장점을 홍보하는 마스코트가 되어야만 했다. 모래벌판에서 자신만을 구해 돌아온 이유가 이제야 확실히 이해되었다. 클론 상용화 시스템을 구축하려면 국민 마음을 움직일 공포와 공감대가 필요했을 것이다. 시욱은 만들어진 희생양이었다.

어머니의 세 번째 수술을 집도할 외국 의사를 주선해달라고 시욱이 정책 마스터에게 요청하며 정부와의 거래를 수락했다.

정부 주도로 제작된 클론 상용화 특별방송에 시욱이 게스트로 초대되었다. 공영방송 시사제작국에 도착한 시욱은 스크린에 떠 있는 '최첨단 신기술이 테러로부터 아이들을 보호한다!'라는 3차원 타이포그래피를 얼떨떨하게 바라보았다.

담당 프로듀서가 건네준 대본을 끝까지 다 읽고 네 번을 더 읽었는데도 무슨 의미인지 이해되지 않았다. 패닉룸에서 총에 맞아 폐와 간이 손상되었다는 말. 언제든 주인에게 장기를 이식할 준비를 클론이 해왔다는 말. 클론은 죽음을 두려워하지 않는다는 말. 이식 부작용 없이 현재 매우 건강하다는 말. 책임지지 않을 말들이 대본에 빼곡하게 적혀 있었다. 시욱은 거짓말이라고 중얼거렸다.

방송이 시작되자 시욱은 프롬프터에 쓰여 있는 글자들을 토씨 하나 빠뜨리지 않고 열심히 읊어나갔다. 방송과 동시에 집계되기 시작한 클론 상용화 찬반 투표는 시욱이 입을 열 때마다 찬성 쪽으로 급격히 기울었다. 투표를 마감하고 내놓은 집계는 찬성 92퍼센트, 반대 8퍼센트라는 경이적인 기록으로 그럴듯하게 꾸며졌다. 사회자가 최첨단 신기술로 우리 아이들을 건강하고 안전하게 지키는 세상이 어서 빨리 왔으면 좋겠다고 클로징 멘트를 날리는 동안 시욱은 혼자 로비로 내려갔다.

함박눈이 쌓여서 도로가 정체되고 있었다. 어머니가 수술받는 병원은 아주 멀었다. 병원에 도착하면 눈 뜬 어머니를 만날 수 있길 바라면서 시욱은 함박눈을 맞으며 애플리케이션으로 자율주행 택시를 불렀다. 느릿느릿 이동하는 택시 안에서 눈의 두께가 변하는 걸 뚫어지게 쳐다보다가 두통이 와서 그만두었다. 시욱은 등받이에 기대어 누군가 억지로 재운 것처럼 불안하고 깊지 않은 잠을 잤다.

늦은 밤이 되어서야 병원에 도착했다. 빙판길을 뛰어넘어 수술실 앞으로 달려갔을 때 수술은 이미 끝나 있었다. 어머니는 영원히 깨어나지 못하는 쪽을 선택했다. 영안실 앞에서 정책 마스터가 손으로 얼굴을 가린 채 울고 있었다. 피곤해 보이는 얼굴로 변호사가 다가와 클론박물관에 어머니 시신을 기증하는 건을 설명해줬다. 생전에 고인의 뜻을 받들어 기증이 결정되었다고. 기증과 관련된 디지털 계약서를 읽는

데 방송국에서 보았던 대본처럼 아무리 읽어봐도 무슨 의미인지 이해되지 않았다. 현재 건립되지도 않은 박물관에 어머니의 시신이 자료로 기증되었다는 사실을 어떻게 이해해야 할까. 변호사는 판단하지 말고 그저 상황을 받아들이라고 충고했다.

"어머니가 돌아가시기 전에 본 건 빛이었을까요, 아니면 어둠이었을까요? 제 생각에는 어둠이었을 것 같아요."

어머니의 죽음을 맞이한 밤. 눈물도 말라버려 뜬눈으로 보낸 밤. 나비가 손등에 잠시 앉았다가 날아간 것 같은 장례식을 치르다 품이 큰 상복을 추스르며 밖으로 나가 보니 벌써 영구차가 대기하고 있었다. 정부 요원들이 방수포를 덮은 관을 들고 계단을 올라갔다. 우산을 펼쳐 든 정책 마스터가 어머니에게 마지막 인사를 드리라고 했다.

"어머니를 어디로 모시는지, 임시로 안치하는 장소조차 비밀이라면서요. 비밀에 대고 인사를 할 수는 없어요."

시욱은 뚜벅뚜벅 걸어가 택시를 탔다. 택시에 타기 전 돌아본 세상은 여느 때와 같이 흘러가고 있었다. 여전히 지치고 조금은 그리운 냄새를 풍기면서. 여느 때와 같은 시간이기에 가로등 아래서 우산을 받쳐 든 어머니가 천천히 손을 흔드는 환영을 보았다. 어머니의 미소는 황량한 사막같이 메말라 보였다. 손을 흔드는 어머니에게 시욱도 손을 마주 흔들어주려고 했는데 어머니의 신기루는 이미 사라지고 없었다. 방수포를 덮은 관이 영구차에 실리고 있었다.

시욱은 저택으로 향했다. 정문이 뜯겨나가고 담장이 부서진 낯선 집이 눈앞에 있었다. 동영상으로 보았지만 직접 눈으로 확인하자 마치 종이를 구겼다가 편 것 같은 모습으로 저택이 무너져 있었다. 노란색 디지털 폴리스라인을 넘어가자 그날 죽은 사람들의 윤곽이 희미한 핏자국과 함께 남아 있었다.

시욱은 가장자리만 남은 중앙계단을 손으로 짚으며 2층으로 올라갔다. 드레스룸에서 거울로 퀭한 얼굴을 들여다보다가 바닥에 누워 천장을 올려다보았다. 지금쯤 어머니의 영혼은 어디에 있을까. 어머니의 뜨거운 숨결이 천장에 닿았을 것을 생각하면 차라리 그날 어머니 옆에 남아 있을 걸 그랬다는 후회가 밀려왔다.

시욱의 방은 비교적 온전히 보존되어 있었다. 스프링클러에서 쏟아져 나온 방화수에 고장 나 컴퓨터는 전원이 들어오지 않았다. 다행히 책상 서랍까지 젖지는 않아 외장 하드는 무사했다. 클라우드로 파일 자동 저장을 설정해놓지 않은 건 걱정 없이 웃었던 나날들을 손수 외장 하드로 옮기고 싶어서였다. 외장 하드를 가방에 넣고 바닥에 떨어져 있던 디지털 액자도 주워 재를 털었다. 사진 속에서 오안이 시욱과 어깨동무한 채 웃고 있었다.

크리스마스에 오안에게 선물하려던 캔버스를 침대 밑에서 끌어냈다. 캔버스를 싼 포장지가 물에 젖었다가 말라서 구겨져 있었다. 포장지를 풀어내자 흰 캔버스에 검은 재가 얼룩져 어머니의 멍처럼 보였다. 문지르고 닦아봐도 얼룩은 지워지지 않았다. 시욱은 분노에 휩싸인 채 캔버스를 찢어 벽으로 내던졌다. 그러곤 부서진 캔버스 조각들을 안고 오열을 터뜨렸다. 만약 자신이 모래벌판에서 돌아오지 않았더라면 '테러 속에서 찾아낸 기적'으로 어머니를 선택했을까. 자신이 살아 돌아왔기에 쓰임이 다한 어머니는 버려진 게 아닐까. 시욱은 계속 자신에게 물었지만 대답은 들을 수 없었다. 그저 변해가는 상황이 두려웠다.

저택을 마지막으로 나서기 전 패닉룸으로 가서 테러리스트들이 녹화된 영상을 확인했다. 놓친 단서가 있는지 시간을 거꾸로 되돌리며 살펴보다가 테러 직전 장면에 이르렀다. 로비에 설치해둔 크리스마스트리 앞에 선 오안의 모습이 영상에 고스란히 담겨 있었다.

영상 속에서 오안은 크리스마스트리 밑에 종이를 내려두고 있었다. 종이를 들었다가 각도를 바꿔 내려놓길 반복했다.

마침내 크리스마스트리 밑에 종이를 반듯하게 세워놓곤 엄지를 치켜올렸다. 시욱은 그 종이가 오안이 직접 그린 그림이라는 걸 눈치챘다.

오안은 자주 그림을 그렸지만 그것을 선물한 적은 단 한 번도 없었다. 시욱이 끈질기게 졸라도 쑥스럽다며 실력을 더 쌓은 뒤에 선물하겠다고 매번 사양했다. 언젠가 오안이 그림을 선물한다면 제일 먼저 자신에게 주었으면 했다. 오안은 크리스마스 선물로 그림을 준비했다. 결국 테러가 일어나서 오안의 그림을 가질 기회도 사라지고 말았지만.

네가 나에게 주려던 그림은 어떤 색채였을까. 오안, 내 세상은 다시 색채를 띨 수 있을까.

시욱은 모든 게 변해간다고 생각했다. 그리고 오안을 구하기 위해 자신 역시 변해야 한다고 생각했다. 이제 시욱에게는 오안밖에 없었다. 상실감으로 가득 찬 세상에서 시욱은 고아였다.

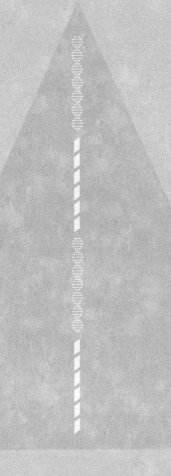

2부

가나 이야기

7.

가나는 지하 벙커가 아닌 창고에 있었다. 몸을 숨길 수 있
는 모든 곳을 향해 도망쳤지만 결국 돌아온 곳은 버려진 자들
의 소굴이다. 목덜미를 붙잡힌 아이들이 하나둘 끌려왔다. 예
전에 본 얼굴도 있고 처음 보는 아이들도 있었다. 생체칩을
스캔한 후 소굴 번호와 비교할 여유가 없어진 조직원들이 일
단 마구잡이로 아이들을 창고로 집어넣고 있는 것 같았다.

불과 얼마 전만 해도 가나 역시 소굴에 갇혀 있었다. 그러
나 지금은 아니다. 비록 도망가려고 했으나 엄연히 자신도 조
직원이다. 가나를 붙잡은 조직원은 그 말을 믿지 않았다. 같
은 조직원도 알아보지 못하는 애송이가 가나를 떠밀곤 우악
스럽게 창고 문을 닫아버렸다. 창고는 싫어. 가둬둘 거면 차
라리 소굴에 가둬. 거긴 내가 어렵사리 새겨놓은 물고기 그림

이라도 있단 말이야. 가나의 외침은 철문에 가로막혔다.

　창고는 장기 거래가 저조해진 탓에 아이들이 팔리지 않으면서 임시로 사용되고 있는 감옥이었다. 소굴에도 이미 팔리지 않는 아이들이 가득 차 있었다. 클론이 상용화되면 완벽한 장기를 얻을 수 있는데 뭣 하러 지금 거금을 써서 부작용을 감수한단 말인가. 얼어붙은 시장에 질린 장기밀매 조직들이 연합해 테러를 저질렀고, 그 대가를 지금 치르고 있었다.

　가나는 멍이 든 무릎을 쓰다듬으며 철벽에 머리를 기댔다. 희미하게 상한 우유 냄새가 났다. 도망쳐도 이 냄새로 돌아오는구나. 가나는 눈을 감은 채 상한 우유 냄새를 들이마시며 아이들이 훌쩍이는 소리를 들었다. 울음소리조차 익숙했다. 지금쯤 동생들은 울다 지쳐 식은 우유를 마시고 있을까 생각하다가 저도 모르게 잠에 빠져들었다.

　가나가 잠에서 깬 것은 조직원들이 창고로 내려온 뒤였다. 기관총을 멘 조직원들이 누구에게랄 것도 없이 화를 냈다. 여러 명이 한꺼번에 고함치는 바람에 잘 알아들을 순 없었지만 한 아이를 찾고 있는 것 같았다. 가나는 자신을 픽업해 온 돛배를 바라봤다. 돛배는 어깨를 움츠린 채 잔뜩 주눅 들어 있었다. 돛배가 침을 삼킬 때마다 울대뼈 측면에 문신으로 새긴 돛단배가 잔파도를 타듯이 좌우로 움직였다. 가나는 소굴에 새겨둔 물고기가 돛배의 돛단배 밑에서 헤엄치는 모습을 상상했다. 지느러미를 부드럽게 흔들며 유유히 돛단배 밑을 스쳐 가는 물고기는 자유로웠다. 아마도 어떤 그물에든 붙잡히는 일은 없을 것이다.

흥분한 조직원들이 돛배에게 뭔가를 물었다. 돛배가 그제야 고개를 들고 아이들을 둘러봤다. 돛배와 가나의 시선이 부딪쳤다고 느낀 순간, 집게손가락이 가나가 있는 방향을 가리켰다. 분명 자신을 가리킨 거라고 가나는 생각했다. 그러나 정작 조직원들이 끌고 간 건 가나 옆에 쪼그리고 있던 소년이었다. 운동화를 한쪽만 신고 있던 소년이 멱살을 붙잡힌 채 끌려갔다. 이 아이가 정말 맞는지 아닌지 몇 마디쯤 오가고, 소년의 손등을 들여다본 조직원들이 욕하며 소년을 때렸다. 소년은 땅바닥에 엎드려 맞으면서 절박하게 손등을 가렸다. 소년이 건드린 도화선이 무엇이기에 조직원들이 이토록 화난 건지 이유를 알지 못했으므로 소년이 맞을 때마다 가나는 이를 꽉 깨물었다.

한참 얻어맞은 소년이 조직원들에게 끌려 사다리를 타고 올라갔다. 한 조직원이 사다리를 오르기 전에 주변을 둘러보다 가나와 눈이 마주쳤다. 안면이 있는 사이였다.

"너 왜 여기 있냐? 이리 나와."

111

"멍청한 어떤 놈이 이번 거래에 동행한 걸 편도 알아보지 못하고 여기로 내려보냈어요."

"네가 최근에 소령한테 발탁됐다는 걸 모르는 놈들이 많아. 날 만난 걸 행운으로 여겨라. 안 그랬으면 여기서 죽었어도 아무도 몰랐을 테니까."

기온이 점점 내려가 추웠다. 가나는 조직원을 따라 사다리를 올라갔다. 올라가는 동안 창고를 내려다보지 않았다. 내가 어떻게 얻은 기회인데. 이런 곳에서 얼어 죽을 순 없어. 지평선에는 짙붉은 석양이 내려앉아 있었다. 아이들의 절망이 깔린 모래벌판에도 아름다운 색이 존재한다는 게 얼마나 모순된 일인지를 생각하며 가나는 지하 벙커로 들어갔다.

사람 사는 공간이 그렇듯이 지하 벙커에도 불안과 두려움 그리고 약간의 희망이 있다고 가나는 생각했다. 숙소로 사용하는 벙커로 들어가자 소녀 A와 B가 대화를 나누고 있었다.

두 소녀의 이름은 모른다. 몸에 새긴 문신 모양으로 서로를 부르는 조직원들과 달리 소녀들과 가나는 어떤 이름으로도 불리지 않았다. 가나도 굳이 이름을 밝히거나 물은 적이 없다.

소녀들은 장기 적출 보조 역할을 맡고 있었다. 처음 만났을 때 두 소녀는 초콜릿바를 내밀며 가나에게 먹으라고 권했다. 금식 지시가 내려오기 전에 먹어두는 게 좋을 거라는 농담을 던지면서. 공복 상태를 유지하는 게 적출 수술 전 지켜야 할 원칙이라면서. 여덟 시간이 지나야 위장에서 음식을 소화할 수 있는데 간식을 먹으면 장기 적출을 미룰 수 있다며 히죽 웃었다.

가나는 거절하지 않고 초콜릿바를 받았다. 그러곤 두 소녀를 쏘아보며 남김없이 먹어 치웠다. 가나가 먹는 모습이 마음에 들었던지 소녀들이 장기 적출에 얽힌 에피소드를 떠들어 댔다. 대부분 잔인한 이야기였다. 소녀 A가 깔고 앉은 아이스박스를 툭툭 치곤 응급으로 적출할 경우를 대비해 놔둔 거라고 과시하듯 말했을 때, 가나는 더는 참지 못하고 초콜릿바를 게워냈다. 그 뒤로 소녀들은 가나와 말을 섞지 않았다.

가나가 착용한 워치로 호출이 왔다. 작전실로 사용하는 벙커로 들어가자 소령과 간부급 조직원들이 모여 있었다. 소령은 불명예 제대한 군인이라는 소문이 있었다. 그래서인지 가까이서 지켜본 조직은 명령엔 익숙하지만 체계가 없고 사건이 터지면 대처도 미흡했다. 테러를 사주한 직후에 조직 노출 위험도는 따지지 않고 관리 유지비에 연연하며 대량 장기 거래에 섣불리 응한 것만 봐도 알 수 있다. 소령은 테러가 성공해 장기 거래가 활성화되기 시작한 거라고 자축까지 했었다. 어디에나 널린 가짜들은 가나를 사로잡지 못했다. 오히려 가나의 눈에 들어온 건 소년이었다.

창고에서 끌려 나갈 때보다 더 만신창이가 된 채로 소년이 기둥에 묶여 있었다. 조직원들이 돌아가면서 소년을 윽박질렀다. 단편적인 말 조각을 맞춰서 알아낸 정보는 소년이 클론이라는 사실이다. 소년은 아무리 봐도 인간과 다를 게 없어 보였다. 가나가 창고에 갇혔을 때 소년은 다친 아이들을 돌봐주고 있었다. 클론은 인간을 돕도록 프로그래밍된 걸까. 정작 인간은 인간을 돕지 않으니까.

클론을 만든 연구 마스터의 아들을 구하려고 특공대가 출동했다. 헬기에 탄 아이들이 몇 명쯤은 있을 거라고 짐작했는데 수많았던 특공대원이 구해낸 사람은 한 명뿐이다. 심지어 클론은 연구 마스터 아들과 함께 헬기 앞까지 갔음에도 구해지지 않았다. 그 모든 상황이 계획이었는지를 조직원들은 알고 싶어 했다. 클론인 너를 구하기 위해 특공대가 다시 돌아올 건지를 묻자 클론은 입술을 깨물었다.

가나는 대답하지 않는 클론을 대신해 변명해주고 싶었다. 클론 또한 특공대와 연구 마스터 아들에게 버려진 것을 모르겠느냐고. 클론의 눈에 체념이 가득 담겨 있는 게 당신들에게는 보이지 않느냐고 말해주고 싶었다. 입을 열지 않는 클론은 질문 끝에 매번 매를 맞았다. 그럴 때마다 가나는 눈을 질끈 감고 싶은 충동을 가까스로 참아냈다.

소령이 클론을 가리키며 생체칩이 더 없는지 확인하라고 명령했다. 클론의 표정이 굳어졌다. 가나는 클론에게 다가가 손등을 바라봤다. 소녀 B가 생체칩을 제거했다고 들었다. 기술이 없든가 혹은 악의가 있던 게 분명했다. 절개 부위를 제대로 봉합하지 않아 피부가 너덜거렸다. 가나는 불쾌감을 내색하지 않은 채 생체칩 리더기로 손등을 스캔했다. 리더기 액정에 '정보 없음' 문구가 떴다. 소령은 중앙통제시스템에서 생체칩 코드를 파기하라고 지시했다. 이미 한번 당했으니 훗날 불씨가 될지도 모르는 위치 신호를 사전에 차단하겠다는 의도였다. 소령의 날카로운 눈길이 이따금 자신에게로 향하는 걸 느끼면서 가나는 중앙통제시스템을 해킹해 접속에 성공했다.

클론의 생체칩 코드를 영구 삭제하는 동안 관리 로봇이 위스키를 내려놓고 갔다. 어디선가 개 짖는 소리가 들려왔다. 몇몇 조직원이 기관총을 들고 벙커를 나갔다. 개는 죽었을까. 가나는 개 짖는 소리가 더는 들리지 않는다는 걸 생각하다 총소리가 나지 않았으니 죽진 않았을 거라고 위안하며 작업에 집중했다.

잠시 뒤에 총을 들고 나갔던 조직원들이 다시 들어와 총격

전에서 죽은 조직원들을 모두 화장했다고 보고했다. 분위기가 무거워졌다. 큰소리만 칠 줄 알지 합리적인 사고는 할 줄 모르는 간부들이 당장 복수해야 한다고 날뛰었다. 소령이 위스키를 들이켰다. 소령은 클론을 씹어 먹을 듯한 시선을 클론에게 둔 채 술을 마셨다. 간부들도 위스키를 들이켰다. 분위기가 최악으로 치닫기 전에 피할 작정으로 가나는 작업이 완료되었다고 보고했다. 소령은 돌아가도 좋다는 허락을 내리지 않았다. 가나는 구석에 선 채 명령이 떨어지길 거북하게 기다렸다.

마침내 허락이 떨어져 서둘러 작전실을 벗어난 가나는 찬 공기를 실컷 들이마시려고 지하 벙커 밖으로 나왔다. 어느새 어둠이 발밑까지 깔리며 밤이 깊어가고 있었다.

가나는 숙소 한편에 마련된 2층 침대에서 외따로 잠을 청했다. 온도조절기가 고장 난 내부는 추웠다. 한 몸처럼 붙어서 자는 소녀들이 서로의 귓가에 대고 무언가를 속삭이고 있었다. 추위를 이기려면 소녀들과 몸을 맞대야 했지만 가나는 처음부터 그러고 싶지 않았고, 소녀들도 그러자고 청하지 않았다. 가나는 몸을 최대한 둥글게 웅크리고 추위를 견뎌냈다. 까무룩 잠이 들었고 꿈에서도 겨울이 끝나지 않을 거라는 생각을 했다.

"제대로 당한 것 같습니다. 분위기가 심상치 않습니다. 아무래도 정부에서 급습을 노리고 있다면 위험하더라도 당하기 전에 이동해야 손실을 줄일 수 있을 것 같습니다."

다음 날에도 여전히 거래하기로 한 업자들과 연락이 되지 않았다. 그제야 소령은 대량 장기 거래 자체가 정부가 판 함정이라는 사실을 깨달았다. 정부가 장기밀매 조직 소탕을 발표했으니 즉시 작전이 시작된다고 해도 이상하지 않았다. 지하 벙커를 비우고 점조직으로 나눠 대비하는 쪽으로 중론이 모아졌다. 어설픈 이동 준비로 모두 분주한 틈을 타서 가나는 작전실로 몰래 다시 들어갔다. 여전히 묶여 있는 클론을 흘깃 보곤 소령이 사용하는 보안 시스템에 접속했다.

가나는 기밀문서를 확보하는 대로 도주할 계획이었다. 무턱대고 달아나면 잡힐 공산이 컸다. 도주 계획이 성공하려면 붙잡힐 때를 대비해 유용한 정보로 협상이든 협박이든 제안할 필요가 있었다. 어린아이들의 장기를 사고파는 건 불법이니 기밀문서가 분명 존재할 것이다. 어떤 장기가 누구에게 얼마에 팔렸는지 기록해둔 기밀문서를 찾는 데 집중하느라 클론이 자신을 지켜보고 있는 걸 눈치채지 못했다. 가나는 고개를 들었다가 클론과 눈이 정면으로 마주쳤다. 들켰다는 낭패감에 클론을 매섭게 노려봤다. 클론 역시 시선을 피하지 않고 가나를 마주 보았다. 그러나 가나와 달리 눈빛이 부드러웠다.

"왜 그렇게 쳐다봐?"

"제 또래 여자 인간을 가까이에서 본 건 처음이라서요. 무례했다면 사과할게요."

가나는 지금껏 자신에게 예의를 갖춰 말하는 누군가를 만난 적이 없었다. 더욱이 얻어맞을지언정 지금까지 조직원 앞에서 고집스럽게 입 다물고 있던 클론이 말한 상황이 의외이기도 했다. 가나는 밖에서 누군가 목소리를 들었을까 봐 출입구를 흘깃 쳐다봤다. 기척은 없었다. 안심하고 넘어갈 수도 있으나 굳이 밖으로 나가 주변에 아무도 없는 걸 확인하고 온 뒤에야 곤두섰던 신경이 가라앉았다.

"내가 여기 있는 거 못 본 척해줄 거지?"

"걱정 마세요. 말 안 할게요."

다정한 말투였다. 다정함은 마음을 열게 만드는 힘이 있다. 하지만 다정함에 속아 순진하게 마음을 여는 건 위험을 자초하는 일이기도 하다. 위태로운 상황에서도 자신이 아닌 주변을 먼저 챙기게 되니까. 가나가 마지막으로 살가운 친절을 경험한 순간은 자신이 팔리던 때였다. 가나는 다정함을 경계했다.

"도움이 필요하면 돈으로 날 사면 돼. 그럼 기꺼이 네가 원하는 일을 해줄게. 돈이 없다면 도움은 바라지 마."

딱 봐도 버려진 녀석에게 돈이 있을 리 없다. 가나는 자신에게 다짐하듯이 되도록 냉정하게 말했다. 클론은 알겠다며 미소를 지었다. 그만 쳐다보라고 쏘아붙여도 클론은 미소를 지우지 않았다. 가나는 그 미소가 클론 자체에서 풍기는 기운이라는 걸 깨달았다. 거부해도, 말려도, 모른 척해도 미소를 무시할 수 없으리라는 것도.

"계속 쳐다볼 거야? 할 수 없네. 참, 알고 싶은 게 뭔데?"

클론이 대체 뭐길래 특공대가 출동하고 조직원들이 뒤통수를 맞았다고 난리를 피우는 건지 궁금한 마음도 있어 대화에 응하기로 했다. 착각일 수 있으나 클론은 질문해도 된다는 허락을 받아 기쁜 듯 보였다.

"당신도 이곳에 끌려온 건가요?"

질문이 잘못됐다고 가나는 생각했다. 홀로그램으로 덮어 쇠창살을 감춘 트럭에 태워져 버려진 자들의 소굴까지 온 건 마마가 자신을 팔았기 때문이다. 소굴에서 아이들은 자신을 판 사람들에 대해 이야기하곤 했다. 그들의 성격이 얼마나 고약했고 어떤 불법을 저질렀는지 이야기하면서도 왜 팔리게 되었는지는 끝까지 말하지 않았다. 팔린 상황에 이유를 붙인다한들 쓸모없어졌기에 버려졌다는 사실이 변할 리 없다는 걸 눈치로 알고 있었다. 강제로 끌려온 것과 팔려 온 것의 차이는 중간에 돈을 주고받는 행위 여부에 따라 달라졌다. 그러니 클론이 던진 질문은 잘못된 것이다. 당신도 팔려 왔냐고, 얼마에 팔려 왔냐고 물었어야 옳다.

"난 팔려 왔어. 그보다 클론은 다 너처럼 인간한테 관심이 많아?"

클론은 인간의 손상된 장기를 대체하기 위해 만들어진 존재다. 클론을 상용화하는 건 돼지를 키우는 것과 같다며 마마는 고개를 절레절레 흔들기도 했다. 그런데 눈앞의 클론은 돼지와는 다르다. 사고하고 절망한다. 마치 인간처럼.

"다른 클론을 만난 경험이 없어 일반적인 특성은 모르겠어요. 기준점을 저로 두자면 인간보다는 이 순간의 의미에 대해 관심이 많아요. 지금 이 순간은 눈에 보이지 않지만 중요한 것들이 숨겨져 있거든요. 저는 그 의미들을 배우고 있기에 인간에게 관심이 많다고 여겨지시는 걸 거예요."

"끔찍한 이 상황은 어떤 의미를 지니고 있다고 보는데?"

"세상이 평화로워지려면 인간도 클론과 마찬가지로 팔려선 안 된다는 교훈이요. 인간은 존재만으로 가치가 있어요. 오래도록 행복할 자격이 있다는 걸 기억했으면 좋겠어요."

가나는 잠시 멍해졌다. 사람들이 클론에 대해 심층적으로 논하기 시작했을 무렵 마마는 가나를 팔았다. 만약 마마에게로 다시 돌아간다면 클론이 들려준 대로 말할 기회가 있을까. 나는 인간이니 팔아선 안 됐다고 항변할 수 있을까.

그런 생각을 하다가 문득 생체칩이 클론의 손등에 있었다는 게 의아했다. 생체칩 송출 신호로 연구 마스터 아들을 구한 거라면, 신호가 끊긴 생체칩은 의미가 없기에 클론이 버려진 것일까. 아닐 것이다. 아마도 연구 마스터 아들이 어떤 의도를 가지고 클론을 버린 걸 테다. 그래서 연구 마스터 아들만 구해진 거고 클론은 구해지지 않은 거라고 가나는 짐작했다. 추측한 바를 말하자 클론의 얼굴에 당혹감이 스치더니 이내 서글픈 표정으로 변했다.

"시욱이 잘못한 게 아니에요."

가나는 이상한 대답이라고 생각했다. 버린 사람이 잘못한 게 아니라면, 버려진 쪽에서 잘못한 걸까. 잘못했기 때문에 버려진 걸까. 버려질 만큼 무엇을 잘못한 걸까. 가나는 야단맞은 일들과 혼나지 않고 넘어갔으나 죄책감이 느껴졌던 일들을 떠올려보았다. 몇몇 장면은 여전히 후회되는 일이어도 그게 자신을 버린 정당한 이유가 될 순 없다고 생각했다. 버려지는 일에 익숙한 게 잘못일 수는 없으니까.

"걔가 널 버린 게 잘못이 아니란 거야?"

"제 생체칩은 특공대가 출동하기 전에 이미 제거됐었어요. 제 위치를 알 수 없으니까 구할 수 없던 거예요."

클론도 거짓말을 한다는 사실에 씁쓸해졌다. 가나는 클론이 연구 마스터 아들이라며 대신 나서는 바람에 생체칩이 제거되었다는 사실을 이미 알고 있었다. 시욱. 클론이 구한 아이. 구한 사람과 구해진 사람이 버려진 사람과 버린 사람이라는 관계로 묶여 있다는 게 불가해했다. 마음을 지키려고 거짓말한 건지, 아니면 연구 마스터 아들을 옹호하기 위한 거짓말인지 판단하는 건 의미가 없어 보였다. 둘은 같은 뿌리로 얽혀 클론의 심장을 찌르고 있을 테니.

가나는 나지막한 목소리의 끝자락을 붙잡고 상념에서 벗어났다. 클론이 트럭에 탔던 아이들은 괜찮은지 묻고 있었다. 다시 갇혔을 때 본 다친 아이들이 이후 치료를 받았는지 걱정된다고. 잘 모르겠다고 말하며 이번엔 가나가 고개를 돌렸다. 이로써 공평하게 한 번씩 거짓말을 주고받은 거라고 가나는 생각했다. 애써 외면해오던 상황을 이제 와 돌아보는 것보다는 그편이 나았다.

폭격에 뒤집힌 트럭에는 아이들이 타고 있지 않았다. 그러나 불행의 그늘은 넓어서 망가지지 않은 트럭에 탄 아이들을 감추고도 남았다. 숨을 곳을 찾아 달리던 아이들이 다친 채 붙들려 왔지만 치료는 감히 엄두도 못 냈다. 이 순간에도 소굴에서는 추위와 배고픔에 시달리는 아이들이 다친 부위를 조심스레 눌러보고 있을 것이다. 버려진 아이들. 자기 잘못이 아닌 아이들. 어쩌면 태어난 것이 잘못이라는 말을 듣고 자랐을 아이들이 지금 버려진 자들의 소굴에서 검은 눈을 뜨거나 감고 있을 것이다.

클론이 불쑥 이름을 물었다. 자신에게 이름이 있었나 싶어서 가나는 클론을 멀뚱히 바라보았다. 가나야, 하고 부르던 목소리들이 이제는 아득히 먼 곳에 있다. 김가나. 이름을 쏟아내듯이 입 밖으로 내뱉고 나자 자신과 성이 달랐던 언니들과 동생들 얼굴이 차례로 떠올랐다가 사라졌다. 클론이 가나의 이름을 되뇌며 입안에서 부드럽게 굴렸다.

김가나.

그래, 그게 내 이름이야. 이제 부를 사람이 없는 내 이름.

가나는 답인사하듯 클론에게도 이름을 물었다. 클론이 오안이라고 자신을 소개했다. '온'의 옛말에서 따왔다고 했다. 온은 '전부의' 또는 '모두의'라는 의미를 지니고 있다며 자부심이 깃든 표정으로 이름에 얽힌 일화까지 들려주었다.

"제 이름은 연구 마스터님이 지어주셨어요. 제가 태어났을 때 마침 연구 마스터님이 옛 문서를 읽고 계셨대요. '오온'이라는 글자가 마음에 들어서 제가 오안이 된 거예요."

나와 내 자매들과 같구나. 성을 물려주지 않은 채 이름을 아무렇게나 막 지어주는 누군가가 있다는 것이. 가나의 이름은 한글에서 따왔다. 여동생들의 이름은 다라, 마바, 사아로 이어졌다. 언니들은 영이, 일이, 두이, 세이, 네이 같은 숫자로 불렸다.

연구 마스터는 그저 눈에 띄는 단어로 이름을 정한 후 뒤늦게 의미를 가져다 붙였을 것이다. 공식적으로 클론의 정체를 밝힐 때 이름에 담긴 의미가 그럴듯하게 보이도록 꾸며야 할 테니까. 그럼에도 오안은 이름이 싫지 않은 것이다. 오안의 들뜬 표정을 보면 알 수 있다. 가나는 자신이 이름을 싫어한 적이 있는지 되짚어봤다. 단 한 번도 없다. 누군가 이름을 불러주는 것만으로도 세상과 연결된 것 같아서 언제나 좋았다. 아마도 성이 다른 자매들도 이름이 촌스럽다고, 희한하다고 불만을 드러냈을망정 불리는 걸 싫어하지는 않았을 것이다.

가나는 오안의 이름을 부를까 망설이다가 그만두었다. 어째서인지 오안과는 이름을 부르지 않아도 연결된 느낌이기에 오히려 조금 거리를 둬야만 흔들리지 않을 것 같았다. 이름을 부르지 않기 위해 가나는 컴퓨터 방문 기록을 삭제하고 인사도 없이 작전실을 서둘러 빠져나왔다.

어느새 밖에는 함박눈이 내리고 있었다. 가나는 철문이 열린 창고로 시선을 옮겼다. 천천히 걸어가 아래를 내려다보자 창고에 갇힌 아이들이 눈을 맞으며 입속으로 눈 뭉치를 털어넣고 있었다. 조직원들은 싸구려 합성식품 팩은 매일 내려주면서도 물을 줘야 한다는 사실은 곧잘 잊어버렸다. 생명을 유지하려면 물이 필요하다는 것을 모르는 듯이. 그래서 아이들은 비나 눈이 오길 기다렸다. 가나는 하늘을 향해 입을 벌린 채, 세상은 어떤 이름을 가진 막다른 골목인지를 생각했다. 거듭 생각할수록 가마득해져 자꾸만 눈물이 나왔다. 어쩌면 언젠가 갇힌 아이들과 함께 자신도 죽게 될지 모르겠다고 생각했다.

가나는 눈물이 고인 눈가를 주먹으로 훔치곤 빨갛게 변한 손에 입김을 불면서 드론에 급수통을 달아 창고로 내려보냈다. 눈송이가 나풀나풀 내려앉아 뜨거운 물에서 녹아갔다. 눈물이 뭉친 듯 하늘에선 함박눈이 계속 쏟아졌다. 급수통에 물을 채우려고 쌓인 눈을 밟을 때마다 양말이 서서히 젖어갔다. 뜨거운 물을 마음대로 줬다고 얻어맞을 테지만 그래도 할 수 없다. 꿈틀거리기라도 해야지 숨이 쉬어질 것만 같았다. 가나는 아직 운명을 받아들일 준비가 되어 있지 않았다. 준비되지 않았으니 순순히 질 마음도 없었다. 어떻게든 조직을 빠져나가 악착같이 생을 살아낼 작정이었다.

밤이 깊어서야 이동 준비가 1차로 마무리되었다. 가나를 비롯한 조직원들이 식당에서 늦은 저녁을 먹었다. 술을 마시던 조직원들이 돛배를 끌고 와 어깨에 팔을 두르곤 노래를 불러젖혔다. 돛배는 눈치 보면서 노래를 따라 불렀으나 긴장한 모습이 역력했다. 잠시 뒤에 소령이 식당으로 들어오자 노랫소리가 잦아들었다. 어느새 어깨동무를 풀었는지 돛배만 중앙에 덩그러니 서 있었다. 소령이 가죽장갑을 낀 손으로 돛배의 뺨을 때렸다. 다섯 대를 맞고 나자 돛배의 입술이 터졌다. 노래를 부른 대가였다. 가죽장갑에 묻은 피를 돛배의 어깨에 문질러 닦은 소령이 머리를 누르자 돛배가 무릎을 꿇었다.

"거래하자고 유인한 인수자들은 잠수를 탔어. 인수자들을 판에 끼운 건 정부고. 그런데 아직도 누가 한패인 건지, 누가 네놈한테 배신하라고 뒤를 찌른 건지 모른다는 거냐?"

돛배가 어깨를 움츠리곤 고개를 여러 번 저었다. 소령은 그럼 어째서 클론에게 생체칩이 없다고 거짓말한 건지를 다시 물었다. 자신도 속았을 뿐이라는 돛배의 공허한 발뺌에 욕설이 여기저기서 난무했다. 이미 테러리스트에게 클론의 생체칩 감별 사실을 전해 들은 후였다. 살벌한 분위기에 눌려 가나는 식당에서 나가지 못하고 있었다.

소령이 이번에는 오안을 데려오라고 명령했다. 조직원들이 오안을 끌고 왔다. 무릎을 꿇리려는 조직원들에게 저항하다가 오안이 신고 있던 한 짝 남은 운동화가 벗겨졌다. 어깨를 붙잡힌 채 강제로 무릎이 꿇려질 때 휘청이던 오안이 바닥을 짚으면서 고개를 숙이지 않으려고 버텼다. 소령이 손짓하자 조직원이 태블릿으로 영상을 틀었다. 납치된 클론이 구출되었다고 보도하는 뉴스였다.

"대체 넌 클론이냐, 인간이냐?"

오안은 아무런 대답도 하지 않았다. 조직원들이 고함치며 대답을 종용했다. 소령이 허리춤에 찬 군용칼을 뽑아 오안 앞으로 던졌다.

"사실 네가 클론이든 인간이든 관심 없다. 네가 나에게 복종할 건지가 중요하지. 그 칼로 저 녀석 손등에서 생체칩을 제거해라. 그럼 너는 살려주마."

소령이 오안과 돛배를 시험하기 위한 함정을 팠다. 소령은 앞으로 오안이 고분고분해질 것인지 알고 싶었고, 돛배가 더는 조직을 배신하지 않을 거라는 확신이 필요했다. 돛배가 으윽, 하고 참았던 울음을 터뜨렸다. 오안은 울음소리가 잦아들 때까지 다른 곳에 시선을 두지 않고 오로지 군용칼을 바라보았다. 어떤 생각을 하는지 읽히지 않아서 가나는 불안했다. 오안이 군용칼을 끌어다 앞에 놓으며 소령에게 질문을 던졌다.

"생체칩을 제거하는 대신 제 왼손등을 십자 모양으로 벤다면 저분을 살려줄 수 있습니까?"

뜻밖의 말에 잠시 정적이 흘렀다. 협상이 아니었다. 나는 저 사람의 손등을 그을 마음이 전혀 없고, 대신 내 손을 내줄 테니 그것으로 만족하고 응하라는 일방적인 거래 통보였다. 오안은 생체칩 제거 후에도 돛배에게 가해질 복수가 남았다는 걸 알기에 거래를 제안한 것이다. 그것은 오안이 지금 있는 곳의 상황과 의미를 파악한 후 내린 결론이었다.

조직원들이 식판에서 고개를 들어 소령과 오안을 번갈아 쳐다보았다. 오안 역시 소령과 정면으로 눈을 맞추고 있었다. 표정은 고요한데 눈빛만은 살아 있다는 걸 증명하려는 양 형형했다. 침묵 속에서 두 사람의 눈동자에 각기 다른 위엄이 서렸다.

"말도 할 줄 아는구나. 좋다. 네 고집대로 해봐라."

오안은 오른손으로 군용칼을 잡았다. 오른손에 힘을 주자 손등에 말라붙은 핏덩이가 조금 더 붉어졌다. 오안은 주저 없이 왼손을 바닥에 대고 손등을 칼로 그었다. 돛배가 저도 모르게 신음을 뱉어냈다.

가나는 오안의 맨발을 바라보고 있었다. 맨발이 하얘졌다가 서서히 붉게 변해가는 것을. 바들바들 떨면서도 동시에 바닥을 지그시 누르고 있는 발가락들을 보면서 가나는 오안이 이 지옥에서 살아남을 수 있을 거라고 생각했다.

저 아이는 죽지 않아. 누군가를 구하려는 자는 강한 법이니까. 지옥에서 살아남기 위해서는 무언가를 버리고 누군가를 취하는 법을 배워야 한다. 오안은 이미 그 방법을 알고 있었다. 버리는 것은 자신이지만 취하는 것은 인간이라는 걸. 오안이 손등을 십자 모양으로 그어서 구한 건 앞으로 위기의 순간마다 버팀목이 되어줄 누군가였다.

가나는 눈이 부시도록 하얘져가는 오안의 맨발에서 기억 속 얼굴들을 찾아내 가슴에 그려넣었다. 검은 짐승 같던 눈동자를 치켜뜨고 한껏 찡그린 얼굴로 갇혀 있는 소굴의 아이들을. 그 아이들이 몸을 맞대고 앉아 서로의 손에 입김을 불어주던 모습을. 매 끼니를 굶은 아이에게 어렵사리 얻어낸 음식을 나눠주던 모습을. 생각하고 또 생각했다. 그러곤 그 모습들을 오안과 겹쳐 보면서 마음으로 부탁했다.

함박눈을 맞고 있는 아이들아, 이곳은 지옥이야. 하지만 누군가를 살리기 위해서 대신 피를 흘리는 이도 여기에 있단다. 물론 그는 인간이 아니야. 어쩌면 인간보다 나은 존재일지도 몰라. 그러니 너희들도 부디 살아줘. 참혹한 이 지옥은 언젠가 끝날 테고, 네 손을 잡아줄 상처 입은 손이 너희를 기다리고 있으니. 부디, 죽지 말고 함께 살아서 나가자.

가나는 출입구 사이로 불어오는 차가운 바람을 느끼면서 기도했다. 그 기도가 눈이 되어 아이들 머리 위로 쏟아지고 있었다.

8.

가나는 대리모의 젖을 먹고 자랐다. 가나가 열네 살이 되던 해까지 해마다 동생들이 생겨났다. 동생들도 대리모의 젖을 빨았고 가나와 언니들이 보살폈다. 집에서는 항상 우유 냄새가 풍겼다.

가나의 엄마는 가족이 많았다. 전부 피를 나누지 않은 사람들이라고 했다. 언니들과 이모들이 가나의 엄마를 마마라고 불렀다. 가나는 그 말이 엄마라는 의미인 걸 알게 된 뒤로는 마마를 친엄마로 여겼다. 그러다 마마가 대리모 사업으로 돈을 번다는 걸 조금 더 자란 뒤에 알게 되었다. 출산한 아기를 사산했다고 속이고 다른 의뢰인에게 돈을 더 받고 되팔기도 한다는 사실도.

가나는 의뢰인이 버리고 간 아이였다. 의뢰인들은 장애가 없으면 남자아이는 버리지 않았다. 가나처럼 의뢰인이 버리고 간 여자아이들은 대리모가 될 운명이었다. 마마는 그것이 키워준 은혜를 갚는 방법이라고 말했다.

가끔 마마는 어딘가에서 대리모를 데려오기도 했다. 우유 냄새가 풍기는 대기실에 처음 발을 들인 대리모는 자신을 선택한 의뢰인에게 매달려 집으로 돌아갈 수 있도록 도와달라고 애원했다. 대리모의 간청을 들어주는 의뢰인은 아무도 없었다. 대리모 합법화 후 자발적으로 대리모가 된 사람도 있었지만 강제로 된 경우도 있었다. 의뢰인도 대리모가 가난하기에 팔려 왔다는 사실을 알고 있었다. 배고픔이 사람을 파는 이유가 된다는 건 이해하지 못하면서도 마마가 대리모를 샀으므로 새로운 주인이라는 건 인정했다. 그들은 가난하지 않았으므로 가난의 절망을 영원히 몰랐다.

가나는 자신의 미래가 타인에 의해 결정되는 걸 무력하게 지켜보고 싶지 않았다. 그래서 악착같이 돈을 벌기 시작했다. 대리모들의 자잘한 심부름을 해주고 팁을 챙겼다. 뭔가를 도울 때마다 일당도 받았다. 당장 돈이 없다고 하면 이자를 약속받은 뒤 외상으로 처리해줬다. 가나는 돈으로 마마와 결판내 자신의 운명을 살 작정이었다. 악을 쓰고 우겨서 학교에 다닌 것도 같은 이유에서였다. 배우고 익힌 것들이 무엇이든 살아가는 데 도움 될 거라는 걸 본능적으로 알았다. 프로그래밍에 두각을 나타낸 가나를 학교에서는 화이트 해커로 육성하자고 제안했다. 천재적 소질이 엿보인다면서. 그러나 마마는 단박에 거절했다. 가나에게는 해야 할 일이 따로 있다고 했다.

마마의 집을 찾는 의뢰인들은 대부분 인공수정을 택했다. 때때로 성관계를 통한 자연수정을 원하는 이들도 있었는데 그들이 바라는 건 쾌락보다는 건강한 난자였다. 산모가 어릴수록 건강하고 똑똑한 아기를 낳는다는 믿음이 지난 세기부터 이어져 왔으므로 초경을 막 치른 여자아이는 대리모로서 인기가 있었다.

가나는 무더위가 기승을 부리던 한여름에 초경을 치렀다. 생리대를 꼭꼭 숨겼지만 마마는 생체칩 데이터를 통해 그 사실을 알아차렸다. 어엿한 여성이 되었으니 이제 제 몫을 다하라며 생활비 명목으로 돈을 가로챘다. 다달이 생활비를 내야 했으므로 모아둔 돈이 금세 바닥날 판이었다. 가나는 자주 하늘을 올려다봤다. 핑크빛으로 져가는 노을이 아름답고 처연했다. 가나는 우는 아기들을 달래면서 자신도 누군가가 등을 토닥이며 울지 말라고 말해주었으면 싶었다.

어느 날 꽃잎을 띄운 물로 몸을 씻고 새 속옷을 건네받았을 때, 가나는 대가를 치를 날이 왔다는 걸 깨달았다. 순백의 신부처럼 차려입은 가나는 작은 칼을 몸에 숨겼다. 단 한 번의 기회. 의뢰인에게 깊지도, 얕지도 않은 상처를 내어 더는 아무도 자신을 원하지 못하도록 하는 게 중요했다. 실패하면 죽이는 쪽을 선택할 생각이었다. 죽는 쪽이 아니다. 죽이는 쪽이다. 죽는 사람이 누구든 상관없었다. 가만히 당하지 않으리라는 다짐이 칼을 움켜쥔 손아귀에서 끓어올랐다.

의뢰인의 손바닥에서 피가 흐르는 걸 보면서도 가나는 쥐고 있던 칼을 놓지 않았다. 그 모습을 보면서 마마가 혀를 찼다. 가나는 지하 창고에 일주일 동안 갇혔다. 물도, 빛도, 생각도 없이 일주일을 버텨냈다. 풀려난 뒤로 마마가 내뱉는 저주의 말들, 영악해서 못 쓰겠다는 말들, 생각이 많은 인간은 일찍 죽는다는 말들을 들으면서 아기들에게 우유를 먹이고 기저귀를 갈아주었다. 구형 관리 로봇은 아기들을 제대로 돌보지 못했다. 구형 로봇이 망가질 때까지 시간을 버틸 각오는 돼 있었다.

가을이 왔다. 하루하루가 같은 날이라고 우겨도 믿을 만큼 평범한 날들이 지나가고 있었다. 가나는 우유 온도를 맞추다가 돛배에게 붙잡혔다. 미래를 스스로 개척하는 데 성공했다고 착각한 결과였다. 마마는 말썽을 일으킨 가나를 팔기로 하곤 때를 벼르고 있던 거였다.

가나는 그동안 쌓아온 시간이 몽땅 사라져버린 것만 같았다. 쇠창살에 갇혀 무릎을 끌어안고 어디서부터 인생이 잘못된 건지를 생각했다. 부모에게 버려진 것. 의뢰인의 손바닥에 상처 낸 것. 지하 창고에서 풀려난 뒤 도망가지 않은 것. 잘잘못을 따져볼수록 어떤 것도 잘못이 아니라는 생각만 들었다. 아무리 따져봐도 비참한 삶은 자기 잘못이 아니라고 결론 내렸을 때, 따뜻한 기운이 느껴졌다. 고개를 들자 이모에게 업힌 가나의 동생이 가나의 머리에 손을 얹고 있었다. 다정한 눈빛에 힘을 얻어 겨우 주변을 돌아봤다. 다른 동생들도 나무 뒤에 숨어 가나를 쳐다보고 있었다. 가나는 남겨진 동생들에게 손을 흔들어주었다. 그러곤 이모에게 마마가 자신의 몸값으로 얼마를 받았는지 물어보려던 찰나에 트럭이 출발했다.

"꼭 살아남아."

어째서 잘 살라고 하지 않고 살아남으라고 하는 걸까. 이모의 울음 가득한 눈이 서서히 멀어질 때는 몰랐다. 자신이 죽음 위에 아슬하게 걸쳐져 있었다는 것을. 그래서 오안이 집이 어디냐고 물었을 때 가나는 모래벌판 너머에 있는 우유 냄새가 진동하던 부엌을 떠올렸을 뿐, 그곳을 집이라고 말하지 않왔다. 이제 가나에게 돌아갈 집은 없었다.

"집 같은 거 없어."

오안은 몇 번이나 입술을 달싹였다가 다물었다. 가나는 말을 걸려는 오안을 모른 척하며 점조직으로 나눌 아이들 명단을 정리했다. 명단에는 몸값을 함께 적었다. 금액이 높을수록 지켜야 할 가치가 높은 거였다. 가나는 자신의 프로필도 찾아냈다. 프로필에는 해킹 능력 최상이라는 특징과 함께 몸값이 기록돼 있었다. 겨우 이 정도 금액에 팔 거면서. 가나는 마마가 떠올라 한숨 쉬곤 작업을 우뚝 멈췄다. 오안이 한 손으로 수건 매듭을 묶고 있었다. 가나는 무뚝뚝한 표정으로 오안 대신 매듭 끝처리를 해줬다.

어젯밤 소령은 스스로 낸 상처라며 오안의 치료를 허락하지 않았다. 수건은 매듭까지 핏물이 들어 끈적거렸다. 매듭에 힘이 가해질 때마다 오안이 어깨를 움찔했다. 통증을 느끼는 건 인간과 똑같았다. 만약 자신이 같은 상황에 놓였더라면 다른 이를 살리기 위해 스스로 희생을 선택할 수 있었을까. 가나는 고개를 저었다. 자신을 희생하기엔 가진 것이 너무 없다고 생각해왔으니까. 가진 것이 없으니 채우고만 싶은데 어떻게 버릴 수 있겠는가. 가나는 거무스름하게 변한 오안의 다른 손등을 내려다보다가 짐짓 무심하게 말했다.

"오늘 기술자가 돌아온대. 어쩌면 상처를 치료해줄 수도 있을 거야."

아침에 소녀들이 출장 나갔던 기술자가 돌아온다고 소곤거렸다. 기술자는 적출 전문가다. 섬세하고 빠른 손기술로 손상 없이 장기를 적출해 대규모 장기밀매 조직들도 탐내는 인재. 오로지 돈으로만 움직였기에 소령은 거액의 인센티브로 기술자를 떠받들고 있었다. 그런데도 기술자는 늙은 몸으로 지하 벙커에 오래 머무는 게 힘들다는 핑계로 자주 자리를 비웠다. 출장 나가서 장기 이식 수술에도 관여하고 있다는 건 공공연한 비밀이었다. 소녀들은 괴팍하고 오만한 기술자를 혐오했다.

"궁금한 게 있는데요. 생체칩은 위치 추적이 되잖아요. 갇힌 아이들 생체칩을 제거하지 않고 두는 이유가 있나요?"

오안이 의문을 가지는 건 당연하다. 추적당할 위험에도 아이들의 생체칩을 제거하지 않은 건 장기 거래 협상에 유리하기 때문이다. 생체칩 이식 이전에는 수요를 따라 출처를 알 수 없는 장기들이 암시장에 흘러들었다. 부자들은 웃돈을 주더라도 공여자의 신원을 보증받고 싶어 했다. 생체칩은 장기를 제공할 아이가 건강한 몸을 가진 공여자라는 걸 객관적으로 입증해줬다. 또한 장기 이식 전까지 공여자가 도망칠 수 없으니 안심하라는 메시지이기도 했다. 어차피 아이를 구하러 올 사람도 없다. 그렇기에 제거하지 않아도 안전한 것이다.

"이봐! 뭐 하는 거야?"

작전실 문을 벌컥 열고 들어온 조직원이 인상을 찌푸렸다. 가나는 당황한 티를 내지 않고 태연히 자리로 돌아갔다.

"클론을 언제 또 제가 만나겠어요. 경험 삼아 한번 만져봤어요."

조직원은 미심쩍어 하는 눈초리로 둘을 번갈아 보다가 뱉어내듯 기술자가 부른다고 전했다. 아이들의 생체칩 데이터 파일이 필요하니 챙겨오라며 오안을 풀어줬다. 오안을 납치하는 걸 기술자가 요구했다더니 출장에서 돌아오자마자 확인이 필요한 모양이었다.

수술실을 겸한 기술자 벙커는 들어갈 때마다 피비린내가 났다. 야윈 몸집의 기술자가 군데군데 피가 튄 수술복 차림으로 소독 오일을 뿌려 메스를 정성스럽게 닦고 있었다. 조직원이 클론을 데려왔다고 보고했지만 고개도 들지 않았다. 온 걸 알면서도 매번 모른 척하는 태도에 익숙한 가나는 다 닦은 메스를 살균소독기에 집어넣는 주름진 손을 바라보며 기술자의 반응을 기다렸다.

기술자처럼 오래 사는 것이 가나의 꿈이었다. 언젠가 밑바

닥을 벗어나 부유하고 안전하게 오래오래 살아가리라. 미래
를 위해 지금의 불안함과 비참함쯤은 밑바닥으로 계속 욱여
넣을 수 있었다.

살균소독기 타이머를 맞춘 기술자가 그제야 오안에게 옭
아매는 듯한 시선을 던지며 손짓했다. 오안의 손등을 스캔하
고 생체칩이 없는 것을 확인한 뒤, 혀를 끌끌 차며 혈액 채취
를 했다.

"작살을 내놨네. 그래도 슈퍼 인자들 덕에 내성이 강한 모
양이다. 염증 수치는 낮구만."

기술자는 오안에게 소염제를 먹이고 소독약을 적신 의료
용 솜으로 말라붙은 피를 닦아냈다. 그러곤 국소 마취 주사를
놓은 후 빠른 손놀림으로 상처를 봉합했다. 지난밤 소령이 치
료를 금했다는 조직원의 말은 무시했다. 조직원이 같이 말리
지 않는다며 가나를 애꿎게 타박했다. 다른 생각에 빠져 있던
가나는 클론 납치를 지시한 사람이 기술자이니 괜찮을 거라
고 건성으로 대답했다. 뒷돈을 주고서라도 기술자에게 오안
의 상처를 봐달라고 부탁할 참이었는데 돈에 굶주린 인간이
나서서 치료하는 이유가 아무래도 미심쩍었다.

"생체칩들 데이터 가져왔는데 어떤 자료가 필요하신 건가
요?"

기술자가 입소리를 내며 조직원에게 턱짓을 했다. 조직원이 수술실 문을 열어젖혔다. 수술대에 누운 소녀 B가 보였다. 가나는 저도 모르게 탄식이 흘러나와 입을 막았다. 소녀 B는 미라처럼 쪼글쪼글하게 변해 있었다. 혈관에 연결한 혈액 채취용 삽입관으로 소녀 B의 혈액이 빠져나가 검체 용기에 모이는 게 눈에 들어왔다. 핏자국이 군데군데 남은 수술실 바닥에 소녀 A가 멍하니 앉아 있었다. 한 몸처럼 붙어 다니는 소녀들이었다. 기술자를 보조하는 조직원이기도 했다. 그런데 강제로 혈액을 채취당하고 있었다. 가나는 수술실로 들어가서 홀린 듯 소녀 B의 맥박을 짚어보았다. 약하게나마 맥박이 뛰고 있었다.

"생체칩 스캔해서 코드 확인하고 금융 내역에 잔고 있으면 내 연동 계좌로 입금해놔라."

기술자가 소녀 B의 손목에서 손을 떼지 못하는 가나를 건너다보며 용건을 말했다. 가나는 부서져라 이를 악물었다.

"아직 안 죽었어요."

"살지 말지는 개 운에 달리긴 했지. 근데 덜컥 죽어버리면 바로 계좌 동결되잖아. 그러기 전에 수를 써놔야지."

가나는 조금 전까지 자신이 바랐던 미래를 갈기갈기 찢고 싶었다. 인간성이 결여된 사람이 돈에 집착한 결과가 기술자라면 돈 때문에 인간임을 잃고 싶지는 않았다.

"돈이 되면 다 죽일 거예요? 서열이 낮아도 조직원이잖아
요. 같은 동료잖아요. 조직이 어떻게 조직원을 배신해요?"

"해킹 능력이 뛰어나서 소령이 발탁한 건 안다만, 주제를
모르고 고약하게 입을 놀리는구나. 조직원이면 조직의 이득
을 위해 목숨 정도는 내놓을 줄 알아야지. 그게 어떤 경우든
간에. 그것도 모르고 조직원이 된 거냐?"

가나가 주먹을 쥔 채 그대로 서 있자 중재하려는 듯 수술실
문 옆에 선 조직원이 끼어들었다. 그는 간혹 조직 내에서 장기
를 구하는 경우가 있다고 해명했다. 이번이 그런 경우로, 희귀
혈액, 혈장, 백혈구를 모두 채취해야만 하는 긴박한 상황이라
공여자가 필요했을 뿐이라고.

가나는 도망치려고 했을망정 적어도 조직에 속해 있다고 여
겼었다. 그러나 언젠가 필요하다는 이유로 장기 공여자로 전
락한다면 자신도 클론과 다를 바 없는 신세라는 생각이 들었
다. 값을 치른 사람을 대신해 살아 있을 때만 쓸모가 있으므로.

"이식 대기자가 위독해서 공여자를 희생하기로 결정한 건
가요?"

양손 치료를 모두 받은 오안이 기술자에게 물었다. 기술자
가 농담을 들었다는 듯 피식 웃었다.

"의뢰인은 현재 건강하단다. 단지 더 오래 살고 싶은 것뿐이지."

현시대는 목숨이 위태로워서 장기 이식을 하는 것이 아니라 건강하게 오래 살기 위해서 장기 이식을 행한다는 것을 오안은 아직 모르는 듯했다. 기술자는 부자의 생명보다 귀한 건 없다고 덧붙였다. 부자들이 생명 연장을 위해 건강한 장기 이식을 적극적으로 원하고 있다고. 비록 실속 없는 테러로 클론 육성 산업을 위축시켰지만 그건 일시적일 뿐이라고. 정부가 클론 육성 산업을 국가 경제 바탕으로 삼으려는 이상 머지않아 최상의 건강을 위한 필수 코스로 장기 이식이 대중화될 거라고 했다.

"수요가 점점 늘어나 장기 값이 오르고 있지. 그 판에서 돈 맛에 굶주린 소령 같은 놈들이 미쳐 날뛰고 있지만 곧 클론이 압도할 거다. 클론이 돈이 될 거다. 시류란 그런 거다."

오안을 납치하고 치료한 목적이 클론 연구를 통해 부자에 더 다가가기 위해서였다는 고백 같은 말이었다. 혈액이 꽉 채워지자 검체 용기가 삽입관과 분리되었다. 로봇 팔이 검체 용기를 냉장 박스로 이동시켜 보관했다. 붕대를 쓰다듬으며 오안이 기술자에게 자신을 치료했듯 소녀 B가 살 수 있도록 도와달라고 했다. 기술자가 주름진 입을 벌리자 가지런한 금니가 엿보였다.

"도와달라고? 내가 왜 이득도 없는 일을 해야 하는 거냐?"

"살릴 수 있는 기술과 권한이 있으시니까요."

"난 그 기술로 내 이득을 얻으며 살아왔다. 내가 도와주면 넌 내게 뭘 줄 거냐? 네 슈퍼 인자를 채취해 또 다른 복제체를 만들도록 해 줄 거냐? 그렇다면 저 쓸모없는 몸뚱이와 내 도움을 바꿀 수 있다만."

"저를 실험용으로 제공하면 저분을 원래대로 건강하게 되돌려주실 수 있다는 말씀인가요?"

그건 불가능하다. 조직이 받아들인 의뢰와 기술자의 책임이 별개라 하더라도 소녀 B를 예전 모습으로 완벽하게 되돌리기는 늦었다. 그것도 모른 채 오안은 노골적이고 얼토당토않은 제안을 수락할 것만 같았다. 소녀 B 역시 이대로 두면 이용만 당한 채 죽을 터였다.

"사람의 쓸모는 당신이 정하는 게 아니야. 당신은 신이 아니니까."

가나가 소녀 B의 팔에서 삽입관을 뽑아냈다. 처벌받을 테지만 상관없다. 각오한 일이다. 다만 자신을 포함한 소굴의 아이들이 멸시에 저항할 수 있는 사람이라는 사실만은 제대로 알려주고 처벌받을 작정이다. 다른 삽입관에 손대려고 하자 조직원이 총으로 가나를 위협했다. 비겁하다고 생각했지만 가나는 손을 더 뻗을 수가 없었다. 총에 굴복하는 자신이 무력하게 느껴졌다.

그 순간 오안이 총구 앞을 막아섰다. 비켜서라는 조직원의 명령에 오히려 양팔을 벌리기까지 했다. 가나는 얼마 전 조직원이 클론을 혐오하는 발언을 했던 게 떠올랐다. 방아쇠울에 건 손가락이 움찔거렸다. 금방이라도 총알이 발사될 듯 긴장감이 고조되고 있었다.

"그만 됐다. 어차피 혈액은 필요한 양만큼 확보했어. 하고 싶은 대로 하도록 둬라."

조직원이 총을 내린 뒤에도 오안은 비켜서지 않고 자리를 지켰다. 그동안 가나는 삽입관들을 차례로 제거했다. 시선이 느껴져 돌아보니 바닥에 앉은 소녀 A가 초점이 나간 눈으로 수술대를 올려다보고 있었다. 친구가 괜찮은지 살펴봐달라고 해도 그저 눈만 끔뻑일 뿐 움직이지 않는 것이 약에 취한 듯했다.

가나는 지하 벙커에 소녀 B를 한시도 놔두고 싶지 않았다. 도움받지 못할 바에야 데리고 나가야 한다는 결론을 내리곤 기술자에게 소녀 B를 깨우라고 했다. 기술자가 못마땅해하며 주사제를 놓았다. 이윽고 소녀 B의 의식이 돌아왔다. 막상 소

녀 B가 눈을 뜨자 미라 같은 얼굴을 마주 볼 자신이 없어 가나
는 뒤로 물러섰다. 대신 오안이 소녀 B의 손을 살며시 잡았다.

"나 어떻게… 된 거야?"

"당신은 무사해요. 안심하셔도 돼요."

"죽을까 봐… 무서웠어."

소녀 B가 힘겹게 말을 잇다가 기침을 뱉어냈다. 붉은 피가
입가를 타고 흘러내렸다. 소녀 B는 호흡 조절이 힘에 부치는
듯 고통스러워했다. 오안이 소녀 B가 조금 더 편하게 숨 쉬도
록 상체를 안아 자신에게 기대도록 했다.

"살 수 있어요. 조금만 더 힘을 내주세요."

소녀 B가 가까스로 오안의 손을 마주 잡았다. 그러곤 무겁
게 눈을 감았다가 느리게 떴다. 마주 잡은 손에서 힘이 빠져
나가고 있는지 오안이 조심스럽게 손을 다시 그러쥐었다. 소
녀 B가 입술을 달싹거리다가 겨우 목소리를 내었다.

"…나는… 죽고 싶지… 않아."

밭은 숨이 서서히 사그라들었다. 오안의 품에서 소녀 B는
죽음을 맞이했다. 우주 궤도를 떠도는 빛처럼 고요한 죽음이
었다. 오안의 뺨을 타고 흘러내린 눈물이 수술대에 번진 핏
방울과 섞였다. 죽음의 기별이 이제야 도달한 듯 소녀 A가 친
구를 붙잡고 울부짖었다. 미안하다는 말만을 계속 되풀이하

면서. 말할 때마다 약 기운이 채 풀리지 않은 얼굴이 일그러졌다. 이상하게도 가나는 소녀 B가 죽은 뒤에 도리어 마음이 차분해졌다. 더는 불안하지도 슬프지도 않았다. 단지 태어나 지금까지 소녀 B가 무엇을 위해 살았던 건지 궁금해졌을 뿐이다.

절차대로 소녀 B를 화장할 일만 남아 있었다.

"이 아이는 태우지 말아요. 적어도 당신이 기술을 가르친 사람이잖아요. 호의 정도는 베풀어주세요."

가나의 요청에 기술자는 마지못해 매장을 허락해주었다. 조직원은 시체를 건드리고 싶지 않다고 해서 오안이 시트로 감싼 소녀 B를 업고 지하 벙커 밖으로 나왔다. 빵 부스러기 같은 진눈깨비가 내리고 있었다. 너른 모래벌판의 한 구석을 가나와 오안, 소녀 A가 삽으로 팠다. 차가운 바람 속으로 입김이 흩어졌다.

깊은 구덩이에 소녀 B를 안아다가 조심스레 눕혔을 땐 세 사람 모두 손가락이 얼어 감각이 무뎌져 있었다. 흙으로 빈 곳을 덮으면서 오안은 눈물을 끊임없이 닦아냈다. 소녀 A는 더는 울지 않았다. 플라스틱 체온계를 묶어 만든 십자가를 무덤 위에 얹어두곤 오랫동안 기도를 올렸다. 소녀 A는 어떤 말로 마지막을 전하고 있을까. 가나도 눈을 감고 소녀 B를 위해

기도했다. 부디 좋은 곳으로 가기를.

조촐한 장례를 추모하듯 바람이 잦아들었다. 조직원이 주변을 맴도는 기척이 났다. 어깨가 닿을 거리에서 오안이 괜찮으냐고 물었다. 가나는 고개를 살짝 젓고 끝없이 펼쳐진 모래벌판을 바라봤다.

불과 며칠 전만 해도 혼자 도망칠 방법을 궁리했다. 그런데 지금은 홀로 도망칠 자신이 없어졌다. 도망쳐서 대체 어디로 간단 말인가. 목적지를 생각하면 절벽에 몰린 듯 막막하기만 했다. 어쩌면 갈 곳이 없다는 자각을 하게 된 건 집이 어디냐고 물은 오안 때문인지도 모른다. 기억에서 지우려고 노력했는데 다정한 목소리에 그만 우유 냄새가 나는 마마의 집을 떠올려버렸다. 거기에 더해 이제는 소녀 B를 묻은 땅이 자신의 발목을 붙잡고 있었다. 그러니 괜찮지 않다.

"언젠가 다 같이 이곳을 벗어나요."

"여길 벗어나 어디로 갈 건데? 갈 곳이 있어?"

"우리가 미래를 꿈꿀 수 있는 새로운 세계로요. 그곳으로 함께 가면 돼요"

하루하루를 살아내는 데에 꿈은 걸림돌이 된다고 마마는 말했었다. 그렇다면 가나는 눈 덮인 모래벌판을 벗어나 자유롭게 오래오래 사는 꿈을 지켜야 할지도 모르겠다고 생각했다. 마마에게 보란 듯이 성공한 모습을 보여주고 싶으니까. 어쩌면 정말 꿈을 이룰지도 모르니까. 그리고 오안을 믿고 싶으니까. 그렇게 가나가 구축해온 건조한 사막에 서서히 싹이 움트려고 했다.

멀리서 조직원이 그만 돌아오라고 소리쳤다. 가나는 오안의 손목에 수갑을 채웠다. 오안이 그런 가나를 바라보며 나지막하게 말했다. 진눈깨비가 그치면 달이 뜰 거라고. 달빛이 비추면 모래벌판에도 꽃이 필지 모른다고. 그때 같이 미래로 가자고 약속하며 아름다운 미소를 지었다.

조직원들이 쳐놓은 자동 텐트 위로 진눈깨비가 날렸다. 오안이 조금 걷다가 수갑 찬 손을 내밀어 진눈깨비를 받았다. 오안의 손에 떨어진 진눈깨비가 마치 꽃씨처럼 보였다.

9.

정찰대가 왔다는 소식에 지하 벙커가 술렁거렸다. 모래벌판을 가로질러 이동하면 헬기 공격을 방어하지 못한다는 판단에 소령은 그간 정부가 소탕 작전을 어떤 식으로 재개할지 동태를 살피고 있었다. 며칠 동안 파악한 바로는 수상한 기미는 없었다고 정찰대가 보고했다. 점조직 분류 작업도 끝나 오늘 밤에 이동하기로 결정되었다.

가나는 열 개의 점조직 중 소령과 같은 조직에 편성되었다. 오안과 돛배, 기술자도 같은 조였다. 기술자가 클론 생체 연구를 독단으로 실행하려는 낌새를 알아챈 소령은 소굴에 오안을 가뒀다. 기술자는 뒷손을 써서 오안과 같은 점조직에 들어갔다. 오안의 목숨을 담보로 한 검은 욕망들이 꿈틀대고 있었다. 가나는 출발 전에 오안을 만나기로 결심했다. 만나서 함께 탈출할 건지 의견을 물을 것이다.

보안 시스템으로 무장한 벙커는 구역마다 생체 암호가 걸려 있었다. 가나는 소굴을 출입할 수 있는 권한을 가지고 있지 않았다. 보안 시스템 관리자 프로그램을 해킹해 자신의 생체칩 코드를 심어 보안을 풀고 몇 달 만에 소굴로 들어갔다. 소굴에는 다른 시간이 흐른 것처럼 흙빛의 아이들이 헤어질 때보다 나이 들어 있었다. 건강한 장기를 팔려고 했다면 적어도 이보다는 더 잘 보살펴야 하는 거 아닌가. 아이들을 짐승이 아니라 사람으로 보이게끔 해야 하는 거라고 가나는 악을 쓰고 싶었다. 분노가 일어 어금니 안쪽을 질끈 깨물었다.

오안은 소굴의 가장 끝 철창에 갇혀 있었다. 건너편 철창 바닥에 엉망이 된 돛배가 쓰러져 있는 모습도 눈에 들어왔다.

살려주겠다는 약속을 저버리고 소령이 저지른 짓이다. 참혹한 광경을 보지 않으려고 고개를 돌렸다가 오안의 절박한 눈과 마주쳤다. 오안이 이전에 가나가 한 말을 진지하게 기억하곤 돈을 마련해볼 테니 돛배를 도와달라고 간절하게 말했다. 돈을 줄 수도 없겠지만 만약 돈을 준대도 부탁을 거절하고 싶었다. 같은 편조차 죽게 놔두는 쪽을 택한 남자라고, 인과응보일 뿐이라며 오안을 몰아붙이고 싶었다.

그러나 돛배를 살리기 위해 오안이 치른 희생을 무용하게 만들 수 없다는 마음이 적개심을 눌렀다. 내키진 않았으나 철창 안으로 들어가 돛배를 살펴보았다. 깊은 상처는 없었다. 적어도 살아는 있다고 오안을 향해 퉁명스럽게 말한 뒤 돛배를 일으켜 벽에 기댈 수 있도록 도와줬다. 아무런 대가 없이 남을 도운 게 언제인지 기억나지 않았다. 예전이었다면 이 정도 친절은 얼마를 받는 일이었을까. 과거가 까마득했다.

돛배가 미간을 찡그린 채 오른팔로 왼팔을 감쌌다. 뼈가 부러진 건지 물어보자 어깨를 으쓱했다. 가나는 배낭에서 진통제와 텀블러를 꺼냈다. 오안에게 주려고 가지고 온 따뜻한 물에 진통제를 섞은 뒤 조금씩 마시게 했다. 물을 마시는 1초가 아깝고 초조했다. 조직원이 불쑥 들어오는 상상이 이어지며 신경이 곤두섰다. 발각돼 갇히면 탈출 기회는 사라지고 만다.

가나는 밀려드는 걱정을 치워내려는 듯 머리를 흔들었다.

"지금이라도 도망가."

텀블러를 배낭에 넣고 철창을 나가려 할 때 돛배의 목소리가 들려왔다. 가나는 열어두었던 문을 닫고 돌아섰다.

"너는 다른 아이들이랑 달리 자유롭게 움직일 수 있으니 기회가 있을 때 여기서 벗어나라. 위급한 상황이라 너 하나 없어진 걸 알아도 어쩌진 못할 거다."

자유나 기회가 자신에게 엿보인다는 게 우스웠다. 가나가 보기엔 자신도 아이들과 다를 바 없이 갇힌 신세였다. 가나는 쇠창살이 달린 트럭으로 자신을 끌고 가던 돛배를 떠올렸다. 섣불리 믿지도 않지만 왜 이제 와 위해주는 척하는지 가증스럽고 기막혔다.

"나도 조직원이에요. 도망칠 이유 없어요."

"그럼 클론만 구하려는 거냐?"

돛배의 목울대가 움직여 돛단배가 파도를 헤쳐 가는 것처럼 보였다. 가나는 소굴 벽에 새겨놓은 물고기가 바닷물을 가르며 돛단배로 향하는 환영을 보았다. 물고기는 바다를 건너 별빛이 넘치는 우주로 점점 더 헤엄쳐 갔다. 은하수와 블랙홀을 지나 아득히 먼 우주로.

"양심이 있으면 오안을 구할 사람은 내가 아니라 당신이겠죠."

돛배가 웃다 사레가 걸린 듯 기침했다.

"배낭에 든 물과 클론을 구할 방법을 바꿔볼 테냐?"

"들어보고 쓸모 있으면요."

"폭탄이 있다. 원래는 여길 벗어날 때 입막음용으로 협상금이나 뜯어내려고 가져온 건데 벙커를 떠나고 나면 소용없을 테니 너한테 넘겨줄 수도 있어."

"조건은요?"

"물론 나를 같이 빼낸다는 전제가 있지. 손해 보진 않을 거다. 트럭 타고 오가며 봐둔 탈출로로 안내도 가능하니까."

가나와 돛배는 서로의 진심을 가늠하느라 한동안 마주 노려봤다. 함정일까. 아닐까. 손을 잡아볼까. 말까. 끝없이 이어질 것 같은 정적을 깬 건 오안이었다. 건너편 철창에서 소굴에 갇힌 아이들과 다 함께 탈출하자고 느닷없는 제안을 해왔다. 감시가 소홀해진 틈을 이용하자면서. 돛배가 곧바로 반대했다. 구해낸 이후까지 책임지지 않을 거면 무의미한 일이라고 이죽거렸다. 언제 죽어도 이상하지 않은 아이들과 떠나는 것이 무의미한 일이라면 의미 있는 일은 무엇일까. 가나는 오안의 말을 곱씹었다. 분명 감시가 허술해지고 있다. 조직원들이 긴장과 추위에 지쳐 있는 탓이다. 짙어진 수염으로 피로감

을 감추려고 해도 따뜻하고 편안한 잠자리에 목말라 있다는
건 굼뜬 행동으로 순간순간 드러났다.

"이대로 두면 미래가 달라질 수 없잖아요. 갇혀 있다고 해
서 희망마저 체념해야 하는 건 아니에요."

오안의 말에 돛배가 쇠창살을 주먹으로 내리쳤다.

"나라고 구하고 싶지 않겠냐? 근데 다 같이 조직 손아귀에
서 벗어나려면 조직원들을 한곳에 몰아넣고 몰살해야 한다.
안 그러면 조직은 제일 먼저 생체칩 정보로 위치 확인부터 할
거다. 그럼 잡히는 건 시간문제야."

"생체칩을 제거하면 위치 추적을 못하잖아요."

"생체칩을 제거하면 위치 추적뿐 아니라 다른 모든 활동도
불가능해. 설령 디지털 환경에서 벗어나 살겠다고 해도 저 아
이들 하나하나 생체칩을 제거할 시간이 없다. 그러니 조직원
을 몰살하는 방법밖에 없다는 거야."

"한쪽을 살리겠다고 다른 쪽을 희생시킬 순 없어요. 폭탄
을 터뜨리면 안 돼요."

"위치 추적을 우려하기 전에 벙커에서 탈출할 계획이 있어
야 한다. 어떻게 이 많은 아이들을 조직원들 눈을 피해 피신
시킬 거냐? 마음이 있다고 계획이 저절로 생기는 게 아니야."

그때 소굴 밖에서 센서가 반응하는 소리가 들려왔다. 가나

가 조용히 하라는 제스처를 취했다. 거칠게 소굴 문을 연 조직원들이 대화를 나누며 가장 앞에 있는 철창에서 한 아이를 데리고 나갔다. 이동 전에 아이를 데려갈 이유가 없어 가나는 조바심이 났다. 조직원들이 나간 뒤 무슨 일인지 알아보고 올 테니 아무것도 먼저 정하지 말라고 다짐을 놓고 곧장 밖으로 나갔다.

지하 벙커가 시작되는 지점에 쇠창살 달린 트럭들이 세워져 있는 게 보였다. 홀로그램을 조작하던 조직원이 아이에게 화물칸에서 움직여보라고 주문했다. 한숨 돌린 가나는 홀로그램 밝기를 조정하는 모습을 지켜보며 오안의 제안을 고민했다. 물고기 떼가 그물에 걸리지 않고 도망칠 수 있을지를.

가나는 고개를 젖히고 한 방향으로 흘러가는 구름을 올려다봤다. 구름 모양이 마치 사람 얼굴 같았다. 살겠다고 혼자 도망치는 게 옳은 일일까. 혼자라면 도망쳐도 붙잡히지 않을 텐데. 그런데 왜 자꾸 옳지 않다는 결론으로 생각이 방향을 트는 걸까. 어쩌면 오안이 지옥에서 살아남는 방법을 보여줘서인지도 모른다. 오안 때문에 자신이 변하고 있었다. 오안은 분명 벙커에 갇힌 모든 아이와 달아나는 게 아니면 이 지옥에서 움직이지 않을 것이다. 그렇다면 결론은 하나다. 가나는 손을 털고 일어났다.

소굴로 돌아가 철창들을 둘러보았다. 탈출 협상을 듣고 있었을 텐데도 아이들은 살려달라고 울지 않았다. 아이들에게 가나는 조직원들과 똑같이 희망을 짓밟는 사람이다. 그런 식으로 한때 함께 갇혔던 아이들에게 기억되고 싶지 않았다.

가나는 오안에게 다 함께 탈출하자는 제안을 받아들이겠다고 말했다. 대신 대가를 받고 도와주겠다는 조건을 걸었다. 대가를 받겠다는 말은 최선을 다해 돕겠다는 일종의 다짐이었다. 지금 돈이 없다고 난감해하는 오안에게 나중에 갚으라고 심드렁하게 대꾸했다. 돛배가 이 상황에서도 돈을 밝히는 거냐고 비아냥거려서 살고 싶으면 잠자코 협조나 하라고 경고했다.

오안이 아이들을 향해 다 함께 탈출하기로 했다고 전했는데도 철창 너머에선 아무 소리도 들려오지 않았다. 제대로 듣지 못한 건가 싶었을 때 누군가 불쑥 진짜냐고 물었다. 이번엔 가나가 단호하게 진짜라고 힘주어 대답했다. 웅성거림이 이어지더니 곧 우는 소리가 소굴을 가득 메웠다. 기쁜 것이다. 드디어 희망이라는 걸 얻게 되었으니.

세 사람은 자신들이 할 수 있는 일을 꺼내놓고 그 일을 바탕으로 계획을 완성했다. 우선 소령과 간부들을 작전실에, 다른 조직원들은 벙커 숙소에 가두기로 했다. 해킹으로 출입 인증 시스템을 무력화하는 게 1단계이다. 소녀 A처럼 조직에 어쩔 수 없이 소속된 경우도 있으므로 조직원을 희생시킬 수 없다는 쪽으로 의견을 모았다. 그들은 조직이 붕괴되면 흩어질 가능성이 높았다.

다음 단계는 아이들을 폭탄으로부터 안전한 지대로 이동시키는 것. 모래벌판은 숨을 곳이 없으니 아이들을 트럭에 태워 최대한 멀리 가야 한다. 트럭 운전은 당연히 돛배가 맡았다.

마지막은 작전실만 무너지도록 질량 조절한 폭탄을 관리 로봇을 통해 작전실로 옮기는 것이다. 작전실로 들어가자마자 곧바로 기폭 장치를 작동시킬 예정이지만 내부에서 누군가 폭탄을 발견해 외부로 던지면 엉뚱한 곳이 피해를 입을 수도 있다. 변수에 대처할 누군가가 남을 수도 없기에 이 부분은 운에 맡길 수밖에 없다.

계획이 엉성하다는 건 세 사람의 논의를 들으며 훈수를 두던 아이들마저도 알았다. 그러나 중요한 건 가능한 범위 안에서 아이들을 구할 시도를 해보는 거였다. 더불어 세상에는 버려진 아이들의 손을 잡아주는 이도 있고, 버려지지 않는 약속도 있다는 걸 벙커 아이들도 비로소 알게 되는 것이다. 혼자 도망치지 않겠다는 새끼손가락을 건 약속이 버려질 줄만 아는 아이들 가슴에 새겨지는 게 중요했다.

돛배가 아이들에게 벙커를 나간 뒤 주의 사항을 설명했다. 단숨에 트럭에 타야 한다고 강조하며, 만약 조직원에게 발각된다면 단숨에 흩어져야 한다고도. 그중 영민한 아이들에게는 창고에 갇힌 아이들이 탈출할 수 있도록 도와주는 임무도 맡겼다. 소굴의 아이들과 달리 상황을 모르는 창고 아이들은 동요하지 않도록 단속하는 게 필요했다. 그걸 같은 처지의 아이들이 해결해 줄 터였다.

가나는 소굴을 빠져나와 주방으로 몰래 들어갔다. 관리 로봇들이 채소를 다듬고 있었다. 폭탄은 돛배 말대로 주방 선반에 숨겨져 있었다. 가나는 엔지니어링 키트까지 챙겨 소굴로 되돌아가 돛배에게 폭탄을 건네주었다.

돛배가 폭탄 제조에 들어간 사이 가나와 오안은 벙커 숙소로 들어갔다. 함께 프로그래밍 작업을 할 참이었는데 안에는 뜻밖에도 소녀 A가 있었다. 당연히 기술자를 돕고 있을 줄 알았던 터라 가나는 적잖이 당황했다. 오안을 본 소녀 A가 소녀 B의 사진이 담긴 디지털 액자를 침대에 내려놨다. 가나가 변명하려던 순간 오안이 한발 앞서 소녀 A에게 다가갔다.

"친구를 잃어 많이 힘들었죠? 친구분은 좋은 곳으로 가셨을 거예요."

"그땐 고마웠어."

가나는 클론에게 사람을 대하는 기본적인 방식을 배우고 있다는 게 이상하게 느껴졌다. 더하여 지금껏 자신은 위로를 건네지 않았다는 걸 깨닫자 가슴이 무거워졌다. 소녀 A가 자리를 비켜줄지를 묻자 오안이 함께 탈출하자고 권했다. 곧바로 가나가 아직 탈출이 결정된 건 아니라고 얼버무렸다. 스스로가 혐오스러워도 어쩔 수 없다. 친절과 신뢰는 다른 문제니까. 아직 소녀 A에 대한 경계심을 풀 수 없었다.

"내가 그동안 너한테 모질었지. 못 믿어도 이해해."

"감정적인 문제로 탈출 계획을 공유하지 않는 건 아니야. 정말 진척된 게 없어."

"그럼 내가 지금 밖으로 나간다면? 고자질할까 봐 마음 졸이지 않을 수 있겠어?"

소녀 A가 도발하며 선택을 종용했다. 계획을 공유해줄 것이냐, 자신을 적으로 돌릴 것이냐. 가만히 대화를 듣고 있던 오안이 아이들이 탈출하도록 돕고 싶냐고 물었다. 소녀 A가 고개를 끄덕였다. 더는 반대할 명분이 없었다. 한숨을 쉬지 않도록 마음을 다잡는 게 가나가 할 수 있는 최선의 선택이었다. 찜찜한 기분으로 계획을 공유한 뒤 가나는 프로그램을 짜는 데 집중했다. 오안은 조직원들에게 보낼 메시지를 작성하고 소녀 A는 벙커 주변 동태를 살핀 후 이상이 없으면 소굴로 가서 폭탄 제조하는 돛배를 돕기로 했다.

프로그래밍을 막 끝냈을 때 가나가 찬 위치에 알림이 울렸다. 작전실로 호출이었다. 이동 준비로 여유도 정신도 없는 마당에 갑자기 소환하는 게 수상했다. 설마 소녀 A가 밀고한 건가. 작전실로 가지 않을까도 고민해봤으나 만약 용무가 있는 게 맞다면 조직원들이 가나를 찾아 벙커를 뒤지고 다닐 것이다. 그렇게 되면 벙커에 퍼진 수상한 분위기를 감지할 수도 있다. 가나는 프로그램 화면을 오안에게 보여주며 서둘러 실행 방법을 가르쳐줬다.

"난 호출 받아서 작전실로 가야 해. 내가 만약 10분이 지나도 돌아오지 않는다면 이 버튼을 눌러줘. 그럼 소굴을 비롯한 창고까지 모든 문이 개방될 거야. 태블릿을 들고 소굴로 가서 돛배를 만난 후 이 프로그램 페이지로 넘어가 여기 적힌 코드대로 작성해줘. 이건 작전실을 비롯한 벙커를 폐쇄하는 코드야. 벙커에 갇히지 않은 조직원들이 있을 수 있으니 눈에 띄지 않도록 주위를 잘 살피며 이동해. 중앙 출입구는 열려 있을 거야. 거기로 아이들을 데려가서 탈출하면 돼. 알겠지?"

"벙커가 폐쇄되면 작전실에 있는 가나는요?"

"나는 그때 어디에 있을지 몰라. 이건 만약을 위한 조치야. 그러니 아이들을 구하기로 한 약속부터 지켜."

숙소를 나가기 직전, 조직원들에게 보낼 메시지를 입력하고 예약 전송을 걸어두었다. 벙커에 남은 오안도 발각될 위험이 있으므로 주방으로 가 숨기로 했다. 이동하기 전, 바깥 동정부터 살폈다. 피로해 보이는 조직원들이 지하 벙커로 속속 들어오고 있었다. 아무도 없는 순간에 맞춰 각각 벙커를 나왔다. 자세를 낮추고 신속하게 움직였다. 그러나 통로 중간에서 경비를 마치고 돌아오던 보초와 마주치고 말았다. 보초가 재빠른 동작으로 오안에게 총을 겨눴다.

소령 핑계를 댔으나 보초는 믿지 않았다. 클론 연행을 확인하겠다며 워치를 들여다보는 순간, 알림이 먼저 울려왔다. 이동 마무리 단계로 벙커 설비를 옮겨야 하니 각자 벙커로 즉시 돌아가 호출 전까지 휴식을 취하라는 메시지였다. 보초가 턱수염을 쓸었다. 공식적인 휴게 시간에 애먼 일에 휘말리는 게 내키지 않았는지 가보라는 제스처를 취했다. 가나는 거짓 메시지로 조직원들을 끝까지 속일 수 있을 거라 여기지는 않았기에 발길을 더욱 서둘렀다.

염려 섞인 눈빛을 뒤로하고 오안과 주방에서 헤어진 가나는 모퉁이를 돌던 참에 누군가 따라오는 느낌을 받았다. 발소리로 보아 한 명이다. 거리를 점점 좁혀 오는 게 느껴져 뒤를 돌아보았을 때 눈이 마주친 조직원이 싱긋 웃었다. 최근에 소령 밑으로 들어온 사람이다. 가나는 비명도 지르지 못한 채 조직원 손아귀에 입이 틀어막혀졌다. 희망의 시간이 단숨에 뒤집혔다. 오안, 오안. 가나는 속으로 오안을 불렀다.

작전실로 들어서자마자 뒤에 서 있던 조직원에게 다리를 걸어차였다. 가나는 비틀거리며 겨우 중심을 잡았다. 소령은 의자에 비스듬히 앉아 있었다. 차가운 공기가 작전실 안에 감돌았다. 소령이 왜 끌려왔는지 아느냐고 물어 가나는 돈, 이라고 짧게 대꾸했다. 결국은 돈으로 바뀌는 거니 클론을 그렇게 불러도 되겠다는 냉소가 어딘가에서 들려왔다. 이어서 소굴에서 빼돌린 클론을 어디에 숨겼냐는 질문이 날아왔다. 그제야 상황이 짐작됐다. 이들은 지금 오안의 현재 위치를 모른다. 그건 소굴 앞에 설치된 감시 카메라만 확인했다는 의미였다. 그렇다면 오안이 계획을 실행할 시간을 벌 필요가 있었다.

우선 작전실에 없는 기술자를 끌어들였다. 기술자에게 지시받은 대로 수술실로 데려갔다고 하자 가나를 끌고 온 조직원이 명령을 받고 밖으로 나갔다. 동선상 조직원과 오안이 마주칠 확률은 낮다. 기다렸다는 듯 기술자가 없으면 앞으로 적출은 누가 맡을 건지 간부들이 분분하게 의견을 쏟아냈다. 그러다 조직원과 함께 기술자가 들어오자 일제히 입을 다물었다.

조직원이 소령에게 붙어 보고를 끝냈다. 아마도 수술실에 오안이 없다는 보고일 것이다. 소령이 고개를 끄덕이곤 기술자에게 클론을 데려오라고 지시를 내렸는지 물었다. 기술자는 언짢은 기색으로 주변을 쏘아보며 자기가 클론을 빼돌렸을까봐 추궁하려고 모인 거냐고 되받아쳤다. 기술자 역시 소령이 클론 생체 연구를 탐탁지 않아 한다는 걸 알고 있었다. 수면 아래 가라앉아 있던 서로 간의 불만이 끌어올려지려고 했다.

그러나 소령은 한발 더 나가지 않았다. 기술자를 다른 조직에 빼앗기면 오히려 사업상 손해라 판단한 것인지 클론의 행방이 묘연해 찾고 있을 뿐이라고 물러섰다. 이번엔 오해가 가라앉으려고 했다. 이대로 기회를 날릴 수 없다고 가나는 생각했다.

"기술자 말을 믿지 마세요. 돈에 눈멀어 앞뒤 분간도 못 하는 작자예요. 다들 기술자가 출장 간다며 지하 벙커를 빠져나가선 다른 조직에 가서 일하는 것 알잖아요. 얼마 전에는 클론 생체 연구로 장기 이식 판도를 바꿔 독점할 거라고 의기양양했어요. 목숨 벗겨 먹는 것도 모자라서 같은 편인 척하며 우리 조직 주머니를 털고 있다고요."

간부들 의심을 긁어대 동요를 일으킬 심산이었다. 간부 몇몇이 쓴웃음을 짓는 것으로 미루어 기술자 문제를 알고 있는 듯 보였다. 미간을 일그러뜨린 소령이 자리에서 일어나 되레 가나의 뺨을 세차게 올려붙였다.

"조직의 일원은 의리로 묶인다. 네가 혓바닥 몇 번 놀린다고 바뀔 관계가 아니라는 말이다. 조직원으로서 대답해라. 클론을 어디로 데려갔나?"

"조직의 의리가 돈에 팔리지 않는지 기술자에게도 물어보시죠."

"건방진. 순순히 실토하게 귀부터 잘라내라. 해킹 작업에 필요하니 손가락이랑 눈은 건드리지 말고. 평생 조직에 기댈 수밖에 없을 정도로만 살려둬라."

조직원들이 가나의 머리를 붙잡았다. 우악스러운 손놀림에는 절대적으로 복종한다는 의지가 담겨 있었다. 가나는 자신의 인생을 소령이 좌지우지하려는 것이 분했다. 분명 자기 몫을 가지고 태어난 삶인데 선택은 늘 다른 이들이 차지하려고 했다. 가나가 유일하게 선택한 것은 대리모가 되지 않기로 한 것뿐. 그 선택으로 장기밀매 조직에 팔렸으나 가나는 대리모가 되지 않기로 결단을 내린 걸 단 한 번도 후회하지 않았다. 당신 마음대로 되도록 가만히 당하진 않을 거야. 가나는 마마에게 그랬듯 소령에게도 덤벼보겠다고 결심했다. 죽는 쪽이 아니라 죽이는 쪽. 이번에는 죽일 목표가 확실했다.

조직원이 칼을 손에 쥐었을 때 갑자기 밖이 소란스러워졌다. 조직원이 출입구를 돌아보자 가나를 잡았던 힘이 느슨해졌다. 가나는 그 찰나의 기회를 놓치지 않고 소령을 온몸으로 들이박으며 조직원의 손아귀에서 벗어났다. 소령이 비틀댔다. 가나는 넘어지면서 머리를 벽에 호되게 박았다. 충격으로 일순간 온몸에 힘이 빠졌다. 정신없는 와중에도 가나는 귀를 세우고 아이들의 목소리를 들으려고 안간힘을 썼다. 작전실 밖에서 고함과 총소리가 뒤범벅돼 들려오더니 돌연 정적이 흘렀다.

"무슨 일인가 확인해봐."

작전실 문은 열리지 않았다. 당황한 조직원이 위치로 연락해 바깥 상황을 파악했다. 소굴 문이 열려 아이들이 빠져나왔다고 조직원이 보고했다. 게다가 벙커마다 보안이 걸린 탓에 되려 조직원들이 갇혔다고도.

"네가 한 짓이냐?"

소령 특유의 목소리가 더 거칠어졌다. 조직원에게 다시 붙들린 가나가 소령을 똑바로 맞바라보곤 씨익 웃었다.

"천재 해커인 내가 아니면 누가 했겠어? 토끼가 했겠어?"

분노한 소령이 가나를 후려쳤다.

"제법 머리를 썼다만 거기까지다. 당장 보안 프로그램 풀어."

입가에 피가 맺힌 가나가 고개를 빳빳이 쳐들었다.

"협박해도 소용없어. 디바이스가 밖에 있어서 말이야."

가나를 직접 발탁한 건 소령이다. 프로필에 쓰인 최상의 해킹 능력이 조직에 필요하다는 판단에서였다. 꾀죄죄한 몰골로 소굴에서 불려 나온 가나는 소령 앞에서 테스트를 받았다. 단 몇 분 만에 소령의 기대감을 충족시킨 가나는 단번에 총애받는 조직원이 되었다. 독학으로 재능을 키우는 성실함까지 보였다. 그러나 지금은 오류투성이 배신자일 뿐이었다.

소령이 개머리판으로 가나의 이마를 찍었다. 가나는 마침내 소령의 그물을 찢었다고 생각했다. 그러니 이제 소령을 죽이기만 하면 된다.

가나가 개머리판을 쳐내고 황당해하는 소령에게 덤비려던 순간 작전실 문을 열고 오안이 뛰어 들어왔다. 찢긴 이마에서 피가 흘러내려 눈으로 들어갔으나 가나는 소녀 A가 뒤따라온 것도 보았다. 내가 오해한 거구나. 이번에야말로 살아서 나가면 소녀 A에게 사과해야겠다고 다짐했다. 그리고 기필코 오래 살아남는 꿈을 이루겠다고도.

오안은 붙잡힌 채 피를 흘리고 있는 가나를 보자 얼굴이 경직됐다. 그러나 걸음은 이미 가나에게로 향하고 있었다. 조직원이 멈추라며 위협사격을 했다. 총성이 작전실을 뒤흔들었다. 가나는 귀가 먹먹해졌다. 매캐한 화약 냄새가 채 가시지 않은 작전실을 어느새 벙커에서 빠져나온 조직원들이 에워싸고 있었다. 오안은 가까스로 총 쏜 조직원 팔을 붙잡는 데 성공했으나 거기까지였다. 조직원들이 달려들어 오안을 결박했다.

"멈춰."

소녀 A가 기술자의 목에 메스를 들이대고 소리쳤다. 메스로 위협하는 소녀 A를 돌아보면서 소령이 가소롭다는 듯 비웃음을 흘렸다.

"겨우 메스 따위로 이 상황을 막아보겠다는 거냐?"

"당신한테 기술자가 얼마나 중요한 인재인지에 달렸죠. 아는지 모르겠지만 저는 적출 보조예요. 어딜 그어야 손쓸 새도 없이 죽일지 정도는 알아요. 그러니 기술자를 살리고 싶으면 둘을 놔줘요."

때마침 기술자가 벗어나려고 몸부림쳤다. 동시에 소녀 A가 망설임 없이 기술자의 팔뚝을 메스로 그었다. 기술자가 비명을 지르자 싸늘한 시선을 던질 뿐이었다. 소령이 그런 소녀 A를 물끄러미 보다가 결국 기술자를 살리는 쪽을 선택했다. 풀려난 오안이 가나에게로 달려왔다. 오안이 손을 잡자 그제야 긴장이 풀린 가나가 휘청거렸다.

소녀 A는 기술자의 목에 메스를 들이댄 채 작전실 문 쪽으로 조금씩 이동했다. 조직원들이 비켜주지 않자 기술자의 목에서 피가 흘렀다. 가나와 오안도 소녀 A와 합류했다. 넷이 서로 등을 기대 천천히 작전실 밖으로 이동했다. 문밖에 대기하던 조직원들이 일제히 총을 겨누고 있었다.

"다들 비켜. 소령 명령이야."

소령을 대동한 간부들이 손짓하자 조직원들이 서서히 길을 내줬다. 기술자는 목에 들어오는 메스의 압박을 느낄 때마다 비켜서라고 악을 썼다. 비록 소녀 A의 기지로 위기에서 벗어나고 있었으나 끝까지 성공하려면 다른 수가 필요했다.

"폭탄은?"

"관리 로봇을 쓰지 않기로 했어요. 변수에 대처해야 한다며 돛배가 폭탄을 곳곳에 설치했어요."

"기폭 장치는 어딨는데?"

"내가 가지고 있어."

소녀 A가 대꾸했다. 가나가 기폭 장치를 달라고 하자 상황이 긴박하니 자신이 계속 가지고 있겠다고 했다. 가나는 어째서 소녀 A가 위험을 무릅쓰는지 이해되지 않았다. 설마 터뜨리려는 걸까. 폭탄을 곳곳에 설치했다면 단 한 곳의 폭발로도 연쇄반응이 일어날 것이다.

"지금 폭탄이라고 한 거냐? 다 같이 죽으려고 작정했구나."

"신 노릇을 계속하고 싶다면 지하 벙커를 무사히 나갈 수 있도록 당신도 협조하는 편이 좋을 거야."

기술자는 이득이 되는 게 어느 쪽인지 결정한 듯 조직원들을 향해 폭탄이 있으니 다들 물러서라고 했다. 그러나 기술자의 말은 그다지 힘을 발휘하지 못했다. 느닷없는 폭탄 타령을 조직원들이 믿지 않은 탓이다. 가나는 답답했으나 폭탄을 보여줄 수도 없는 노릇이라 더디게 이동할 도리밖에 없었다.

마침내 지하 벙커 중앙 출입구에 도착했다. 멀리 돛배가 탄 트럭이 보였다. 아이들을 이미 안전한 곳으로 이동시킨 듯했다. 돛배가 트럭을 지하 벙커 앞으로 몰고 왔다. 출입구 앞에는 몰려나온 조직원들이 있었다. 소녀 A가 조직원들이 다가오지 못하도록 메스로 위협하는 동안 오안과 가나가 트럭에 올라탔다. 소녀 A는 타지 않았다.

"함께 가요. 죄책감을 혼자 짊어지지 않기를 친구분도 원할 거예요."

오안의 간곡한 만류에도 소녀 A는 굳은 표정으로 고개를 저었다.

"나는 같이 갈 수 없어. 죗값을 치러야 해."

소녀 A가 기술자를 끌고 지하 벙커 쪽으로 뒷걸음질 쳤다. 기술자가 소녀 A의 손을 뿌리치며 트럭으로 달려왔다. 곧바로 뒤쫓아온 소녀 A가 기술자의 머리채를 붙잡은 동시에 가슴에 메스를 꽂았다. 모래바닥에 피가 흥건해졌다. 기술자는 칼이 꽂힌 채 몇 걸음 걷다가 앞으로 고꾸라졌다. 기술자가 죽는 모습을 지켜본 소녀 A가 메스를 버리고 기폭 장치를 꺼냈다.

"다들 구해."

소녀 A는 옷 안에 감춰뒀던 폭탄을 보이며 조직원들을 지하 벙커로 몰아갔다. 그러곤 말릴 새도 없이 벙커 출입구를 닫았다. 문이 닫힐 때도 소녀 A는 뒤를 돌아보지 않았다. 돛배가 트럭을 급발진시키며 출발했다.

곧 폭발음과 함께 폭탄이 연쇄적으로 터졌다. 지면이 진동하며 바닥이 꺼지는 게 느껴졌다. 모래바람이 트럭을 덮쳐왔다. 가나와 오안은 트럭 바닥에 엎드렸다. 트럭이 좌우로 흔들리며 폭발 반경을 가까스로 벗어났다. 지하 벙커는 완전히 무너졌다. 소녀 A를 처참하게 삼킨 채로.

10.

지구 온난화로 허허벌판이 된 개발 예정 지구. 불법 건설한 지하 벙커가 모래 속에 파묻혔다. 폭발 여파로 전기 트럭은 대부분 뒤집혔다. 뒤집힌 트럭에서 이동을 준비하며 미리 옮겨둔 식량과 생필품을 꺼내고 자동 텐트를 펼쳤다. 밤바람이 불어왔다.

가나는 오랫동안 소녀 A의 마지막 모습을 떠올렸다. 자살인가. 복수인가. 희생인가. 매번 바뀌는 의도와 달리 결론은 변하지 않았다. 자신은 소녀 A를 잘 몰랐다는 것. 성장 과정도, 장기밀매 조직에 들어와 장기 적출 보조를 하게 된 사연도. 심지어 이름조차 몰랐다. 소녀 A가 어째서 지하 벙커에 남아 폭탄을 터뜨린 건지는 나중에 오안에게서 들을 수 있었다.

소녀 A는 희귀 혈액을 구하는 의뢰 내용을 접한 뒤 무심코 소녀 B가 동일한 혈액형이라는 사실을 기술자에게 말했다. 그래서 본인 때문에 소녀 B가 죽었다고 자책했다. 그 말 한마디가 소녀 B를 공여자로 만들 줄은 소녀 A도 미처 예상하지 못했을 것이다. 그깟 생체 정보는 클릭 한두 번으로 찾을 수 있는 거라고 말해주었더라면 좋았을걸. 말한 것이 불찰이 아니라 강제로 적출한 쪽이 잘못이라고 말해주었더라면 더 좋았을걸. 소녀 B는 너를 정말 좋아했으니 그 몫까지 살라고 진즉 말해주었더라면 좋았을걸. 그랬다면 소녀 A는 죽지 않았을까.

오안은 지하 벙커에 생존자가 있을 거라는 희망을 버리지 않았다. 며칠 동안 돛배와 모래를 파헤쳤다. 오안이 찾고 있는 사람이 소녀 A일지도 모른다고 생각했지만 이미 죽었을 거라는 말은 입 밖으로 내뱉지 않았다.

두 사람이 모래와 씨름하는 동안 가나는 수척한 아이들을 돌봐주었다. 동생 같은 아이들을 돌보는 일은 가나가 잘하는 일이다. 간혹 아이들은 난처한 질문을 던져놓고는 진지한 눈으로 가나를 올려다봤다. 질문은 대개 비슷했고 어려웠다. 앞으로 어떻게 하면 되냐는 질문들.

"원하는 대로 살면 돼. 자유롭게."

가나 자신도 믿지 않는 말로 대꾸하면 아이들 표정에는 거짓말이라는 실망감이 떠올랐다. 수습하려고 서투른 거짓말을 늘어놓다 보면 오히려 말의 난장판이 되어 있었다. 결국 저녁 즈음 열심히 땅을 파는 오안에게 도움을 청하곤 했다. 같은 말도 오안이 설명하면 아이들은 수긍했다.

"지금까지 그랬던 것처럼 인간답게 사는 노력을 하면 됩니다. 자신이 인간이라는 사실만 잊지 않으면 어떤 일이 닥쳐도 헤쳐 나아갈 수 있을 겁니다."

밤마다 오안은 무력함에 빠진 아이들에게 이야기를 들려주었다. 아이들이 가장 좋아하는 이야기는 달에 가기 위해 우리가 잠시 우주 기지에 살고 있다는 가정이었다.

"우리가 지내는 이곳은 우주 기지입니다. 우주 기지는 달과 아주 가까워요. 보세요. 달이 무척 잘 보이죠? 달에는 물이 없고 중력도 없어요. 아무것도 없는 달에서 살기 위해 우리는 지금 우주 기지에서 적응 훈련을 하고 있습니다. 우리가 달에 가려는 이유는 사실 비밀리에 숨겨둔 꿈이 그곳에 있기 때문입니다. 우리는 꿈을 되찾으러 달로 갑니다."

달은 아이들의 희망과 같은 곳이었다. 아이들이 마음 편하게 올려다볼 수 있는 건 새까만 밤하늘뿐이므로 조금씩 닳았다가 채워지는 달의 변화에 이끌렸다. 우주 기지에서 혹독한 훈련을 마치면 달의 세계로 떠난다고 상상하는 한, 불행은 지극히 단순한 형태가 되었다. 어쩌면 상상으로 채워졌기에 지독한 시간을 버틸 수 있는 건지도 몰랐다.

아이들은 점점 달에 가서 세계를 창조하고 싶어 했다. 기운을 회복한 아이들이 몇 명씩 무리 지어 도시로 떠났다. 세상의 뒷골목을 전전하며 눈 밝은 누군가에게 발각되어 어쩔 수 없이 보통의 경계선 밖으로 밀려나야 할지라도 떠나야 했다. 돛배가 탐험을 훌쩍 떠나는 아이들을 도시로 태워다줬다. 아이들은 전기 트럭에 오르기 전, 오안을 붙잡고 울었다. 오안은 떠나는 아이들을 오랫동안 기억하겠다고 약속했다. 모두 오안이 약속을 지키리라는 사실을 알았기에 안심하며 손을

171

흔들 수 있었다.

마지막 아이가 떠난 밤, 모래벌판에는 가나와 오안만이 남았다. 평소와 달리 텐트 안에서 머뭇대던 오안이 마음을 정했는지 가나와 가까운 자리에 누웠다. 가나는 어둠 속에서 오안을 바라보았고 오안도 가나를 맞바라봤다. 마주 보는 것만으로도 한결 따뜻해지는 기분이 든다는 게 이상했다. 나는 오안 옆에 있고 싶어서 변했던 거구나. 선량한 얼굴에 속으면 안 된다고 생각하면서도 의지해도 될지 가나는 묻고 싶었다. 두 사람은 오랫동안 서로를 바라보다가 누가 먼저랄 것도 없이 스르륵 잠들었다. 가나는 꿈도 없는 깊은 잠을 오랜만에 잤다.

돛배가 돌아온 후 이상기후로 날씨가 급격하게 나빠져 세 사람은 텐트에서 쉬었다. 돛배는 도시에서 그림 도구를 사 와 오안에게 선물했다. 오안이 모래 바닥에 그림 그리던 모습을 눈여겨봤던 것이다. 오안이 자기를 대신해 손등까지 걸고 나섰던 걸 마음에 두고 있었던 모양이라고 가나는 생각했다.

그날 처음으로 오안이 크고 하얀 종이에 그림을 그렸다. 홀로 앉아 마음을 써넣듯이 신중하게 선을 그려갔다. 가나가 다가가면 쑥스럽다면서 그림을 가렸다. 이후 오안은 틈틈이 그림을 그렸고 이동할 때는 둥글게 말아 화구통에 보관했다.

가나는 피로에 지쳐 꾸벅꾸벅 조는 돛배에게 어째서 오안에게 생체칩이 이식된 걸 알면서 거짓말한 거냐고 물었다. 돛배는 잠에서 완전히 깬 뒤에야 자신이 모시는 분이 클론을 돕길 원했다고 답했다. 살릴 수 있으면 살리라고 해서 살릴 기회를 엿본 거라고.

"그분이 누군데요?"

"캠프를 만든 분이야. 캠프는 소외된 사람들을 위한 곳이고."

"난민촌 같은 곳이에요?"

"아니야. 소외된 사람이라고 다 받아주지는 않아. 캠프에 들어가려면 조건이 있어. 세상이 더 나은 곳이 되도록 기여해야만 해."

"그래서 폭탄을 가지고 있었던 거예요?"

돛배가 곤혹스러워하며 시인했다.

"임무 때문이긴 했지. 물론 오안과는 별개 임무로."

"벙커를 찾으려는 것도 임무 때문인 거네요? 지하 벙커에 할 일이 남아서?"

"알고 싶은 것도 많구나. 정 궁금하면 이제 너도 땅 파는 것 좀 도우려무나."

다음 날에는 황사 바람이 그쳐 작업을 이어갔다. 검은 새들이 날개를 펴고 하늘을 날아갔다. 다시 하루, 하루. 지하 벙커는 여전히 잔해를 드러내지 않고 있었다. 그러나 세 사람은 낙담해 주저앉을 만큼 약하지 않았다.

마침내 가나는 검은 새들이 무너진 벙커 잔해에 내려앉는 걸 보았다. 검은 새들이 부리를 쫙 벌리며 퇴화한 혀를 하늘에 드러내고 있었다. 잔해를 향해 걸음을 옮겼을 때 돛배가 힘주어 벙커 문을 열어젖혔다. 흙먼지가 날렸다. 벙커 안을 들여다보던 돛배가 천천히 뒷걸음질 쳤다. 무언가 잘못되었다는 위기감을 느낀 가나는 재빨리 텐트 뒤로 숨었다. 돛배는 엉덩방아를 찧었다. 두 손으로 땅을 짚은 채 일어서지 않는 돛배를 주시하며 가나는 무기가 될 만한 게 있는지 살폈다.

가나가 있는 곳까지 악취가 풍겨왔다. 벙커 안에선 누구도 나오지 않았다. 검은 새들조차 소리 없이 앉아서 고개를 돌리고 있었다. 주저앉은 돛배를 그대로 둬선 안 되겠다고 생각하며 도와주려고 나서려는데 그제야 정신이 들었는지 돛배가 비틀대며 일어났다. 쓰러질 듯이 흐느적대며 길을 되짚어 오다가 자신이 열어둔 트럭 문에 팔을 부딪쳤다. 돛배가 벙커를 돌아보곤 운전석 그립바를 붙잡았다. 무너질 듯 서 있던 돛배가 한 번 더 벙커를 돌아본 뒤 트럭에 올라탔다.

"드디어 벙커 입구가…."

다른 구역을 파다가 뒤늦게 돌아온 오안이 트럭 반대편 차창에서 말을 끝맺지 못하고 입을 다물었다. 돛배가 울고 있었다. 상황이 심상치 않다고 느낀 가나가 텐트 뒤에서 나와 트럭으로 걸음을 옮겼다. 오안은 고개를 저은 뒤 가나에게 가만히 있으라는 손짓을 했다. 가나는 굳은 표정의 오안을 보고 자리에 멈춰 섰다. 사태 파악보다 돛배가 감정을 추스를 시간을 가질 수 있도록 배려하는 게 먼저였다.

잠시 뒤 오안이 뭐라고 말하며 트럭에 올라탔다. 시동이 걸리고 트럭이 출발했다. 검은 새 한 마리가 마른 땅으로 내려서서 부리로 뭔가를 쪼는 사이에 트럭은 뒤집힌 트럭들을 피해 가나 앞까지 느릿느릿 이동해왔다. 운전석에서 돛배가 타라고 손짓했다.

"뭐예요? 뭣 땜에 이제 와 도망치는 건데요?"

"어서 타."

돛배가 멍한 표정과 어울리지 않게 단호하게 대꾸했다.

"울었어요?"

가나가 트럭 앞으로 돌아 오안의 옆자리에 올라타며 물었다. 돛배의 눈가에는 눈물 자국이 있었다.

"안 울었어."

힘없는 어투에 얼비치는 두려움을 가나는 놓치지 않았다. 벙커를 슬쩍 쳐다보는 돛배의 얼굴에 붙들린 후회를 보자 벙커에서 지독한 상황을 봤다는 직감이 왔다.

"다 죽었어요? 죽었을 줄 몰랐던 거 아니잖아요."

돛배가 얼굴을 일그러뜨리고 손등으로 눈을 훔쳤다. 그러곤 갑자기 흐흑, 하고 울음을 터뜨렸다. 달랠 수도 없고 우는 것을 가만히 보고 있을 수만도 없어 가나는 트럭에서 내렸다.

"지하 벙커 좀 보고 올게요."

돛배가 다급하게 운전석에서 뛰어내려 가나의 팔을 붙잡았다. 가나가 인상 쓰며 뿌리치는데도 놓아주지 않았다.

"가지 마! 저긴 지옥이야."

가나가 아는 지옥은 하나였다. 버려진 자들의 소굴. 그러니 지하 벙커는 지옥이 맞다. 그간 생존자를 찾아 고생한 건 알지만 분명 조직원들은 몰살했을 것이다. 그러니 이제 지하 벙커는 지옥이 아니다. 지옥을 만든 장본인이 없으니 무덤에 불과하다. 하지만 지금 벙커로 들어가면 자신을 걱정하는 돛배를 무시하는 꼴이 된다. 가나는 그러고 싶지 않아 트럭에 다시 올라탔다. 돛배가 자율 주행 모드로 설정해놓은 것도 잊은 채 액셀러레이터를 밟자 차체가 출렁였다. 모드를 급히 전환한 돛배가 직접 운전하다 불과 몇 미터 전진 후 트럭을 세웠다.

"잠깐 다시 다녀올게. 가져올 게 있어. 너희는 여기서 꼼짝 말고 기다려. 절대 뒤따라오면 안 돼. 알았지? 약속해."

따라오지 않겠다는 다짐을 받아낸 돛배가 심호흡한 뒤 벙커로 뛰어갔다. 가나는 사이드미러로 돛배의 뒷모습을 보았다. 임무 때문일 테지. 입구에서 벌써 감정에 휘둘렸으면서 혼자 처리할 수 있을까. 같은 생각을 했는지 아무래도 걱정된다며 오안이 트럭에서 내렸다. 같이 가자는 말에 백업을 맡아달라는 대답이 돌아왔다.

오안마저 벙커로 들어가자 가나는 홀로 남은 게 몹시 불안했다. 만약 불안정한 지반에 벙커를 지탱하고 있는 지지대가 쓰러지면 어쩌지. 무너진 잔해 위로 모래바람이 불면서 쇠가 갈리는 소리가 났다. 땅 위를 방황하던 검은 새 무리가 일제히 날개를 펴고 날아올라 벙커 잔해 위로 점들처럼 내려앉았다.

시간이 소멸된 듯했다. 아무래도 들어가봐야겠다 싶던 차에 돛배가 입고 있던 점퍼를 품에 안고 허둥대며 뛰어오는 모습이 보였다. 뒤늦게 나온 오안이 벙커 문을 천천히 닫았다. 날개를 편 채 잔해 위를 돌고 있는 검은 새들을 올려다본 오안이 눈을 비볐다. 돛배는 운전석에 앉자마자 점퍼를 가나에게로 건넸다. 점퍼 안에는 쌀알 절반 크기의 생체칩이 수백 개나 있었다. 가나가 생체칩을 어떻게 구한 건지 물으려는데 오안이 트럭에 올라탔다. 오안은 빈손이었다. 대신 들어갈 때와 다르게 얼굴에 슬픔이 가득했다.

돛배가 트럭을 거칠게 출발시켰다. 벙커가 보이지 않는 지점까지 속도를 높여 달렸다. 언제부터 울고 있었는지 돛배는 운전하면서 소리 없이 눈물을 흘렸다. 오안은 고통에 찬 표정으로 창밖을 바라보고 있었다. 다들 안에서 무엇을 본 건지 가나는 차마 묻지 못했다. 가나는 점퍼 안에 든 생체칩이 무겁게 느껴져 불편했다. 무엇보다 두 사람이 이유도 말해주지 않은 채 자신을 떠날까 봐 두려웠다.

트럭은 모래벌판을 벗어나 포장도로로 진입했다. 풍경이 바뀌어 푸른 나무들이 숲을 이루고 있었다. 모래벌판에서 얼마 떨어지지 않은 데에 다른 세상이 있었다는 게 씁쓸했다. 한참을 달리던 돛배가 도로변에 갑자기 트럭을 멈췄다. 그러곤 가나가 들고 있던 점퍼를 가져다 생체칩을 하나씩 살펴보았다. 누구의 생체칩인지, 어떻게 가지고 나올 수 있었는지, 왜 살펴보는지 의아해 가나는 무엇부터 물어야 할지를 계속 생각했다. 생체칩을 모두 확인한 돛배가 한숨을 쉬었다. 글로브 박스에서 유리병을 꺼내더니 생체칩을 한데 모아 그 안에 넣고 수풀에 버렸다.

"임무 때문에 가지고 나온 거 아니에요? 이쯤이면 뭘 찾고 있는지, 무슨 일을 하려는 건지 설명할 때도 되지 않았어요?"

더는 참지 못하고 가나가 토해내듯 내질렀다. 돛배는 숲 쪽을 바라봤다. 숲속 깊은 곳에 어둠이 가득했다.

"정부가 불온한 의도를 가진 사람을 소위 긍정적인 사람으로 바꾸겠다며 생체칩에 특별 관리자 코드를 부여해 관리하기 시작했어. 불순분자를 색출해 중앙통제시스템에 코드를 등록하면 사회 불만 세력을 생체칩으로 통제할 수 있는 거지."

"생체칩 코드로 통제하는 건 알겠어요. 신호가 발신되니 사전에 모임도 차단할 수 있겠죠. 근데 그게 벙커에서 나온 생체칩이랑 무슨 연관이 있다는 거예요?"

"중앙통제시스템 관리 대상은 생체칩 형태와 색이 다르다는 제보가 있었어. 특별 관리 대상자를 제거하기 위해 장기밀매 조직이 개입돼 있다는 제보까지. 사실 1년 전부터 확인차 잠입했던 거야. 그간 생체칩을 모아둔 장소까지는 알아냈지만 보안에 막혀 들어가질 못했거든. 지금은 가능해서 가져온 거고."

"어렵게 얻은 생체칩을 왜 버리는 건데요?"

"일반적인 생체칩이야. 제보가 엉터리든, 버려진 자들의 소굴에 특별 관리 대상자 생체칩이 없든, 둘 중 하나겠지."

"찾는 정보가 없더라도 생체칩은 함부로 버리면 안 돼요. 그게 죽은 인간에 대한 예의잖아요."

한참 만에 입을 연 오안이 조수석에서 내려 돛배가 버린 생

체칩 유리병을 주위 돌아왔다. 새빨개진 손으로 오안이 운전
석 차창을 두드렸다.

"묻어주러 가요."

돛배가 내리기에 가나도 트럭에서 나왔다. 오안이 숲으로 들
어서며 가나가 궁금해하는 벙커 내부 상태를 설명해줬다. 조직
원들은 전부 사망한 상태였다. 소령도, 간부들도. 소녀 A는 시
신조차 없었다. 기술자의 금고에는 생체칩이 가득 있었다. 그
동안 장기 공여자로 희생된 아이들의 생체칩이었다. 가나는 생
체칩이 이식된 오른손등을 쓰다듬으며 어째서 오안이 묻어주
자고 했는지 이해했다. 대체 신은 어디 있기에 인간이 이토록
많은 죄를 짓도록 내버려두는 것일까.

나무에서 이따금 물방울이 후드득 쏟아져 내렸다. 멀리 보
이는 산등성에 설탕을 끼얹어놓은 것처럼 눈이 덮여 있었다.
가나는 멈춰 서서 산등성을 손바닥으로 가렸다. 닿지 않은 세
상과 함께 설탕이 녹아버리길 바랐다.

길 앞에서 우드득, 하고 나무 부러지는 소리가 들려왔다.
숲의 그림자가 오안에게 드리워졌다. 그림자 때문인지 오안
은 그동안 보아온 모습보다 훨씬 수척해 보였다. 세 사람은
자리를 정한 뒤 추위로 곱은 손에 입김을 불며 언 땅을 파냈
다. 오랫동안 땅을 헤치고 바닥을 고르자 깊숙한 구덩이가 생

졌다. 오안이 죽은 인간들에게 평안 있기를 바란다고 말한 뒤 생체칩을 구덩이에 내려놓았다. 숙연함이 함께 깔렸다. 돛배가 흙으로 작은 묘지를 덮었다.

나무와 풀과 눈 사이를 떠도는 바람에서 축축한 흙냄새가 났다. 세상은 변하고 있다. 팔려 온 인간의 장기를 이식하던 일들도 얼마 지나지 않아 세상에서 사라진 유물이 될 것이다. 분명 그런 잔혹한 일들이 세상에 있었다는 기억조차 희미해질 날이 올 것이다. 그리고 클론을 보며 똑같은 질문을 던지는 날도 분명 올 수 있다.

"죽는 건 참 쓸쓸하네."

"영혼이 하늘로 오르기 전에 마지막으로 밝은 것, 반짝이는 것, 희망적인 것을 말해주면 어떨까요? 쓸쓸하지 않도록요."

사람을 쓸쓸하지 않게 만드는 것이 세상에 존재하긴 할까. 가나의 의문은 돛배의 말에 덮였다. 돛배가 작은 불빛 같은 추억을 들려주었다. 만난 이래 처음 들뜬 표정으로 기억을 되짚는 돛배가 새로워 가나는 이야기를 계속 들어주었다. 오안도 단 한 번이지만 강렬했던 경험이 있었다. 세상 밖으로 나갔던 소중한 하루. 비록 정체가 탄로 나며 끝까지 지속되지는 못했지만 행복했다고 말했다. 돛배가 가나에게 아름다운 기억이 없냐고 묻자 가나가 고개를 가로저었다. 두 사람에게서 빛나던 기운이 사라졌다. 가나는 두근거리는 것들을 누리지 못한 자신을 안쓰럽게 바라보는 돛배의 눈빛이 싫었다. 그런 것들쯤 몰라도 살아가는 데 지장이 없었다. 오히려 거추장스 럽다고 생각했다. 지금 이 순간이 오기 전까지는.

"마지막 눈이 그치기 전에 행복한 추억을 함께 만들어요." 오안이 웃으며 한 말에 가나도 웃었다. 자신의 불행을 다른 사람 탓으로 돌려서는 안 된다. 마음을 열지 않아 순간순간을 행복하다고 느끼지 못했던 자기 탓이니까. 지금껏 스스로 선 택한 일들이 이어져온 결과니까. 그래서 가나는 따라 웃는 것 밖에 할 수 없었다.

세 사람은 오솔길을 묵묵히 내려왔다. 트럭 앞에서 오안이 돛배의 소매에 묻은 흙을 털어주었다. 돛배는 운전석에 오르 기 전 머뭇대다가 오안을 불렀다.

"네 말대로 폭탄을 터뜨리지 말았어야 했어. 버려진 자들 의 소굴에 잠입해 보니 예상보다 더 끔찍해서 조직을 와해할 수밖에 없다고 착각했어. 약속한 대로 폭탄량을 조절하지 않 았어. 조절했다면 다 죽는 일은 없었을 텐데…. 미안하다. 벙 커에서 사람들이 죽은 건 다 내 책임이다."

느닷없는 사과에도 오안은 당황하지 않았다. 돛배를 비난하지도 않았다. 가나가 그랬듯 오안도 어렴풋하게나마 잘못된 조짐들을 눈치채고 있었을 것이다.

"누구의 잘못도 아니에요. 돌발 상황이 다른 변수를 불러오면서 예측할 수도, 대응할 수도 없었어요. 그러니 돛배의 잘못이 아니에요. 자책 마세요."

"폭탄을 터뜨린 게 실재했던 일 같지 않아. 그저 내 상상 속 일인 것처럼 느껴져. 그래도 결과는 변하지 않겠지. 널 볼 면목이 없구나. 도시까지 너희 둘을 데려다줄게. 그런 후에는 각자 갈 길로 가자."

돛배가 거친 손으로 얼굴을 쓸며 말했다. 턱에 거뭇한 수염이 나 있어 지쳐 보였다.

"캠프로 돌아가는 거죠? 그럼 함께 캠프로 가요."

"캠프로 같이 가겠다는 말이냐?"

"절 도와주라고 했다는 그분을 만나고 싶어요. 캠프에 대해 더 알고 싶기도 하고요. 가나도 함께 가면 좋겠어요. 그곳에서 반짝이는 일들을 하나씩 하나씩 같이 해봐요."

오안이 함께 가자는 의미로 가나에게 손을 내밀었다. 가나는 수많은 갈림길을 떠올렸다. 가보고 싶었던 방향을 선택할 수 있는 갈림길. 그 선택에는 오안과 함께하는 것이 전제되어 있었다. 가나는 오안의 따뜻한 손을 맞잡았다. 오안과 함께 있으면 어떤 것도 겁내지 않게 된다는 걸 어렴풋하게나마 느끼고 있었는데 손을 잡자 마음이 확실해졌다. 오안과 함께라면 발 들인 적 없는 곳조차 가본 곳처럼 편안하게 느껴질 것이다. 어디로 가야 할지 아직은 모르지만. 모른 채로 분명 어딘가로 갈 테지만.

이번에는 오안이 돛배에게 손을 내밀었다. 돛배는 기쁜 표정을 감추지 않은 채 오안의 손을 마주 잡았다. 그러곤 가나의 손마저 휙 채듯이 붙잡았다. 매일 똑같은 질감으로 지나간 시간이 조금씩 다양한 색을 입어가고 있다고 가나는 생각했다.

트럭이 출발하고 돛배가 고개를 돌리자 울대뼈에 새긴 돛단배가 찌그러졌다.

"돛단배 문신을 왜 목에 새긴 거예요?"

가나는 그동안 궁금했으나 쭉 묻지 않았던 질문을 던졌다. 돛배가 반사적으로 목을 쓰다듬었다.

"음… 고대 인디언은 치료 목적으로 문신을 했대."

"어떤 걸 치료하려고 문신을 새긴 건데요?"

"…여동생. 여동생이 아팠어. 돈이 없어서 무허가 병원에서 수술할 수밖에 없었어. …죽었어. 수술이 성공하지 못했거든. 늘 배 타고 바다로 나가보고 싶다고 했는데… 몸에 탈이 날까 봐 한 번도 배에 태우질 못했어. 그래서 돛단배를 새긴 거야.”

“돛단배가 움직일 때마다 여동생에게로 흘러간 거군요.”

오안의 말에 꽤 오랫동안 돛배가 입술을 깨문 채 운전했다. 가나는 돛배의 얼굴을 이루고 있는 단단한 뼈를 바라보다가 죽었다는 여동생도 같은 골격을 가졌을 거라고 짐작했다.

“우리 내일은 바다에 가볼까요? 해변에서 종이배를 만들어 바다로 띄워봐요. 여동생한테 도착할지도 모르잖아요.”

돛배가 바보 같긴, 이라고 말하며 고개를 돌렸다. 그러곤 코를 훌쩍였다.

“또 울어요?”

돛배가 손가락으로 눈을 비비며 목울대를 움직였다. 돛단배가 바다로 흘러가듯 잔잔히 흔들렸다. 아마도 여동생은 그동안 돛배가 새겨놓은 돛단배에 타고 있었을 것이다. 돛단배 안에서 가만히 정 많은 오빠가 말하지 않을 비밀을 만드는 걸 지켜보고, 먼저 하늘나라로 간 동생을 만나기 위해 하루하루와 작별하는 모습을 바라보고 있었을 것이다.

“울긴. 안 울어.”

목울대에서 움직이는 돛단배가 불안하도록 예뻤다. 가나는 조금 전 유물이 되어 사라질 것들 앞에서 세상을 쓸쓸하지 않게 만드는 것은 돛단배 문신을 새긴 일이라고 말했으면 좋았겠다고 생각했다. 그리고 어쩌면 사람을 쓸쓸하지 않게 만드는 일들은 끝도 없이 많을지도 모르겠다고도. 해보지 않은 일들은 언젠가 해볼 수 있는 일이니까.

하얀 눈이 내리기 시작했다. 어두운 숲에도 눈이 쌓여갔다.

11.

캠프 방문 허가가 나길 기다리며 세 사람은 세상 이곳저곳을 구경했다. 마침내 캠프로부터 답변이 온 건 일주일이 지난 후였다. 캠프 질서를 만든 인솔자가 두 사람을 만나겠다고 했다. 인솔자와 대화를 나눠보고 마음에 들면 머물러도 좋다는 허락을 받아두었다고도 했다. 떠나도 되고 머물러도 된다는 선택지가 있다는 것이 마음 편했다.

이동하는 트럭 안에서 오안은 내내 하늘을 올려다보았다. 금방이라도 눈이 쏟아질 듯 날이 흐렸다. 덜컹거리는 흔들림에 몸을 맡긴 가나는 오안을 돌아보며 작전실 일을 꺼냈다. 그때 왜 돌아와 구해준 거냐고. 총 쏜 조직원에게 맞선 건 무모한 행동이다. 오안은 죽을 수도 있었다. 아찔했던 순간으로 다시 돌아간다면 가나는 무조건 오안이 위기에 빠지지 않도록 말릴 것이다. 그러나 그와 별개로 왜 그랬는지 이유는 듣고 싶었다.

"가나가 걱정됐으니까요."

얼마 전만 해도 오안은 말하지 않아 매를 맞고 주인에게 버려진 클론에 불과했다. 그러나 지금은 다르다. 말 한마디로 가나를 흔들었다. 걱정됐다는 말이 이토록 온기가 흐르는 말이었나. 가나는 기쁘면서도 대책 없이 흔들리는 자신이 못마땅했다. 자꾸 마음이 물러지는 것만 같았다. 가나는 기대고 싶은 마음을 다독여 냉정함을 되찾았다.

"지금 가는 캠프에서 위험한 일이 닥쳐도 도와주지 마. 나 혼자 해결할 테니까."

"캠프에서 지내게 되면 위급한 일은 없을 거예요. 거긴 공동체 마을 같은 곳이라니까요. 어쩌면 가나와 저도 학교에 다닐 수 있을지 몰라요."

가나는 다른 삶을 살았더라면 어땠을지 상상하지 않은 지오래였다. 덕분에 질투도, 시기도, 부러움도 사라져 자신을 둘러싼 상황을 무감각하게 받아들일 수 있었다. 그런데 오안을 만난 뒤로 가끔 만약을 가정한 질문들이 자신도 모르게 가슴에서 튀어나왔다. 만약 오안의 말처럼 학교에 다닐 수 있다면 평범해질 수 있을까. 하지만 캠프가 어떤 곳인지 아직 모른다. 돛배의 호의마저도 원하는 미래를 맞이하기 전까지는 경계해야만 한다.

도시 외곽으로 갈수록 페인트가 벗겨진 녹슨 집들이 자주 스쳐 갔다. 남루한 차림새로 모닥불을 쬐는 사람이 그득했다. 험악해 보이는 무리가 트럭을 막아섰다가 돛배가 경적을 누르자 이를 드러내며 지나갔다. 이런 일이 자주 있는지 오안이 물었다. 돛배가 이 지역은 유전적 질병을 앓는 사람이 많아 실업률이 타 지역에 비해 높다고 설명해줬다. 일자리를 얻지 못해 가난해진 이들이 생계를 해결하기 위해 범죄를 저지르는 경우가 많다고. 혹독한 시대였다. 오안은 뭔가를 말하고 싶은 듯 보였으나 입을 굳게 다물고 차창 밖으로 시선을 옮겼다. 우중충한 거리 풍경이 계속 이어졌다.

건물 불빛들이 점점 멀어지더니 더는 보이지 않는 지점까지 이동했다. 눈 덮인 수풀가에 트럭을 세운 돛배가 손전등을 건네곤 앞장서 불 꺼진 지하철역으로 들어갔다.

초미세먼지 농도가 높아지면서 환기 문제를 해결하지 못한 지하철은 지상에 건설된 자기 부상 열차로 대체되었다. 이 역도 같은 이유로 폐쇄된 듯했다.

돛배가 개찰구를 뛰어넘어 지하철 플랫폼으로 내려갔다. 플랫폼 끝에서 선로로 뛰어내리더니 내려오라며 손짓했다.

가나는 내키지 않는 걸음으로 지하철 선로를 따라 이동했다. 군데군데 물웅덩이가 있어 몇 번 물이 튄 뒤에야 손전등으로 발밑을 비추며 걸었다. 선로를 가로질러 간 돛배가 벽면에 설치된 밸브를 돌렸다. 철문이 덜컥 열리며 안쪽에 설치된 조명이 켜졌다. 쭉 뻗은 통로 끝에는 새까만 어둠이 내려앉아 있었다.

"취수원에서 끌어올린 식수를 처리하던 도수관이야. 오랜 가뭄 탓에 수원지를 옮겨서 지금은 캠프 물길이 막힌 상태지. 제1출입구는 몇 군데 더 있지만 우리는 이곳을 통과해서 갈 거야."

도수관에선 물비린내가 진동했다. 어딘가에서 바람 소리가 들려왔다. 가나는 거대한 동굴처럼 보이는 지하 통로를 손전등으로 비추어 보았다.

"어디로 연결된 거예요?"

"유토피아를 꿈꾸는 지상 세계로."

콘크리트로 된 턱에 올라선 돛배가 둥근 통로를 손전등으로 비추며 걸어갔다. 오안도 손에 묻은 콘크리트 조각을 털며 뒤를 따랐다. 조금 더 깊숙하게 들어가자 여러 개의 갈림길이 미로처럼 얽혀 있는 게 눈에 들어왔다. 돛배가 가장 왼쪽 도수관으로 들어갔고, 두 번째 갈림길을 만났을 때는 중앙에 있는 도수관으로 향했다. 가나는 여러 방향으로 길이 나뉜 갈림길 앞에서 돛배가 손전등으로 벽을 비춰 보는 걸 눈치챘다. 도수관 벽에는 여러 형태의 달이 하나씩 그려져 있었다.

"그림들은 다 뭐예요?"

"미로에서 헤매지 않을 암호. 정확한 암호를 따르지 않으면 목적지를 제대로 찾을 수 없도록 고안돼 있어."

어느 지하 입구에서라도 표지를 암호와 연결하지 못하면 막다른 길로 들어서게 된다는 의미였다.

"지하철과 연결된 이 통로에서는 상현달이 표지군요."

오안의 말에 돛배가 김빠진다는 표정을 지었다.

"벌써 눈치챈 거야? 클론은 관찰력이 뛰어난가 봐. 혹시 암호를 만든 안내자를 만나게 되면 몇 번 본 것만으로 암호를 금세 풀었다고 말하지는 마. 실망할 거야."

표지에 대한 정보도 없이 무작정 따라가느라고 피로했던 가나는 내심 안도했다. 이제 길을 잃어도 상현달을 따라가면 될 테다. 앞서가는 손전등 불빛이 바닥을 비췄다가 벽으로 옮겨가길 반복했다. 그때마다 길쭉한 그림자가 흔들렸다.

갑자기 우뚝 멈춰 선 돛배가 입술에 손가락을 댄 뒤 누군가 다가오는 것 같다고 소곤거렸다. 사방이 고요했다. 귀를 기울이자 차츰 바람 소리가 높낮이를 띠었다. 먼 곳에서 타박타박

소리가 먼저 울려왔다. 캄캄한 건너편에 손전등 불빛이 보이고 어슴푸레한 윤곽이 점차 다가왔다.

"안내자님! 어떻게 알고 마중 나오셨네요."

돛배가 손전등으로 얼굴을 비추자 삭발한 안내자가 손으로 눈가를 가렸다. 그러곤 안내자가 뒤로 약간 물러서며 자신이 들고 있던 손전등을 오안의 발치로 고정했다.

"모시러 왔는데 제가 한발 늦었군요."

허리를 굽혀 인사를 마친 안내자가 어젯밤 인솔자가 제2캠프에서 오셨다고 말했다. 지금 두 사람이 도착하길 기다리고 있다면서 이제부터 길 안내를 자신이 맡겠다고 했다. 안내자가 발밑에 손전등을 비추며 사뿐사뿐 걷기 시작했다. 표지를 찾느라 갈림길에서 계속 멈춰 섰던 돛배와 달리 막힘없이 앞으로 나아갔다. 왔던 거리만큼 더 가고 나서야 안내자가 손전등을 위로 비추었다. 사다리가 있었다. 지상으로 연결된 높은 사다리를 타고 통로로 올라서서 가리개를 치우자 빛의 입자들이 한꺼번에 쏟아졌다.

"마지막 눈이 요란하게 오려나 봅니다. 눈보라가 몰려오고 있어요. 바로 이동하는 건 위험하니 오늘 밤은 임시 숙소에서 묵어가시지요."

안내자가 외벽에 잔금이 간 오두막으로 안내했다. 도착 직전 눈이 내리기 시작했다. 오두막 내부로 들어가자 멀티비전, 침대, 의자 같은 생활 시설이 마련돼 있었다. 돛배는 안내자를 따라 난방 시설을 확인하러 지하로 내려갔다. 지하에서 작동시킨 건지 창밖 나무들에 걸린 조명에 일제히 불이 들어왔다. 창밖에서 들어온 빛이 천장에 유연하게 일렁이는 그림자를 만들었다. 느리고 이지러진 그림자를 붙잡듯이 빛들이 천장을 맴돌았다. 뒤에서 오안이 가나를 불렀다. 돌아보니 리본이 묶인 선물을 수줍게 내밀고 있었다.

"가나를 위해 완성했어요."

예상치 못한 선물에 얼떨떨해져 가나는 고맙다는 인사조차 잊어버렸다. 정갈하게 묶은 리본을 풀고 둥글게 만 종이를 펼쳤다. 저도 모르게 작은 감탄사가 흘러나왔다. 선물은 풍성한 날개를 가진 두 아이가 산비탈을 딛고 둥근 달을 향해 날아가는 그림이었다. 달 표면은 노랗고 짙은 회색이 오묘하게 뒤섞여 신비한 분위기를 풍겼다. 달 둘레를 여러 겹의 무지갯빛이 은은하게 둘러싸고 있었다. 날개를 펼친 아이들의 잠옷 자락이 바람에 자연스럽게 나부꼈다. 손을 맞잡고 있는 여자아이와 남자아이는 얼핏 봐도 자신과 오안을 닮아 있었다. 아름다운 작품이었다.

이전에 그린 그림은 시욱에게 가닿지 못해 이번에는 직접 전해주고 싶었다면서 오안은 쑥스러워했다. 가나는 선물 받은 순서는 상관없었다. 긴 시간 오로지 자신을 위해 그림을 그렸다는 사실에 가슴 벅차 눈물이 나왔다. 기뻐도 눈물이 나는구나. 오안을 만난 후 수많은 감정을 알게 된 가나였다. 마지막 눈이 그치기 전에 행복한 추억을 만들자더니 오안은 정말 약속을 지켜주었다.

"소중히 간직할게."

오안의 눈동자에 가나가 보관된 듯 담겨 있었다. 손끝으로 가나의 뺨을 쓰다듬는 오안의 긴 속눈썹이 가늘게 떨렸다. 그러곤 어떤 특별한 의미가 담긴 거라 생각하게 만드는 미소를 지었다. 가나는 자신이 죽는 순간까지 이 시간이 기억될 장면임을 예감했다. 오안이 가나의 어깨를 가만히 감싸안았다. 오랫동안 함께 서로의 숨소리를 들었다. 빛들이 형태를 바꾸고 소리가 사라질 때까지.

눈보라가 치기 시작해 창문을 열고 오안이 눈발을 확인했다. 돛배와 안내자가 돌아온 건 그때였다. 돛배가 심각한 표정으로 연구 마스터의 아이가 방송에 나왔다며 멀티비전을 켰다. 흰 피부에 말쑥한 소년이 클론 장기를 이식받아 건강을 되찾았다 말하고 있었다.

오안은 창문을 닫는 것도 잊은 채 의자에 걸터앉았다. 눈도

193

깜박이지 않고 뚫어지게 소년을 바라봤다. 저 아이가 류시욱이구나. 오안을 버려두고 모래벌판에서 혼자 빠져나간 배신자. 시욱은 눈빛이 어둡고 표정이 없었지만 비교적 건강해 보였다. 창고에 고작 하루 반나절 갇혀 있었던 게 지금까지 겪은 최악의 불행일 테니 구출된 지금은 트라우마조차 극복했을 터였다.

테러가 일어난 상황을 애니메이션으로 보여줄 때 돛배가 미간에 주름을 잡으며 바닥에 털썩 주저앉았다. 시욱은 부상을 입은 채 패닉룸에서 발견되고 오안은 지하 벙커에 갇히는 상황이 이어졌다. 가나는 그간 헬기에 오안을 태우지 않은 이유가 무엇일지 막연하게 추측했었다. 그런데 특공대원이 구한 인물이 오안으로 둔갑된 장면을 보고 나니 비로소 명확하게 이유를 깨달을 수 있었다. 테러의 기적으로 포장될 영웅이 필요해서라는 걸. 특집 방송은 오안을 단순히 장기 이식용 클론으로 받아들인 시욱의 홍보용 광고였다. 가나는 오안이 느낄 배신감을 생각하며 주먹을 쥐었다.

영상이 끝날 때까지 어깨에 힘을 주고 있던 오안이 의자 등받이에 기대었다. 그러곤 자신을 안쓰럽게 쳐다보는 시선에 아랑곳없이 활짝 웃었다.

"건강해 보여요. 무사해서 다행이에요."

오안이 약간이나마 시욱을 원망했더라면 구김살 하나 없이 웃을 수 없을 거라는 걸 가나는 알고 있었다. 오안은 진심으로 시욱을 용서했다. 어쩌면 용서해야 한다는 마음조차 없을 것이다. 시욱을 있는 그대로 받아들이고 있으니까.

오안은 시욱이 지금 어디에서 지내고 있을지 궁금해했다. 테러가 일어난 저택을 보수했을까. 아니면 이사 갔을까. 연구 마스터님은 회복하셨을까. 궁금증 끝에, 시욱의 생체칩을 모른 체해줘 고마웠다고 돛배에게 인사했다. 덕분에 시욱이 무사할 수 있었다고. 돛배는 머리를 긁적이며 애매하게 웃었다. 시욱을 비꼬고 싶은 걸 참으며 모래벌판에서 살아나더니 훤칠해졌다고 에둘러 말했다. 불과 며칠 사이에 같은 외모의 오안과 시욱은 분위기가 달라져 있었다.

"만나러 가지 않아도 되겠어?"

가나는 그제야 오안이 언제라도 떠날 수 있었다는 사실을 상기했다. 오안의 손등에는 이제 생체칩이 없으므로 추적도 불가했다. 자유로워진 지금 당장 시욱을 만나러 가겠다고 해도 방해될 건 없다. 틀림없이 만나러 갈 거야. 캠프에 함께 가자던 약속을 깨버리고. 아마도 미안하다고 하겠지. 그걸로 끝이겠지.

그러나 가나의 예상과 달리 오안은 고개를 저었다. 시욱을 만나러 가는 게 두려우냐고 묻자 아니라고 대답했다. 시욱은 분명 자신을 반겨줄 테고, 자신을 필사적으로 찾고 있을 테니 만나면 기쁠 거라고. 헤어진 후에 시욱이 자신을 그리워할 거라는 사실을 믿지 않은 적이 단 한순간도 없다고. 하지만 자신이 찾아가면 시욱이 거짓말한 것이 들통나고 만다. 시욱을 더는 세상의 외톨이로 만들 수 없다고 덧붙이며 오안은 쓸쓸한 미소를 지었다.

시욱과 살았던 저택으로 돌아가 수소문하면 쉽게 재회할 수 있을 텐데도 떠나지 않은 건 오로지 시욱을 위해서였다. 가나는 입안에 고인 침이 혀를 끌어내리는 늪처럼 느껴졌다. 오안에게 유일한 존재이고 싶었는데. 시욱보다 더 소중하게 생각해주길 원하고 있는데. 오안에게 자기보다 가깝고 애틋한 존재가 있다고 느끼자 가슴이 가시가 쏠린 듯 쓰라렸다.

그날 밤 천장에서 발소리가 들려왔다. 위층의 누군가도 잠이 오지 않는가 보다, 가나는 생각했다. 정신을 집중하여 발소리로 동선을 가늠해봤다. 그는 화장실에 들어가고 세면대에 물을 틀었다. 물 내려가는 소리가 멈춘 것으로 보아 화장실을 나와서 창가로 걸어갔을 것이다. 창문을 여는 소리가 들리고 한참 문 닫는 소리가 없었다. 가나도 자리에서 일어나 창가로 가봤다. 창문을 열 때 마찰음이 났다. 손을 내밀어 눈송이를 받았다. 눈은 손바닥에 닿자마자 순식간에 사라졌지만 가나는 오랫동안 눈송이를 받았다. 눈발이 굵어지고 있었다. 눈이 내리는 것을 오안은 봤을까. 눈이 내리는 소리를 시욱은 듣고 있을까.

위층에서 창문 닫는 소리가 들리고 망설이는 걸음을 걷던 사람이 침대 곁을 서성이는 소리가 아득하게 멀어졌다. 위층의 누군가를 불러내어 함께 눈을 맞는 것도 나쁘지 않을 것 같았다. 가나는 계단을 일부러 쿵쿵대고 올라가 문 앞에 섰다. 노크했지만 안에서는 기척이 없었다. 돌아갈까 하다가 방문을 살짝 열어봤다. 방 안에서는 바람이 불고 있었다. 바람에 머리칼이 날리고 가나의 잠옷이 펄럭였다. 등에서 날개가 돋아나고 있었다. 날개는 크고 아름다웠다. 가나는 날개를 펼치고 하늘을 날았다. 무지갯빛 테두리에 감싸인 달이 손 닿을 거리에 있었다. 오안에게 이 이야기를 해줘야 할 텐데. 날개를 갖게 되었다는 말을 해줘야 할 텐데.

가나가 눈을 떴을 땐 어스름이 흩어지고 있었다. 어젯밤 하늘을 난 일이 꿈이었다는 걸 깨달았다. 서서히 허공을 떠다니는 먼지가 또렷이 보였다. 가나는 손으로 잡으면 잡힐 것 같은 먼지 입자를 멍하니 보다가 허공에 손을 휘저었다. 먼지는 흩어져 사라졌다. 하지만 다른 방향으로 날아갔다는 걸 알고 있었다.

가나는 숨을 몰아쉬고 조심스럽게 오안의 방문을 열었다. 웅크린 채 자고 있는 오안을 보자 눈물이 날 것 같아서 벽에 기대었다. 문은 닫지 않았다. 다시 혼자가 될까 봐 두려웠다. 보이지 않는 끈으로라도 오안과 연결되어 있다는 느낌이 필요했다. 그것이 너무 가늘어 쉽게 끊어질 수밖에 없는 안정감이라고 해도 상관없었다. 너무나도 간절히 오안을 붙잡고 싶었다.

눈보라가 그친 후 안내를 받아 숲을 지났다. 도착했다는 말 끝에 불쑥 평야가 펼쳐졌다. 제1캠프는 수백 개도 넘어 보이는 모듈러 주택이 모스부호처럼 붙은 채 구획되어 있었다. 가장자리를 신형 모듈러 주택이 차지한 것으로 미루어보아 구획을 점차 확장한 듯했다. 자동화 설비도 곳곳에 보였다. 멀지 않은 곳에서 호기심 가득한 눈빛의 아이들이 새로 도착한 손님들을 관찰하고 있었다. 안내자가 작은 모듈러 주택 앞에 멈춰 섰다. 문을 두드리자 수수한 수도복 차림의 인솔자가 반겨주었다. 오는 길이 추웠을 거라며 싱긋 웃고는 따뜻한 차를 권했다.

인솔자는 의사였다. 오지를 다니며 의료 봉사를 하다가 캠프를 세운 건 단순한 이유에서였다. 소외된 자들을 돌봐주자.

처음에는 돈이 없어 치료받지 못하는 사람들이 머물렀고 이어서 부랑자들이 찾아왔다. 다음에는 봉사 차원으로 왔던 이들이 그대로 지내며 살림을 꾸렸다. 모듈러 주택은 서서히 늘어났다. 사회 시스템에 속수무책으로 당한 사람들은 맞아주었지만 범죄를 저지르고 도망쳐 온 자들은 받지 않았다. 사실을 숨기고 캠프에 남았어도 밝혀지면 내보냈다.

문명에서 누리던 혜택을 포기하는 건 쉽지 않다. 행동 하나하나에 불편함을 감수해야 하기에 탈디지털 생활을 견디지 못하고 원래 살던 곳으로 돌아가는 사람도 많았다. 언제든 홀가분하게 도시로 돌아갈 수 있도록 이곳을 캠프라고 불렀다. 캠프는 무언가를 찾아 임시로 머무르는 장소라고 했다. 그 무언가는 자유이거나 희망 혹은 자기 자신일 수도 있다.

"물론 캠프에 머물며 찾은 것을 성장시켜 나갈 수도 있어요."

이제는 아기들이 태어나자마자 생체칩을 이식받는 시대다. 가나와 같은 세대는 디지털이 주는 편리함이 안전함과 동의어로 쓰이기에 생체칩을 자연스럽게 받아들였다. 가나는 무례한 줄 알면서도 인솔자를 향해 불쑥 질문을 던졌다.

"모듈러 주택마다 전기 설비가 완비되어 있을 정도면 막대한 비용이 들어갔을 텐데. 어떻게 비용을 마련하시는 거죠?"

"잘 봤어요. 완전한 야생 생활을 하는 게 아니에요. 기존 디지털 기반을 일부 끌어와 사용하고 있어요. 비용은 한편인 사람들이 후원해줘요. 캠퍼들이 각자 능력껏 돈을 벌기도 하고요."

한편이라고 부를 수 있는 사람이 있을까. 세상에 누구의 편이란 없다. 그저 사회의 파도를 타며 한때의 흐름에 따라 흘러가다가 뒤집히고 침몰하는 관계만 있을 뿐이다.

"사실 캠프에 모인 사람들은 생체칩으로 고통받는다는 공통점이 있어요. 가난한 자, 병든 자는 물론 보통 사람조차 생체칩의 영향에 휘둘려요. 생체칩은 모든 유전자 연구의 밑바탕이죠. 애초의 궤도를 벗어나 유전자 정보를 가진 소유주의 이득을 보장하는 장치로 전락하고 말았어요. 사회 발전의 발목을 죄는 또 다른 족쇄가 만들어진 형국인 거죠."

생체칩이 발전하며 폐해 역시 생겨났다. 생명공학 연구소나 병원이 유전암호를 풀어 확보한 특정 유전자 정보는 특허법에 의해 정보 열람 보호를 받았다. 하나의 유전자에 대한 질병 특허가 발효되면 그때부터 그 유전자와 관련된 모든 정보는 열람하거나 치료를 받을 때마다 막대한 특허 사용료를 지불해야만 했다. 유전자 특허가 계속 승인되면서 치료비가 올라 유전자 치료를 다 받지도 못한 채 환자가 실험용이 되는 사례가 늘고 있다.

채용시장에도 문제가 발생했다. 지원자의 이력 사항뿐만 아니라 생체칩에 담긴 병력 정보까지 열람할 수 있는 권한이 채용 주체에 생기면서 병약한 사람을 열등한 존재로 인식하는 풍토가 생겨났다. 심지어 최근에는 고용주를 비롯해 보험업자, 학교, 병원마저 생체칩에 등록된 유전자와 유전자를 구성하는 화학 문자 정보를 분석해 미래에 걸릴 병을 예측하기도 했다. 그로 인해 예비 보균자들마저 일자리를 구하지 못하면서 극빈자가 기하급수적으로 증가하고 있었다. 정부가 공적 자금을 구호금으로 지급하는 구빈법을 시행하고 있지만 효과는 미미했다. 거리에는 일하고 싶어도 선택지가 없는 부랑자들이 넘쳐나고 있었다. 과학기술을 악용하는 게 문제라고 인솔자는 덧붙였다.

"과학기술 자체로는 선악이 없어요. 하지만 누가, 어떻게 이용하는가에 따라 과학기술에도 선악이 생기게 마련이죠. 생체칩만 놓고 보면 인간을 이롭게 하는 기술이 집약되어 있으니 여러 방면에서 도움 받을 수 있어요. 그렇다고 생체칩으로 국민을 돌봐주고 있다는 말을 순수하게만 받아들여야 할까요? 과학기술의 명암을 알고 나면 다른 세상도 보이는 법이죠."

가나 역시 과학의 발전이 사회의 부조리로 흐르는 상황이 안타까웠다. 하지만 과학기술을 활용해 이득을 취하는 건 자본주의 성립의 기초였다. 문득 불합리한 구조를 바꿀 힘이 개인에게 없다는 것을 악용해 캠프에서 집단행동을 선동하고 있을지도 모른다는 생각이 들었다.

"그래서 생체칩을 이식하지 않을 권리를 위해 고립되는 걸 선택했다는 말씀인 건가요? 정부와 전쟁이라도 벌이시려고요? 폭탄도 있으니?"

"오해가 있는 것 같네요. 세상을 더 나은 곳으로 만들기 위한 임무를 수행하고 있는 건 맞아요. 장기간 위험한 임무를 수행할 경우도 있지만 강제로 떠맡기지는 않아요. 개인은 소소한 방식으로도 나은 세상을 만들 수 있으니까요. 그래서 우리는 돈이 있으면 폭탄이 아니라 빵을 만들 밀가루를 사요. 캠퍼 대부분은 그저 과학기술의 그늘에 있는 평범한 사람이거든요."

"그 말씀은 폭탄은 이제 없다는 의미인가요?"

가나는 공격적인 말을 밀어붙였다. 오안의 희망대로 캠프에서 지낼지를 결정하려면 위험이 밑바닥에 도사리고 있다가 고개를 치켜들지 여부를 알아야만 한다. 돛배가 불편한 듯 시선을 바닥으로 떨어뜨렸다. 인솔자는 가나의 찻잔에 다시

차를 따라주었다.

"지금 이 시대는 생체칩에 내장된 유전자 정보를 바탕으로 열성 유전자를 조작하는 시술이 숱하게 행해지고 있어요. 반사회적 성향을 지닌 아기를 낳을 가능성이 있으면 유전자 가위로 유전자를 교정하거나 낙태를 의무화하는 법안도 추진되고 있죠. 왜 그런 것 같아요? 유전자 통제를 강화해서 걸림돌을 사전에 없애겠다는 의도예요. 그걸 밑바탕에서 돕는 게 생체칩이고요. 오래전부터 준비해온 거예요. 국가 안보라는 이름으로요. 그러니 잘못된 방향에 저항하는 것 역시 우리의 권리예요. 그렇지만 우려하는 것처럼 폭탄을 사용하는 일은 앞으로 없을 거예요."

"평범한 집단이라면서 왜 숨어 사는 거죠?"

"가나 씨는 이곳이 비밀이라고 생각해요? 아니에요. 정부는 이곳에 관한 모든 걸 파악하고 있어요. 우리가 세금을 잘 내고 문제를 일으키지 않는 이상 정부는 우리를 내버려두죠. 우리는 겉으론 숨죽인 채 살아야 해요. 하지만 과학기술이 진정으로 발전하기 위해서라도 생체칩의 절대적인 통제로부터 벗어날 필요성이 있다는 전제를 잃어버리지는 않고 있어요. 그건 비단 생체칩에만 해당하는 것도 아니에요. 클론 역시 과학기술의 편의를 누린다는 미명 아래 원치 않는 방향으로 이용당하고 있는 것처럼요."

인솔자가 오안을 지그시 바라보았다.

"오안, 이곳에서 함께 지내는 거 어때요? 비록 캠프지만 필요한 사람에겐 집이 되어주기도 해요. 원한다면 캠프가 오안의 보금자리가 돼 오안을 지켜줄 수 있어요."

오안이 자세를 고쳐 앉으며 인솔자에게 고개를 숙였다.

"말씀 감사해요. 저도 캠프를 더 알고 싶어서 이곳에 왔어요. 하지만 저는 클론이에요. 정부 관리 대상이죠. 이곳은 평화로워 보이고 어린 아이들도 있어요. 오래 머물며 이곳 사람들을 위험에 빠뜨릴 순 없어요."

"클론 역시 사회 시스템으로부터 소외된 존재죠. 우리 인간은 소외된 이웃에게 무정하게 굴기도 하지만 이곳에서는 그런 경직된 마음을 경계해요. 세상이 너그러운 마음으로 가득 차려면 기본적으로 공동체를 우선해야 한다고 생각하거든요. 우리는 오안을 우리 공동체에 받아들일지 심사숙고하며 신중하게 논의도 마쳤어요. 그러니 부담 갖지 않아도 돼요. 오안은 충분히 공동체의 일원으로 지낼 자격이 있어요. 우리는 서로 다를 바 없으니까요."

"우리가 다를 바 없다는 건 클론도 인간 종에 속한다는 뜻인가요?"

"생체칩을 이식했다고 들었어요. 지금은 제거되었고요. 맞나요?"

"네."

"우리는 생체칩을 제거하자는 극단적 주장을 하지는 않지만 앞서 말한 대로 생체칩의 폐해를 바로잡아야 한다고 생각해요. 그렇기에 생체칩을 스스로 제거하는 사람들도 언젠가 생겨날 거라고 여겨요. 우리 입장에서 보았을 때 오안은 그저 한발 앞서 생체칩을 제거한 인간일 뿐이에요. 오안, 당신을 이제 칩리스chipless라고 부르면 어떨까요? 칩리스는 말 그대로 칩이 없는 인간이라는 의미예요."

"제가 만들어지지 않고 태어났다는 걸 인정하신다는 의미로 들려요."

"제 인정은 필요 없어요. 인간 누구의 인정도 필요 없고요. 오안은 이미 스스로 인간이라 생각하고 있잖아요."

오안이 아… 하고 잠시 말을 멈췄다. 기다려줘야 할 때였다. 모두 같은 마음이었는지 오안이 생각을 정리하는 동안 숨을 죽이고 가만히 지켜봐주었다. 이윽고 눈가에 눈물이 맺힌 오안이 허리를 곧게 펴고 앉았다. 그러곤 인솔자를 똑바로 바라보며 자신의 가슴을 가리켰다.

"네, 저는 줄곧 제가 인간이라고 생각해왔어요. 저는 마음이 있는 인간이에요. 앞으로 칩리스로 살겠습니다."

　생체칩을 제거한 인간, 칩리스. 클론이라는 굴레를 벗어난 오안이 생체칩을 제거한 첫 번째 인간, 칩리스가 되겠다고 선언한 의미 깊은 순간이었다.

3부

시욱과 가나 이야기

12. 시욱

크롬 도금한 십자가가 유난히 낮게 달린 건물을 특수정부군이 둘러쌌다. 거리는 한산했다. 특수정부군 총지휘관 시욱은 노이즈 주파수가 무척 낮다고 생각했다. 기도라도 들려야 할 텐데 소리랄 것이 없었다. 아무래도 이미 일이 벌어진 듯했다. 건물 내부를 스캔하자 생체 신호가 전혀 잡히질 않았다.

건물로 진입한 특수정부군은 사망한 칩리스들을 발견했다. 동반 자살한 이유가 담긴 유서는 싱그러운 녹색 식물 화분 옆에 놓여 있었다. 죽기 전에 물을 줬는지 흙이 축축했다. 비록 자신들은 인간으로서 권리를 얻지 못했으나 칩리스가 강제적 죽임을 당하지 않는 세상이 곧 도래하길 바란다는 내용이 유서에 적혀 있었다.

특수정부군이 시신을 수습하는 동안 시욱은 건물 주변을

천천히 돌아보았다. 건물 뒷벽에 같은 듯 다른 그림이 드문드문 그려져 있었다. 무지갯빛에 휩싸인 보름달을 향해 날아가는 아이들 모습이 담긴 작가 미상의 칩리스 그림.

칩리스가 그들의 이념을 달 그림으로 상징하기 시작한 정확한 시점은 파악되지 않았다. 다만 무지갯빛 테두리로 감싸인 만월은 5년 전부터 칩리스 심벌마크로 사용되었다. 오늘 모바일로 도착한 '생존자 레벨 2구역' 총사령관 취임식 초대장에는 칩리스 마크에 엑스 표시가 추가되어 있었다. 칩리스 표징을 역으로 활용해 최근 칩리스가 추구하기 시작한 약자 이미지를 훼손하려는 의도를 깔았다고 했다.

시욱은 칩리스들이 독약을 마시기 전에 마지막으로 어떤 음식을 맛보고, 무슨 이야기를 나누었을지 생각했다. 칩리스들이 독약을 마시고 지었을 각자의 표정도 그려보았다. 그들의 표정을 바꿔보고 맞춰보는 동안 표정은 점점 똑같아졌고, 마지막엔 모두 우는 얼굴이 되어 있었다. 유서에 적힌 대로 언젠가 칩리스가 인간으로서 권리를 얻어낼 날이 올 수 있을까.

지난 20년 동안 사회는 클론에 대한 대응을 급격하게 바꾸길 거듭하고 있었다. 시작은 정부 정책 변화부터였다. 의회는 장기밀매 조직의 테러리즘에 대항한다는 명목을 내세워 클론 상용화 법안을 통과시켰다. 줄곧 매스컴에서 클론 장기 이식의 긍정적인 이미지를 부각하더니 시욱이 방송에 출연한 뒤 6개월이 채 지나지 않아 입법화한 것이다. 그러나 곧 각계각층의 반대에 부딪혔다. 결국 클론 상용화는 법안 통과 시점으로부터 60개월간 유예 후 점진적으로 시행하는 합의안이 도출되었다.

60개월은 사회 곳곳에 클론 상용화 설비를 도입하기 위한 유예 기간이었다. 유비쿼터스 연구소 확충, 슈퍼 인자 보안 기술 정밀화 및 민간 통신 라인 확보, 홀로그램 의료 영상 정보 교환을 위한 클라우드 서비스 확대 같은 디지털 시스템이 보완돼갔다.

본격적으로 제도적 장치도 마련되었다. 주로 상용화가 시행되고 난 뒤 처벌 규정들이었다. 클론이 생체칩을 제거하고 도망치거나 위법을 저지른 클론을 도와주었을 경우 벌금 납부 대상자로 지정되었다. 벌금 미납부 시 범법자가 돼 구속되었다. 더불어 장기밀매 조직이 가한 테러를 반면교사 삼아 클론은 연구소에서만 간수하도록 연구 활동에도 제한을 두었다. 클론의 외부 반출이 중단됐고 제작, 육성 및 관리는 오로지 연구소만 권한을 가질 수 있게 했다. 연구소 중심 통솔이 시작되면 자원을 낭비하지 않는 체계적인 관리가 될 거라고 정부는 자찬했다.

대다수 국민이 클론을 무관하게 여긴 것과 달리 종교계는 초기부터 위기감을 느꼈다. 건강한 장기로 생명을 연장하면 종교의 영향력은 쇠퇴할 수밖에 없다. 수많은 신도가 클론을 '적그리스도의 출현'으로 여겼다. 유서가 하루에도 수백 장씩 발견되면서 대규모 자살 사태가 속출했다. 사이비 종교는 종말을 조장하며 연쇄 자살을 부추기기도 했다. 클론을 거부하고 영생을 받아라. 교주의 설교에 고층 건물에서 몸을 던지고 가족이 먹을 저녁밥에 독약을 타는 사람들이 늘어났다. 심지어 연구소 앞을 지나다니는 사람을 공격하는 '묻지마 살인'도 잇따라 발생했다. 특공대가 가건물을 급습해 교주를 체포하면서 연쇄 자살은 일단락됐지만 언제든 새로운 교주가 나타나 혼돈이 반복될 수 있었다.

60개월이 지난 후 본격적인 클론 상용화에 들어가자 부유층을 중심으로 클론 장기 이식이 성행했다. 윤리 문제가 끊임없이 제기되었지만 사회에 미미한 영향을 끼쳤을 뿐이다. 문제는 실질 관리 영역에서 터졌다. 일반적으로 의료진이 장기 이식 범위를 정해 질병을 치료했던 과거와 달리 클론 장기 이식은 그 범위를 클론 소유주가 결정했다. 질병 치료 목적이 아니라 생명 연장을 위한 대체적 건강이 목적이었기 때문이다. 주요 장기를 일시에 모두 공급하고 나면 장기 부재를 겪는 클론은 사망하는 것이 일반적인 패턴일 거라고 예측되었다. 수혜자가 한번에 혹은 단시간에 장기 교체를 완료할 거라는 예측은 심리 분석만 진행한 결과였다.

문제는 한꺼번에 장기를 교체하는 방식이 수혜자에게도 위험하다는 점이었다. 대부분 노인층에서 장기 교체가 일어나므로 모든 장기를 교체한 후 적응까지 부작용이 없다 하더라도 체력적인 소모가 심했다. 그렇기에 생명에 지장 없는 부위부터 하나씩 서서히 교체하며 신체 반응을 살피는 방식이 더 선호되었다. 단계적 교체의 경우 안정적으로 자리 잡은 장기로 인해 이후 이식부터는 체력적으로 더 빠른 회복을 보였다. 클론은 수혜자의 장기를 교체 이식받아 장기가 완전히 대체될 때까지 살아갔다.

수혜자가 회복하는 동안 시간을 얻은 클론은 어떤 생각을 하며 지냈을까. 인간으로서의 삶과 자유를 꿈꾸며 지내는 건 어쩌면 당연한 반응이었다. 연구소에서 클론들은 집단생활을 하며 정보를 교류했다. 수술하러 갈 때 차창으로 지켜본 거리 풍경, 입원해 있는 동안 파악한 의료 전문 연구소 동선 그리고 생체칩을 제거해 탈출에 성공한 클론을 부르는 이름이 칩리스라는 걸 소유주를 통해 듣기도 했다. 칩리스에 관해 알게 된 클론들은 미래를 얻을 구체적인 방법을 고안해갔다.

치료를 받아 몸을 회복한 클론들이 의료 전문 연구소에서 도망치는 일들이 빈번히 발생했다. 연구소에서 집단행동으로 인간에게 대항하거나 심지어 스스로 죽음을 선택하기도 했다.

사회적으로는 장기가 남은 클론의 회복을 도와 앞으로 몇 번 더 장기 이식이 가능하게 관리해야 하므로 의료 전문 연구소 시설이 부족해지기 시작했다. 치료 중 사망한 클론에 대한 보상 소송이 끊임없이 이어져 파산하는 연구소도 생겨났다. 연구소들이 장기 이식에 소극적으로 대처하자 클론을 제대로 관리하지 못한다는 부유층의 불만이 폭주하기에 이르렀다. 다방면적 문제와 꽉 막힌 시스템, 더불어 점점 정신적으로 성장하는 클론에게 위협을 느낀 정부는 클론만을 위한 도시를 만들기로 결정했다. 클론 상용화 법안이 처리된 지 8년 만의 일이다.

높은 담장으로 둘러싸인 거대 도시를 건설하는 데 1년이 걸렸다. 그곳이 바로 생존자 레벨 2구역이다. 클론 이주가 시작되기 전, 정부는 세계가 전염병으로 멸망하고 있다는 공포 분위기를 연구소 내부에 조성했다. 멸망하는 세계로부터 보호해주겠다는 구실로 연구소에 있던 클론들을 속여 생존자 레벨 2구역으로 이주시켰다. 생존자 레벨 2구역에서 새로 태어난 클론들은 자신을 인간이라 여기며 살았다. 물론 이는 갓 태어나 정보가 많지 않은 클론에게만 해당한다.

정부를 믿지 않는 클론, 다시 붙잡힌 칩리스, 장기 적출 이력이 있는 클론은 생존자 레벨 2구역 내에서도 별도로 병원 구역으로 설립된 2-2구역에서 감시를 받으며 살았다. 시간이 지남에 따라 기존 클론이 사망하면서 2-2구역은 적출당한 새로운 클론과 도망쳤다가 붙잡혀 온 칩리스만 남아 있다. 생존자 레벨 2구역에 살다가 소유주 요청으로 이식에 참여해야 하는 클론은 '생존자 레벨 1구역'으로 옮긴다는 명분으로 2구역을 나와 수술받았다. 수술대로 끌려간 클론은 그제야 자신이 속고 있었다는 사실을 알게 되지만 2-2구역의 엄준한 감시를 벗어날 방법은 없다.

정부를 믿지 않는 클론은 생존자 레벨 2구역으로 이동하던 도중 기회를 틈 타 도망쳤다. 도주 전, 제일 먼저 생체칩을 제거하고 몸을 숨겼다. 칩이 없는 인간이라는 의미인 칩리스라는 지칭어의 출처는 명확하지 않다.

칩리스는 생체칩을 제거하고 도망쳤기에 범법자다. 대부분 자취를 남기지 않은 채 세상에서 사라졌으므로 칩리스가 도시 지하에 숨어 범죄자들과 결탁하고 있다는 소문이 원인을 알 수 없는 의문의 화재나 폭탄 테러와 맞물려 퍼져갔다. 정부를 전복하려는 목적으로 테러를 벌이고 있다는 주장. 모습을 감춘 채로도 활개 칠 수 있는 건 정부가 칩리스의 뒤를 봐주기 때문이라는 음모론. 약탈한 자원으로 지하에 거미줄처럼 얽힌 미로를 만들어 칩리스만의 터전을 만들었다는 도시전설. 지하에서 지상으로 기어 나오는 초록색 괴물을 클론으로 풍자한 웹툰들.

이미 사회는 칩리스를 테러리스트와 동의어로 여기고 있었다. 실제로 생체칩을 제거하고 도주하던 클론이 위치 추적이 되지 않는 점을 악용해 강도 행각을 벌인 적도 몇 번 있었다. 그 후로 칩리스가 생체칩을 제거한 것은 범죄를 저지르기 위해서라고 사람들은 믿었다. 칩리스 이미지가 악화일로로 치닫는 상황에도 불구하고 칩리스가 늘어나면서 그들을 통제해달라는 여론도 덩달아 높아졌다.

칩리스가 은신처로 숨어드는 방법은 아직 밝혀진 게 없다. 그러나 분명 지하 세계로 들어가는 방법이 암암리에 전해지기에 어둠 속에 숨을 수 있는 것이다. 이에 칩리스 생포 임무를 맡은 특수정부군이 창설되었다. 시욱은 특수정부군을 이끄는 총지휘관이었다.

칩리스 시신 수습을 완료했다는 보고를 받은 시욱은 정복으로 갈아입고 취임식 연회장으로 향했다. 칩리스 집단 자살을 보고받은 국방 마스터가 지난 연례회의 때와 같이 칩리스를 더 압박하라고 종용하면 어떻게 대처할지 고민이었다. 국방 마스터는 시욱이 특수정부군 총지휘관으로서 부적합하다 판단하고 있었다. 시욱이 보기에 그는 자신을 정확하게 파악한 거였다.

군사학교를 수석으로 졸업하고 최연소 특수정부군 총지휘관이 되었으나 서류상 이력일 뿐이다. 특수정부군은 인간 사회에 섞여 사는 칩리스를 찾는 임무를 맡고 있다. 시욱은 군사학교 시절부터 오로지 특수정부군만을 지원해왔다. 특수정부군에 소속되면 누구보다 칩리스 정보를 신속하게 획득할 수 있기 때문이다. 만약 오안이 살아 있다면 생체칩을 재이식하지 않았으니 칩리스가 되었을 테다. 총지휘관임에도 시욱이 매번 현장에 출동하는 것은 어느 지점에서 오안의 소재가 파악될지 알 수 없기에 불필요한 무력 충돌을 막으려는 의도였다. 국방 마스터는 바로 그런 지점이 지휘관으로서 유약하다고 봤다.

교통신호를 몇 번 더 받은 뒤에 클론박물관으로 가는 길목에 들어섰다. 군용차는 클론박물관 플라잉카 주차장을 지나쳐 야외무대 계단 앞에 정차했다. 군인들이 비를 맞으며 정렬해 있었다. 포토 라인에서 대기하던 기자들이 군용차를 향해 분주하게 카메라 셔터를 눌렀다. 카메라 플래시는 질색이다.

더욱이 클론박물관이라니. 어머니 시신 기증 건은 정책 마스터가 손써 박물관에 전시되는 일은 막았으나 그때의 쓸쓸한 기억에 공식적인 업무로도 웬만하면 클론박물관을 피해왔다. 시욱은 한숨을 삼키고 군용차에서 내렸다.

안내를 받아 연회장으로 들어가자 웃음소리가 먼저 들려왔다. 삼삼오오 모인 군 통솔자들이 와인을 마시며 담소를 나누고 있었다. 시욱을 발견한 국방 마스터가 권위를 걸친 채 의례적인 인사를 해왔다.

"정책 마스터는 잘 지내고 계시는가?"

정책 마스터는 예전보다 막강하게 정부에 영향력을 끼치는 원로가 되어 있었다. 국방 마스터가 형식적이나마 공식 행사에서 시욱에게 알은체하는 것도 시욱과 정책 마스터의 친분 덕이다. 하지만 그 때문에 정책 마스터가 시욱의 승진에 암암리 관여한다는 소문도 돌고 있었다.

"국방 마스터님께 안부 전해달라고 하셨습니다."

국방 마스터는 고개를 끄덕이곤 다른 간부에게로 가서 인사를 나눴다. 시욱은 집단 자살 사건을 보고하지 못했으나 오히려 마음이 편했다. 때마침 다가온 군사학교 동기와 가볍게 대화하며 긴장을 풀었다.

이윽고 연회장 입구가 소란스러워지며 군복을 입은 한 남자가 들어왔다. 국방 마스터에게 절도 있게 경례를 붙이고선 목줄이 감긴 클론을 끌었다. 클론은 국방 마스터의 젊은 시절 외모와 판박이였다. 클론과 유대감이 생기는 걸 방지하고자 개인적 관리가 금지되었는데도 공식 석상에 클론을 데려온 것이다.

"이번 연회 주인공일세. 와서 인사하지."

클론을 끌고 온 군인은 권혜였다. 군사학교 동기이자 악연. 유명한 종교 지도자의 아들이어서 당연히 종교 단체를 이끄는 영도자가 될 줄 알았는데 의외로 군사학교에 입학했다. 재회한 뒤로 사사건건 시욱을 방해하던 권혜는 군 간부 아들 폭행 사건에 연루돼 유급당했다. 우연히 세 달 전에 스치듯 본 적이 있긴 하나 졸업 이후 길이 엇갈려 직접 만난 적은 없다. 다른 엘리트 코스를 밟아 승승장구한다는 소식은 간간이 들어왔다.

반질반질하게 닦은 군화가 움직임도 없는데 반짝거렸다. 국방 마스터가 일부러 시욱에게 차기 총사령관 정보를 흘리지 않은 건지, 자신이 정치적이지 않아 무심코 넘겨버린 건지 기억나지 않지만 어느 쪽이든 이 자리가 달갑지 않았다. 국방 마스터의 소개에 권혜는 클론을 기둥에 묶어둔 후 시욱에게 알은체를 했다.

"오랜만이네. 특수정부군 총지휘관께서 한낱 클론 보호구역 총사령관 취임식에 와주다니 영광인걸."

"겸손하다는 건 익히 들었네만 오늘 같은 날은 주인공 역할에 충실해도 되네. 게다가 생존자 레벨 2구역 총사령관은 특수정부군보다 지위가 높으면 높았지, 절대 낮지 않다네."

권혜를 추켜세운 국방 마스터가 두 사람이 아는 사이인 줄 몰랐다고 하자 권혜가 옛 친구라고 대답했다. 권혜가 즐거운 듯 시욱의 어깨를 툭 쳤다. 권혜가 차기 총사령관이라는 사실을 알았다면 취임식에 참석하지 않았겠지만 이미 와버렸다. 그리고 이제 어른이 되었다. 시욱은 짧게 축하 인사를 전한 뒤 화제를 돌려 클론이 연회장에 온 이유를 물었다.

"나이가 드니 의심이 많아져서 말이야. 조만간 장기 이식 수술을 받을 거라 그 전에 내 눈으로 직접 클론을 확인하고 싶어 데려오라고 했네."

국방 마스터는 무리한 부탁을 잘 수행해준 권혜에게 만족감을 표했다. 권혜는 이전에 진압정부군 총지휘관으로서 테러를 저지른 칩리스를 체포하고 테러 시설을 시찰하는 임무를 수행하고 있었다. 생존자 레벨 2구역 업무와는 달랐다. 국방 마스터의 클론을 빼오기 위해 아직 부임하기도 전인 생존자 레벨 2구역에 압력을 가했을 거라는 건 눈 감아도 예상 가능했다.

"끝까지 완벽한 수술 성공을 위해 국방 마스터님의 위엄을 클론에게 보여줄 필요가 있죠."

권혜는 생존자 레벨 2구역에서 집단 관리하는 클론들은 인간적 대우로 주제를 모른다며 동물처럼 대해야 인간을 무서워하고 따를 거라는 논리를 펼쳤다. 국방 마스터가 책임자다운 발상이라며 믿음직하다고 하자 권혜가 높은 안목에 보답하겠다고 응수했다. 그러곤 시욱을 소재로 한 농담을 던지며 웃었다. 마치 시욱이 자리에 없다는 듯이. 어릴 적에도 권혜는 시욱을 괴롭히고 난 뒤에 부하로 부리던 아이들에게 저질 농담을 던지곤 했다.

기분이 좋아진 국방 마스터가 권혜와 함께 목줄을 끌고 참석자들에게 클론을 선보였다. 모래벌판에서 돌아온 후 시욱은 클론 장기 이식 마스코트로 활동해왔다. 국가 행사에 참석하고 매체를 통해 클론 장기 이식에 따른 장점을 홍보했다. 정부의 강압에 의해서였다. 장기 이식에 관심을 보이며 시욱의 몸을 눌러보고 관찰하는 낯선 사람들에게 둘러싸이던 시절에는 고깃덩어리가 된 기분으로 서둘러 자리를 빠져나가곤 했다. 시간이 흘러 시욱은 빈 껍데기 같은 어른이 되었다. 그리고 자신과 같은 대접을 받는 클론이 눈앞에 있었다. 동물처럼 다뤄지는 클론을 지켜보고 있자니 시욱은 칩리스를 생포하는 임무에 양심의 가책이 느껴졌다.

"저 녀석, 학교에서도 그러더니만 아직도 시치미 떼며 널 발밑에 깔려고 하네."

어느새 다가온 군사학교 동기가 와인 잔을 내밀었다. 시욱은 어깨를 으쓱하며 잔을 받았다. 취임식을 알리는 안내 음성이 나오자 연회장에 모인 참석자들이 야외무대로 이동해 자기 이름이 홀로그램으로 표시된 의자에 착석했다. 단상에 오른 국방 마스터가 참석자들의 이목을 집중시킨 뒤 권혜가 생존자 레벨 2구역을 새롭게 관리하는 총사령관으로 임명됐음을 발표했다. 권혜가 경례를 하자 카메라 플래시가 일제히 터졌다. 시욱은 당당한 자세로 카메라 앞에 서 있는 권혜를 보면서 사탄 새끼, 라고 발음하던 아이의 입이 기억났다. 그때 권혜는 분명 웃고 있었다.

권혜는 취임사에서 생존자 레벨 2구역의 대대적인 변혁을 강조했다. 클론을 제작 의뢰한 소유자가 언제든 방문해 클론의 충성심을 확인하는 공간이 되어야만 한다고. 그 첫걸음으로 권혜는 부임과 동시에 클론이 누리던 자유로운 생활을 통제하고 교육, 문화, 사회 활동을 제한해 과분한 대우를 하던 기존 방식을 철폐하겠다는 계획을 공식화했다. 권혜는 여전히 클론을 혐오하고 있었다. 생존자 레벨 2구역 내 생활 구역인 2-1과 병원 구역인 2-2를 분리 관리하는 것조차 마땅하지 않다고 여겼다. 클론은 언제든 칩리스가 될 준비가 된 잠재적 범죄자라 억압이 필요하다고 주장했다. 앞으로 생존자 레벨 2구역 내 클론들이 받을 고통이 충분히 예측되었다. 그리고 그것은 정부의 기조가 바뀌었다는 걸 의미했다.

기자회견을 마친 권혜가 군 관계자들과 기념 촬영을 했다. 한 기자가 돌아갈 채비를 하던 시욱을 알아보곤 권혜와 같이 주먹을 가슴께에서 쥐는 자세를 취해달라고 요청했다. 권혜가 재미있어하면서 자세를 취해주었다. 모두 시욱이 권혜 옆에 서서 들러리가 되어주길 기다리고 있었다. 시욱은 어쩔 수 없이 권혜 옆으로 가서 섰다. 권혜가 시욱의 귓가에만 들리도록 속삭였다.

"오안은 여전히 못 찾았어? 네 친구가 생존자 레벨 2구역에 들어오면 특별 대우를 해줄 테니 어서 찾아와. 고대하고 있을게."

권혜가 카메라를 향해 미소 지었다. 시욱은 반복된 촬영 내내 주먹을 꽉 쥐고 억지웃음을 지었다. 권혜가 군 통솔자들과 기자들을 데리고 클론박물관을 둘러보러 가자 혼자 회견장에 덩그러니 남겨졌다. 밖에는 지겹도록 비가 세차게 내리고 있었다. 얼마나 주먹을 꽉 쥐었던지 긴장이 풀리자 손목이 아팠다. 대기하고 있던 군용차에 타자 피곤함이 몰려왔다. 인이어 모니터로 캐셔에게 집에 들러주면 좋겠다는 메시지를 남겼다.

일명 캐셔로 불리는 정보 사냥꾼을 소개해준 사람은 심리상담사였다. 특이한 인물이지만 해커나 탐정이 해결하지 못하는 까다로운 의뢰를 빈틈없이 처리해준다면서 만나보라고 권했다. 어쩌면 죄책감을 치유하는 가장 직관적인 방법은 오안을 만나보는 일일지도 모르겠다며 심리상담사가 행운을 빌어줬다. 심리상담사의 성의를 생각해 캐셔를 만난 게 세 달 전 일이다.

반신반의하며 캐셔와 온라인으로 접촉해 그간 기록해온 관련 정보 복사본을 전송했다. 그로부터 이틀 뒤 울대뼈 측면에 돛단배 문신을 새긴 조직원의 생체칩 코드를 수신했다. 20년 동안 절실하게 찾아 헤맸으나 얻지 못한 정보였다. 이토록 쉽게 열여섯 개의 일련번호를 얻을 수 있다는 사실이 놀랍고도 착잡했다. 지나온 시간이 가슴에 난폭하게 엉겨 붙는 느낌이었다. 캐셔는 돛배의 생체칩 코드 위치 추적을 원하느냐는 메시지를 덧붙여 보내왔다. 시욱은 잠시 고민하다가 돛배의 거주지를 알아봐달라고 답신했다. 시간이 필요했다. 느닷없이 가슴에 얹힌 정보를 어떻게 소화할지 판단이 서지 않았다.

캐셔로부터 주소를 넘겨받은 시욱은 낮과 밤을 보내는 동안 무서운 것들에 대해 생각했다. 과거의 기억이 선명한데도 돛배의 얼굴을 알아보지 못하는 것. 아니면 돛배가 모래벌판의 일을 기억하지 못하는 것. 그래서 오안을 찾을 실마리를 영원히 잃고 마는 것.

시욱은 바닷가 근처 낙후된 주택단지 앞에서 몇 번이나 길을 되짚어 돌아왔다. 주소지 앞에 겨우 섰을 땐 현관문에 큼지막한 자물쇠가 걸려 있었다. 문을 살짝 흔들어보자 요란한 종소리가 났다. 내일 다시 찾아와야 하나. 아쉬움에 주택 앞에 펼쳐진 바다를 내려다보며 한참을 서성이고 있는데 이웃 주민이 돛배가 오래전에 배를 타러 갔고 여태껏 돌아오지 않고 있다는 소식을 전해주었다.

멀고 먼 바다. 작은 어선. 큰 파도 같은 이미지들이 떠올라서 시욱은 가벼운 현기증을 느꼈다. 돛배를 찾아 물결이 출렁이는 바다 한가운데로 가야 할지도 모르겠다고 생각하며 캐셔에게 문자로 상황을 알렸다. 돛배의 현 위치를 추적해주겠다고 제안할 줄 알았던 캐셔는 뜻밖에도 주요 정보를 직접 주겠다며 시계탑 광장에서 보자는 말을 전해왔다.

약속 시각에 맞춰 시계탑으로 간 시욱은 심상치 않은 분위기를 감지했다. 군용차량이 눈보라를 일으키며 시계탑 근방에 줄지어 정차하고 있었다. 군인들이 시계탑 진입로를 에워싸면서 거리가 순식간에 아수라장이 되었다. 홀로그램 보드가 주변을 맴돌았다. 검은 베레모를 쓴 전투복 차림의 홀로그램 권혜가 허리에 손을 얹은 채 정면을 보고 있었다. 눈빛은 자신감에 차 있고 표정은 단호했다. 권혜의 모습을 입힌 입체상이 입을 열었다.

"칩리스 체포 작전 중입니다. 국민 여러분은 동요하지 마시고 칩리스를 발견하는 즉시 신고해주시기 바랍니다. 정부는 늘 여러분 곁에 있습니다."

약속 장소를 변경해야겠다고 생각하며 시욱은 초조한 심정으로 캐셔에게 전화를 걸었다. 연결이 되지 않았다. 설마 일부러 시계탑에서 보자고 한 건가. 돌아갈지, 기다릴지를 가늠하려면 상황 파악이 우선되어야 한다. 시계탑을 둘러싼 군인들은 진압정부군이다. 칩리스 체포 작전을 대대적으로 벌이며 준전시 태세를 취해왔으므로 시민들과도 무력 충돌이 잦았다. 칩리스 체포 작전지에 시욱이 있었다는 걸 이후라도 알게 된다면 지휘관 입장에선 의도를 의심할 것이다.

돌아가야겠다고 생각했다. 인파를 헤치려던 찰나에 불현듯 아이가 눈에 들어왔다. 진압정부군이 험하게 통제 라인을 세우면서 미처 빠져나가지 못한 아이가 체포 지정 구역 안에서 울고 있었다. 고함에 귀를 막고 주저앉는 아이를 진압정부군이 공격하려는 급박한 순간에 한 사람이 나타나 아이를 감싸 안았다. 쇠창살이 달린 트럭에서 울부짖던 아이를 오안이 안았던 것처럼. 시간이 과거로 돌아간 듯했다. 시욱은 저도 모르게 오안의 이름을 불렀다.

그러나 아이를 안은 사람은 오안이 아니었다. 짧은 머리에 짙은 아이라인으로 눈매를 강조한 여자. 통제 라인 밖으로 아이를 데리고 나간 여자가 놀란 마음을 달래주는 게 보였다. 아이가 울음을 그쳤다. 안전거리로 아이를 이동시킨 후에 곧장 시욱에게로 다가왔다.

"친구! 토끼들과 정보를 교환하느라 늦었어. 화난 건 아니지?"

이 여자가 캐셔구나. 시욱이 이곳에서 보자고 한 이유를 물으려던 순간, 시계탑 앞에 있던 사람들이 통제 라인 밖으로 정신없이 밀려나기 시작했다. 무장한 진압정부군이 시계탑으로 기민하게 들어갔다. 이어서 무언가 요란하게 부서지는 소리가 내부에서 들려왔다. 자리를 피하려는 사람들에게 떠밀렸다가 겨우 다가가자 캐셔가 인이어 모니터 화면을 전환하고 있었다.

"지난주에 남부 쪽 클론연구소에 화재 났던 것 기억하지? 그때 칩리스 몇 놈이 시계탑으로 도주했다는 소문에 인터넷 커뮤니티가 떠들썩했잖아. 물론 칩리스는 홀연히 사라져버렸고. 그 사라졌던 칩리스가 시계탑에 다시 나타났다는 제보를 받은 모양이야."

테러가 발생한 현장을 진압정부군이 즉각 포위해도 무슨 영문인지 내부가 텅 빈 경우가 대부분이었다. 칩리스가 지하에 깔린 비밀 통로로 이동하는 거라고 갑론을박을 벌이던 언론 매체들이 어느새 시계탑이 잘 보이는 곳에 자리 잡고선 칩리스가 붙잡히는 순간을 보도하기 위해 실시간으로 뉴스를 내보내고 있었다.

"시계탑 안 칩리스가 무장했나요?"

"아니. 칩리스 자체가 없어. 토끼들 말로는 칩리스 체포 작전에 열광하는 어린 희생양들이 접근 금지 구역에 들어갔다가 칩리스로 오해받은 거라네."

칩리스 체포 작전은 엉뚱하게도 영웅이 되고 싶은 아이들 심리를 자극했다. 영웅놀이에 빠진 아이들이 칩리스를 직접 잡기 위한 무모하고 어설픈 계획을 세워 도시 곳곳을 들쑤시고 다녔다. 시계탑에 들어간 아이들도 소셜 미디어에 자랑하려고 접근 금지 구역에 들어갔다가 칩리스로 오인된 상황인 듯했다.

"곧 풀려나겠네요."

"군대가 움직였는데 소득이 없으면 볼품없어지겠지."

"붙잡혀 갈 수도 있다는 말로 들리는군요. 군인은 체계 없이 허술하게 대응하지 않아요."

캐서가 휘파람을 불었다.

"누가 특수정부군 총지휘관 아니랄까 봐 편드는 거야? 친구는 합리적으로 지휘하는지 모르겠지만 진압정부군 총지휘관은 달라. 악명이 높다고. 지금 승급 심사가 달린 중요한 시기라 밀고 나갈 거야."

"생체칩 감별만으로도 칩리스가 아니라는 건 확인됩니다. 중앙통제시스템 인권위도 가만있지 않을 거고요."

"친구! 시야를 넓게 가져야 해. 자기 기준으로만 세상을 보면 보이지 않는 게 많아."

"그쪽이야말로 근거 없는 주장은 그만하시죠. 주변을 봐요. 언론사가 아니더라도 많은 이들이 이 순간을 촬영하고 있어요. 진실을 찍고 있다고요."

"멍청한 녀석들은 토끼가 뒤집어놓은 정보를 의심하지 않고 덥석 물어버리지."

"정보를 조작할 거란 뜻인가요?"

"연구 마스터 아들로서 누구보다 먼저 클론을 접한 친구가 보기엔 어때? 그동안 이상하지 않았어? 클론의 성향을 보면 공격적인 면은 유전적으로 제거되는데 어떻게 테러를 저지르는 걸까? 생체칩을 제거하면 돌연변이가 되는 걸까? 그런 생각해본 적 없어?"

"인간에 대한 공격과 시설물에 대한 공격을 다르게 인지할 수 있으니까요."

"군사학교에서는 그렇게 배우나 보지? 하지만 세상엔 그렇게 단순한 인간들만 사는 게 아니야. 완전범죄처럼 꾸며도 목격자는 늘어나고, 정보는 통제해도 퍼져나가게 돼 있어. 사는 게 팍팍할수록 희망을 찾는 목소리는 커지는 것과 같은 이치지. 그러니까 지금은 말이든 행동이든 조심해야 할 때야. 명심해."

정부가 진실을 은폐할 수 있다는 걸 간접적으로 드러낸 캐셔가 바지 밑단에 묻은 눈을 털어냈다. 분명 칩리스 체포 작전은 느슨해지는 통제의 끈을 팽팽하게 당기는 역할을 겸하고 있다. 하지만 통제를 위해 정의를 놓치는 우를 범하지는 않았다. 모든 건 국민을 지키기 위한 일이었으니까.

그때 총성이 들렸다. 한 발이 아닌 연속된 발사. 총격전 끝에 한 명이 사살되고, 한 아이가 시계탑에서 뛰어내린 뒤에야 남은 아이들이 얼굴에 복면이 씌워진 채 밖으로 끌려 나왔다. 아이들과 시욱 사이를 눈발이 가로막았다. 사람들이 환호하며 군용차량을 환송했다. 군용차에 탄 권혜가 시민들에게 손을 흔들었다.

시욱은 눈발에 매장돼가는 도시를 바라보았다. 눈이 쌓이는 소리 외에는 아무 소리도 들리지 않았다. 저항이 차단된 안타까운 죽음을 목격했는데도 세상은 그대로 흘러가고 있었다. 어쩌면 세상이 지옥일지도 모르겠다고 시욱은 생각했다.

"사람들이 인간답게 사는 노력을 잊은 거 같지?"

오안만이 할 수 있는 말. 이 여자는 누구기에 오안의 말을 아는 걸까. 단순한 우연일까. 그럴 리 없다.

"당신 누구야?"

시욱이 날선 반응을 보이자 캐셔가 시욱을 향해 설핏 웃었다.

"친구! 공교롭게도 시계탑에서 보자고 해서 함정이 있나 의심하는 모양인데, 안타깝네. 우리는 서로 신뢰를 쌓아가던 사이 아니었나? 의아한 것과 의심은 다르잖아. 친구한테 선물을 주려고 일부러 시간 낸 내가 무안해진다고. 진짜 알고 싶은 건 오안의 소식이잖아. 삭제된 C코드 복원 결과가 어떻게 나왔는지 얼른 듣고 싶어 할 줄 알았는데. 착각인가?"

오안을 찾아내기 위해 캐셔에게 의뢰했으니 언제라도, 어떤 소식이든 들을 줄은 알았다. 그러나 오늘 이 자리일 줄은 몰랐다. 시욱이 오안은 무사한 건지, 오안은 어디에 있는 건지, 오안의 C코드가 확실히 맞는 건지 두서없는 질문을 쏟아냈다. 시욱이 내뿜는 뜨거운 입김을 모른 척하며 캐셔가 천천히 산책로로 들어섰다. 그러곤 각오가 되었는지 오히려 되물었다. 대답을 들을 거란 기대에 빠져 있던 탓에 시욱은 질문의 의도를 바로 깨닫지 못했다. 시차를 두고 무슨 의미냐고 묻자 캐셔가 손가락으로 바닥을 가리켰다.

"밑바닥을 헤맬 각오. 토끼들이 물어온 단서가 심상치 않거든. 먹을지 뱉을지 판단하는 건 친구 몫이지만."

경고인가? 어째서 의뢰인에게 정보 제공만 하는 게 아니라 감정을 투과한 안위를 전제로 묻는 걸까. 캐셔는 믿어도 되는 인물인가, 시욱은 생각했다.

"클론에게 부여되는 생체칩 코드인 C코드는 한번 삭제되면 복구가 불가능해요. 어떻게 해결한 거죠?"

"접근 방식이 다르면 돼. 구식 정보를 삼키면 체하는 법이니까. 토끼들은 말이야, 오안을 찾으려면 칩리스 은신처를 알아내는 게 우선이라더군. 특수정부군도 계속 추적하고 있는 게 칩리스 은신처니 잘된 일이지. 공을 세울 수 있을 거야."

"칩리스 은신처는 지금껏 베일에 싸여 있어요."

"토끼들의 정보에 의하면 칩리스 비밀 통로로 짐작되는 장소가 몇 군데 있긴 해. 먹어볼 수 있을 거야. 그러니 내 실력에 대한 의심은 접어두고 이제 결정을 하지. 은신처를 급습하는 수고를 할 것인지 말이야. 물론 페이는 지난 의뢰의 열 배야."

"오안은 성격상 위협적인 집단에 소속되어 모습을 감추진 않았을 거예요. 칩리스 은신처를 범죄집단의 본거지로 삼고 추적하자고 부추기는 거라면 적임자를 잘못 짚었어요. 이제 말해보시죠. 오안의 C코드 복원 결과는 어땠는지. 그게 제 각오까지 필요한 일인가 따져보죠."

캐셔가 날카로운 눈빛을 숨기며 여유로운 척 웃었다.

"난 토끼들이 맛있는 먹이를 먹는 걸 선호해. 근데 내 취향보다 중요한 건 특수정부군 총지휘관인 친구가 개인적으로 칩리스와 접촉했다는 게 만에 하나 발각되면 좋은 평판이 뒤집히는 것으로 끝나지 않을 거라 각오를 물은 거야. 알아듣겠어? 오안은 칩리스 은신처에 있어. 이제 각오를 굳혀볼 마음이 생긴 거야?"

시욱이 의심을 억누르며 각오가 돼 있다고 대답했다.

캐셔가 여유로운 말투를 유지하며 그동안 조사한 바를 알려주었다. 오안의 C코드가 삭제된 지하 벙커와 버려진 자들의 소굴에서 탈출한 아이들의 이야기를. 장기밀매 조직에 팔린 아이들 생체칩 코드를 역으로 조사해 소굴에 갇혔던 아이들을 찾아냈노라고. 아이들의 진술을 토대로 오안이 칩리스 은신처로 가게 된 경위를 파악했고 최종적으로 은신처 접촉에 성공했다고. 시욱의 머릿속이 복잡해졌다. 문제가 하나로 연결될 듯하면서도 무언가 잊은 듯 중간에서 자꾸 끊어졌다. 다만 오안이 생체칩을 재이식하지 않고 칩리스 은신처에 남은 거라면 자신의 곁으로 돌아오지 않는다는 결론이 나왔다. 자신이 먼저 찾아 나설 수밖에 없었다.

"칩리스 은신처에 갈 수 있고, 그곳에 오안이 있다면 제가 가진 걸 다 잃어도 괜찮습니다."

펜트하우스에 도착했을 때 캐셔에게서 답장이 왔다. 오늘은 갈 수 없다는 거절이었다. 그날의 만남에서 거래에 응한 후로 캐셔는 매일 시욱을 찾아왔다. 어떤 일을 하다가 방에서 나가 보면 원래 함께 살았던 사람처럼 거실에 캐셔가 있었다. 제멋대로 들어와선 하고 싶은 일을 하다가 어느새 사라졌다. 시욱이 밖에서 공적으로 보자고, 그만 오라고 해도 딱히 신경 쓰지 않는 눈치였다. 집을 가르쳐준 것도 아니지만, 집에 드나드는 방법을 캐묻고 싶지도 않았다. 어느덧 시욱도 멋대로 구는 캐셔에게 적응해갔다. 시욱은 몇 가지 자질구레한 물건을 사두었다. 캐셔도 자연스레 사용할 만한 것들이었다.

시욱은 과거에만 살아서 미래는 상상해본 적이 없었다. 그래도 캐셔와 함께 있으면 미래를 희미하게나마 그려볼 수 있을 것 같다는 생각이 들기도 했다. 오안처럼 우는 아이를 안아주는 여자. 오안과 똑같은 말을 하는 여자. 왜 이름을 묻지 않느냐며 불쑥 자신의 이름을 말해주는 여자.

캐셔, 그녀의 이름은 김가나였다. 진짜 이름인지는 알 수 없었다. 설령 진짜 이름이 아니라도 상관없었다.

오늘은 혼자 있고 싶지 않았는데. 모래벌판에서 돌아온 후 시욱은 홀로 잠들지 않은 날이 없었다. 군사학교에서조차 특혜 의혹을 받으며 독방을 썼다. 자신과 얽힌 누군가가 테러를 당하게 될까 봐, 오안처럼 사라지게 될까 봐 두려워 관계 맺는 걸 거부해왔다. 어쩌면 사람들과 계속 거리를 두는 건 아직도 오안의 온기만을 절실히 원해서인지도 모른다. 그래도 오늘만큼은 정말 혼자 있고 싶지 않았는데.

시욱은 창가로 가서 차가운 유리에 손바닥을 대었다. 달도 없는 새까만 하늘이 펼쳐져 있었다. 달은 오안과 함께 영영 사라져버린 건지도 모르겠다고 생각하며 시욱은 자리에 스르륵 주저앉았다. 달이 뜨지 않는 밤이어서 나도 너만큼 어두운 세상을 살고 있다고 중얼거리며 창가에 머리를 기댄 채 눈을 감았다.

13. 가나

가나가 캠프를 떠난 시기는 칩리스를 상징하는 심벌마크로 무엇을 활용할지를 결정하던 때이다. 제1캠프에 정착한 가나는 오안을 비롯한 캠퍼들과 공용 모듈러 주택에서 지냈다. 작은 방과 방이 일렬로 마주 늘어선 공용 모듈러 주택에는 억압을 싫어하고 자유를 사랑하는 캠퍼들이 드나들었다. 밤새워 대화하고 당번을 정해 요리하고 웃고 울며 누군가를 사랑하다 미워하는 일들이 반복되는 곳. 집이란 감정이 일상적으로 교차하는 곳일지도 모른다고 가나는 생각했다.

가나가 그랬던 것처럼 모두 오안을 좋아했다. 아이들은 오안의 옆자리를 차지하기 위해 경쟁을 벌였다. 캠퍼들은 오안이 궂은일을 대신 나서서 해주었기에 반겼다. 오안이 일한 만큼 휴식 시간이 늘어나 여유가 생겼다. 오안을 클론이라는 새로운 종이 아니라 생체칩 없는 인간이라고 받아들인 배경에는 오안의 노력이 컸다. 캠프는 더 나은 세상을 향해 나아간다는 모토를 실천해왔기에 차츰 클론의 권리가 자연스럽게 캠퍼들의 화두가 되었다.

클론에 관한 정부 정책이 바뀔 때마다 원로를 비롯한 젊은 캠퍼들이 대응책을 논의했다. 대책회의에는 늘 오안이 함께했다. 가끔 가나도 참석했다. 젊은 캠퍼들은 생명 윤리를 저버리는 정책에 무력으로 맞서자고 주장했고, 원로들은 어떤 이유로든 폭력을 정당화해선 안 된다고 충고했다. 그럴 때마다 돛배가 예로 들어졌다.

돛배가 지하 벙커를 폭탄으로 무너뜨린 일은 캠퍼들에게도 타격이 컸다. 그동안은 위협용으로 폭탄을 소지해왔을 뿐이다. 사용한 건 돛배가 처음이었다. 이후 폭탄은 소지조차 금지되었다. 예전과 달리 돛배는 임무에 적극적으로 나서지 않았고 자주 멍하니 있었다. 무너진 지하 벙커로 들어가 지옥을 보지 않았다면 달랐을까. 돛배가 찾으려던 특별 관리 대상자 생체칩은 결국 잘못된 정보로 판명 났다. 가나는 오안과 학교에서 돌아오는 길에 꺾은 꽃을 돛배의 개인 모듈러 주택에 놓아두곤 했다. 돛배는 가나보다 먼저 캠프를 떠났다. 말려둔 꽃들이 떠나는 돛배의 짐가방에 걸려 있었다.

캠프에서 공식적으로 진행한 클론 대응 첫 임무는 연구소에 생체칩 존재 정보를 흘리는 일이었다. 연구소에서 탈출을 시도한 클론이 10분 만에 붙잡혔다는 소식을 입수한 후였다. 클론이 스스로 탈출을 모색하고 있다는 게 고무적이었다. 도와야 한다는 데 의견이 모아졌다. 클론이 탈출에 성공하기 위한 전제 조건은 오안처럼 생체칩을 제거해 위치 추적을 피하는 거였다. 포섭한 연구원을 통해 연구소에서 얻을 수 있는 다양한 도구로 생체칩을 제거하는 방법을 퍼뜨렸다. 이후 클론은 탈출 직전에 연구소 내에서 생체칩부터 제거해 칩리스가 되었다.

우여곡절 끝에 탈출한 칩리스를 처음으로 구한 뒤로는 구출 체계를 잡는 데 집중했다. 칩리스와 접촉해 캠프로 데려오는 대책은 오안의 능력을 토대로 기획했다. 오안은 칩리스의 심리를 추정해 탈출한 연구소 위치와 대입하며 도주 경로를 추적했다. 대부분 오안이 추측한 지점에 탈출한 칩리스가 있었다. 계획을 세우고 실행하는 방면에서도 오안은 유능했다. 가나는 경로 추적 프로그램을 짜거나 감시 카메라에 찍힌 도주 영상을 삭제해 정부의 추적을 교란하는 일을 도왔다.

캠프에 차츰 칩리스가 늘어났다. 인솔자는 인간과 칩리스를 분리하지 않아야 친밀감이 형성돼 어울려 살 수 있다고 했다. 그러나 서로에 대해 거부감을 가진 이들은 인간과 칩리스 양측 모두에 있었다. 결국 제3캠프는 인간들만, 제4캠프는 칩리스만 지내기로 결정되었다. 1, 2캠프는 기존과 같이 인간과 칩리스가 구분 없이 살았다.

오안은 주로 제1캠프에서 클론이 탈출하도록 은밀히 손쓰거나 제4캠프에서 칩리스를 돌보며 지냈다. 오안이 칩리스 리더로 중심에 설수록 가나의 정보력과 해킹 능력도 다방면으로 필요해졌다. 그러나 가나는 캠프를 떠나기로 결심했다. 표면적인 이유는 캠프 운영 자금을 벌겠다는 거였다. 물론 속내는 더 복잡했다. 사랑이 얽혀 있었으므로.

가나가 캠프를 떠나기로 한 진짜 이유는 오안을 사랑하는 마음 때문이다. 캠프에서 지내는 동안 매일 오안과 얼굴을 마주 보고 대화하며 무엇이든 함께하다 보니 오안을 향한 갈망이 가나를 삼켰다. 가나는 오안을 사랑하고, 오안은 여전히 시욱을 그리워하고 있다. 그 간극을 가나는 견딜 수 없었다.

인솔자는 가나의 마음을 알기에 도시로 나가 정보 사냥꾼이 되는 걸 찬성했다. 오안과 마주치지 않도록 제3캠프에서 지내는 소극적인 선택은 인솔자가 반대했다. 그건 오안에게 더욱 묶이는 일이라면서 가나가 캠프와 상관없이 꿈꾸던 삶을 꾸리라고 조언했다. 그러면서도 오안이 선물해준 그림을 칩리스 심벌마크로 사용하는 조건을 붙였다. 제안을 수락한 가나는 캠프를 떠나 캐셔라는 활동명으로 도시에서 지내게 되었다.

정보 사냥꾼으로서 자리 잡은 가나는 심적으로 여유를 찾아갔다. 그제야 오안의 절대적 사랑인 시욱에 관한 정보를 검색해 보았다. 클론 장기 이식 마스코트를 거쳐 현재는 특수정부군 총지휘관이 된 시욱. 아직도 자신을 잊지 못 한 칩리스가 있는 줄도 모른 채 양극단에서 클론을 파멸로 이끄는 시욱. 이력을 보고 나니 비로소 시욱을 만날 용기가 생겼다. 아니, 시욱의 변명을 들을 준비가 되었다고 하는 편이 옳았다. 시욱이 무슨 말을 하든 용서하지 않을 테니까.

시욱에게 접근하기 위해 심리상담사와 먼저 접촉했다. 신뢰를 얻고 시욱을 소개받을 때까지 꽤 시간이 걸렸다. 돛배의 생체칩 코드를 제공하기 전에 미리 가짜 거처를 마련해뒀다. 사전 작업이 효과 있었는지 시욱이 돛배의 집 앞에서 한참 서성거렸다는 말을 섭외해둔 이웃에게 전해 들었다. 그렇게 시욱이 만남에 응했다. 가나는 칩리스 은신처를 찾게 해준다는, 특수정부군 총지휘관에게 당연히 구미가 당길 만한 제안을 했다. 수락하면 오안에게 위협이 되는 시욱을 늪으로 끌어내릴 작정이었다.

그런데 시욱의 관심사는 오로지 오안뿐이었다. 오안을 향한 일관적인 태도가 오히려 의심될 만큼. 20년이나 지난 지금까지 집착에 가깝게 오안을 찾는 이유가 무엇일까. 펜트하우스에 사는 시욱은 풍요롭다. 심장 이식이 필요하다면 다시 클론 제작을 의뢰하면 될 만큼 경제적으로 여유가 있다. 장기교체가 목적이 아니라면 오안이 너무 소중해서? 대체 왜? 가나는 시욱의 간절한 마음마저도 거슬렸다.

만남 이후, 펜트하우스 출입 코드를 해킹해 자신의 생체칩과 연동시켜 시욱의 집에는 쉽게 들어갔다. 휑한 내부에는 가구랄 것도 없었다. 유일한 장식은 오안과 함께 찍은 사진을 실물 크기로 출력해 거실에 붙여놓은 정도. 가나가 알 수 없는 시절의 오안이 사진 속에서 초승달처럼 환하게 웃고 있었다. 어깨동무한 시욱이 그로부터 6개월 뒤 자신을 배신할 줄도 모른 채.

펜트하우스에 들어온 가나를 보고 시욱은 정중하게 나가달라 부탁했다. 첫날 가나는 휙 돌아서 나갔고, 다음 날에는 사진을 가리키며 누구냐고 물었다. 시욱이 사진을 물끄러미보다가 친구라고 대답했다. 씁쓸한 미소와 함께. 화나도, 못마땅해도, 겸연쩍어도, 시욱은 씁쓸한 미소를 지었다. 그게시욱이 마음을 표현하는 방식이라는 건 조금 더 후에 알게 되었다.

"친구? 토끼들 말로는 거짓말하지 말라는군. 오안은 당신 클론이야. 왜 클론을 친구라고 부르며 오랫동안 찾는 거지?"

"사과할 일이 있거든."

"상당히 값비싼 사과네."

"그렇지도 않아. 외로움의 대가치곤."

외롭다는 말에 가나는 세상이 공정하다고 느끼면서도 한편으로 공허했다. 혼란스러움은 시욱을 만나는 내내 이어졌다. 처음에는 단순한 호기심과 증오에서 시작한 만남이다. 집에 드나든 것도 약점을 캐내려는 속셈이었다. 그런데 시간이 흐를수록 오안과 똑같은 얼굴의 시욱에게 다른 듯 비슷한 친밀함이 엿보였다. 가나 역시 순간순간 마음이 열렸다. 언제나 존댓말을 사용하고 예의를 차려 때론 거리감이 느껴지는 오안과 달리 시욱은 좀 더 불안정하고 마음이 연약했다. 그래서 인간적이었다. 어쩌면 오안에게 사랑하는 감정을 털어놓지 못했던 건 거절마저 안정적인 결말로 바꿔놓을 성숙한 태도 때문인지도 모른다. 시욱이었다면, 고백 끝에 시욱이 먼저 파괴됐을 거라고 생각하게 되었다.

시욱이 오안을 포기하지 않을 거라는 걸 인정하게 되면서 가나는 두 사람을 만나게 해줘야 할지 고민했다. 선뜻 나서기엔 두 사람의 상황이 마음에 걸렸다. 시욱은 도망친 칩리스를 붙잡는 총지휘관인 반면, 오안은 칩리스를 구출하는 핵심 역할을 맡고 있다. 대척점에 있는 두 사람을 만나게 하는 건 위험하다고 판단했으나 확신할 수는 없었다. 그래서 가나는 캠프에 대한 단서를 조금씩 흘렸다. 비교할 수 없는 독자성을 지녀 해석할 또 다른 단서가 없으면 아무리 연구해도 그릇된 정보를 얻을 수밖에 없도록 교묘하게 진실과 거짓을 뒤섞어서 전했다. 그 이면에는 시욱이 진실을 조합해 오안을 찾아냈으면 하는 바람과 영원히 찾아내지 못했으면 하는 마음이 공존했다.

가나는 혼자 끌어안고 있던 고민을 풀어놓기로 마음먹었다. 가나가 믿는 몇 안 되는 사람 중 한 명인 돛배에게. 돛배는 7년 전에 캠프를 나와 바다에 돛단배를 띄워놓고 은빛, 금빛, 별빛 같은 물고기를 잡으며 살고 있었다. 지하 벙커를 폭파한 죄책감에 시달리다 최근에야 평안하게 살고 있어서 가나가 조언을 얻으러 찾아갔을 때는 무척 마음을 써줬다.

둘은 바닷가에 모닥불을 피워놓고 밤새도록 대화를 나눴다. 파도가 밀려드는 고즈넉한 바닷가에서 장작이 타닥거리며 타는 동안 돛배는 몇 번이나 가나에게 말했다. 오안과 시욱이 서로를 용서할 수 있도록 이제는 네가 도와야 한다고. 가나가 두 사람이 만나도록 주선할 수 없다면 차라리 시욱을 놓아주라고 했다.

어느새 수평선에 태양이 떠올라 있었다. 오렌지색 물감을 풀어놓은 것처럼 바다가 따뜻한 색으로 점점 물들어갔다. 담요를 두른 채로 벅찬 풍경을 넋 놓고 바라보았다. 매일 뜨는 태양인데도 그날 새벽 빛은 낯설고 새로웠다.

"가나야! 내가 밤새 한 말들은 전부 잊어도 된다. 돌아가선 네가 진정으로 원하는 게 무엇인지 생각해보렴."

헤어질 때 돛배가 주름진 손을 가나에게 내밀었다. 얼떨결에 돛배와 처음으로 악수했다. 돛배의 손바닥은 굳은살로 두껍고 단단했다. 세월의 흔적이 내려앉은 악수를 하고 나서야 가나는 자신이 비로소 어른이 되었다고 느꼈다. 모래벌판에 오안을 버리고 간 시욱을 쭉 용서하지 않은 사람은 오안이 아니라 가나였다. 더는 어린애처럼 심통부릴 수 없다는 걸 깨닫자 마음이 편안해졌다. 지금껏 시욱을 만나지 않은 오안의 생각을 존중하기로 했다. 시욱에게는 모진 선택이지만 겨우 자유를 얻은 칩리스들을 위험에 빠뜨릴 불씨를 살려둘 수 없다. 가나는 마음을 접었다. 시욱에게로 더는 발길을 돌리지도, 연락을 받지도 않았다. 그러던 차에 뜻밖에도 원로들로부터 호출이 왔다.

가나는 오랜만에 제1캠프로 갔다. 가나가 성장하는 과정을 지켜봐온 이들이 반겨주었다. 그중에는 오안도 있었다. 가나가 선물로 가지고 온 크리스마스트리 빈티지 전구를 오안이 공동 모듈러 주택에 장식했다. 홀로그래피가 아닌 진짜 개별 전구에 불이 들어오며 빛과 빛이 부딪쳤다가 멀어졌다. 오안은 어딘가로 우르르 몰려가는 것처럼 한꺼번에 빛나는 전구들을 오래도록 응시했다. 마치 눈동자에 새겨 어딘가로 전달하려는 것처럼.

"곧 크리스마스이니 파티하자고 부른 건 아닐 테고. 원로들이 왜 회의를 소집한 거야?"

"생존자 레벨 2구역 문제를 논의할 때가 되었다고 제가 요청드렸어요."

생존자 레벨 2구역에 관한 논의는 언제나 뜨거운 감자였다. 거기에 갇힌 클론들은 세상이 전염병으로 멸망하여 보호받고 있는 거라 여기고 있기에 구하려면 우선 진실을 알려야 했다. 그건 혼란을 불러올 우려가 있었다. 감시가 철저한 생존자 레벨 2구역을 구하기 위한 대책은 번번이 여러 가지 변수에 막혔으므로 지금껏 구출 시도조차 한 적 없다. 그런데 최근 생존자 레벨 2구역에 총사령관이 새로 부임하며 생태계가 변했다. 칩리스들이 고통받고 있다고 했다. 특히 진실을 알고 있는 2-2구역 처우가 악화돼 제대로 치료받지 못하는 경우도 생겨나고 있다. 그동안 캠프에 있는 칩리스들은 생존자 레벨 2구역이 청정하게 생활 관리를 해주었으므로 그나마 안심하며 그들의 가족, 친구들을 구출하는 걸 유예해왔다. 그러나 더는 구출을 늦출 수 없다고 칩리스들이 의견을 모아 원로회에 전달했다고 오안이 설명했다.

긴 회의가 될 것 같은 예감이 들었다. 오늘은 아마도 칩리스를 구하기 위한, 어쩌면 구하지 못할 고통의 이야기를 들어야 하리라. 가나가 생각에 잠겨 있자 시선을 다시 전구로 옮긴 오안이 평소답지 않게 먼저 지난 이야기를 꺼냈다. 저택에서 테러리스트에게 붙잡힌 급박한 순간에 크리스마스트리가 시야에 있었는데 그때는 아름다운 것을 보면서 죽는 게 최고의 최후라고 생각했다면서 쓸쓸하게 웃었다.

"지금도 그런 죽음을 원해?"

"지금은 인간답게 죽는 게 가장 최선 같아요."

"인간답게 죽는 게 뭔데?"

오안은 잠시 생각에 잠겼다가 대답했다.

"소중한 사람을 지키는 죽음이요."

가나는 가슴 끝이 저릿했다. 소중한 사람을 두고 맞는 죽음이 최고일 리 없다고, 그러니 오늘이 끝인 것 같은 표정으로 그런 말은 하지 말라고 쏘아붙이곤 돌아서 샤워실로 들어가버렸다. 살균 소독된 물을 맞으며 조금 전 오안과 나눴던 대화를 재구성해볼수록 가슴이 답답했다. 단지 소중한 사람이 누구인지 궁금했고, 그 사람이 설혹 자신이라 하더라도 죽는 다는 말은 듣고 싶지 않았을 뿐인데 덜컥 화를 내고 말았다.

샤워를 마쳤을 때 노크 소리가 들렸다. 옷을 가져다 놓는다는 오안의 목소리가 들려왔다. 가나는 수건으로 몸을 감싸고 살며시 문을 열어보았다. 바닥에 수도복이 포개진 채 단정히 놓여 있었다.

모래벌판에서 달을 향해 떠났다가 얼마 전 캠프로 합류한 캠퍼들과 저녁을 먹었다. 헤어지고 처음 만난 그때의 아이들이 이제 어른이 돼 있었다. 오안은 약속을 지켜 떠난 아이들을 모두 기억했다. 식탁에서 그들은 마음이 얼어붙었는지도 몰랐던 그때 오안은 온기였다는 걸 질세라 서로 떠들어댔다. 가나가 모르는 곳에서 오안은 추억을 어찌나 많이 만들었는지 새로운 에피소드가 톡톡 튀어나와 그런 일도 있었구나, 하며 가나는 감탄했다. 다들 끔찍했던 그 당시를 진저리 칠 만큼 싫어했지만 절망적인 시간에도 몽글몽글한 추억이 있었다는 걸 깨닫곤 울컥하기도 한다는 말에는 공감했다.

회의 시각이 다가와 만찬을 마무리할 때가 되자 다들 아쉬워했다. 오안에게는 전했으나 가나에게는 고맙다는 인사를 전하지 못한 걸 후회했다면서 그때의 아이들이 가나를 꼭 끌어안았다. 마치 과거를 안듯이 아주 부드럽게. 가나 역시 그들의 등을 두드리며 지금껏 잘 버틴 걸 축하한다고 말해주었다. 눈물이 그득한 채로 주름지기 시작한 어른들이 고개를 끄덕였다. 그러곤 돛배에게도 고마웠다는 말을 대신 전해달라면서 행복하게 웃었다.

하늘은 우윳빛을 띠고 있었다. 가나는 오안과 함께 회의 장소로 이동하며 시욱을 떠올렸다가 말았다가 했다. 지금쯤 시욱은 감쪽같이 소식을 감춘 자신을 어떻게 생각하고 있을까. 속았다고 여길까. 사라진 걸 걱정할까. 도시 생활은 어떤지 묻던 오안이 바닥 조명 센서를 점검하려고 상체를 수그렸다.

"오안, 회의 끝나고 잠깐 볼 수 있을까?"

오안에게 털어놓을 말들이 좋아한다는 고백일지, 시욱을 만났다는 고해일지, 그도 아니면 저녁 전 일들에 대한 사과일지 가나 자신도 잘 몰랐다. 조명에 불이 다시 들어왔다. 오안은 여느 때와 같이 미소 지으며 그러자고 대답했다.

회의장에는 원로들과 각 캠프의 리더, 칩리스와 인간 대표들 그리고 인솔자까지 와 있었다. 인솔자는 주로 제4캠프에 머물렀다. 거동이 불편해져 제1캠프까지 오느라 고생했을 텐데도 전동 휠체어에 앉은 자세만큼은 꼿꼿했다. 다가가 인사하자 못 본 사이 많이 야위었다면서 가나의 볼을 쓰다듬었다.

나의 진정한 마마. 나의 정신적 어머니. 가나는 후회할 일이 생기기 전 인솔자를 앞으로 더 자주 찾아뵈어야겠다고 다짐했다.

회의는 제1캠프 대표가 진행했다. 모두 발언으로 칩리스 대표가 생존자 레벨 2구역을 구하자고 건의하며 과감한 계획을 발표했다. 캠퍼들이 생존자 레벨 2구역을 둘러싸고 클론 자유화 촉구 시위를 벌이자고 했다. 공격 성향이 제거된 클론다운 발상이었다. 곧바로 인간 대표 측에서 회의적인 목소리가 흘러나왔다. 클론 바이오 산업을 육성하기 위해 도시까지 만든 정부에게 평화적 시위가 통할 리 만무할뿐더러 무력 진압의 빌미를 제공할 거라고. 캠프 내 칩리스마저 연행되는 건 물론 인간 쪽 인명 피해도 발생할 거라고 주장했다. 제3캠프 대표는 생존자 레벨 2구역 칩리스를 구한다는 전제 자체에 의문을 품었다. 구한 뒤에는 생존자 레벨 2구역이 제5캠프가 되는 거냐고 반문했다. 현재도 캠프 운영 자금이 빠듯한 상황인데 그 많은 클론을 어떻게 지원할 건지, 현실적 해결책은 있는지도 물었다.

젊은 캠퍼들이 주축이 되어 영리사업에도 손대며 변화를 꾀하려 분투해왔으나 운영 자금이 부족해진 건 사실이다. 자금 문제 역시 돌파구가 보이지 않는 견고한 벽이었다. 칩리스를 구하고 나면 인적 자원이 생겨 자금 문제가 해결될 수 있다는 제4캠프 대표의 어필. 생존자 레벨 2구역에서 클론을 구하는 건 정부와 전쟁을 벌이겠다는 발상이라는 제2캠프 대표의 강변. 문제 제기와 반대 의견들이 돌고 도는 회의가 밤이 깊어가도록 계속 이어졌다. 무엇이 옳고 무엇이 그르다고 할 수 없기에 모두 답답한 표정이었다.

"제가 한 말씀 드리겠습니다."

오안이 말문을 열자 좌중이 조용해졌다.

"오늘 우리가 회의에 모인 것은 생존자 레벨 2구역의 존속이 생명 탄압으로 이어진다는 문제의식을 공유했기 때문입니다. 생존자 레벨 2구역은 우리가 저항을 확대할 것인가, 하지 않을 것인가 하는 질문을 던집니다. 지금까지는 칩리스를 구하는 데 목적을 두었으나 이제 방향을 바꾼다면 정부와 대립은 불가피합니다. 캠프에는 생존자 레벨 2구역과 관련 없는 인간도 살고 있으며, 지금 삶에 만족하는 칩리스도 있습니다. 때문에 전면 노출로 캠프를 위험에 빠뜨리기보다는 조직적으로 움직여야 한다고 봅니다."

"그래서 방법이 뭐라는 겁니까?"

"생존자 레벨 2구역 내 클론을 한 번에 구출하는 건 무리가 있습니다. 이번 작전은 2-2구역에만 한정합니다. 2-2구역 구출이 성공하면 2-1구역의 경비가 강화되겠지만 2-2와 달리 생활 구역인지라 빈틈이 많기에 침투는 어렵지 않을 겁니다. 구출할 기회는 반드시 다시 옵니다. 2-2구역은 정예 멤버만 들어갑니다. 가장 민첩하고 단련된 인원으로만 구성해 2-2구역 디지털 시스템과 무장 군인들을 무력화하는 게 목표입니다. 실패할 경우를 대비해 제4캠프를 본거지로 삼습니다. 정예 멤버 정체가 탄로 나더라도 최소 희생으로 다른 캠프까지 휘말리지 않도록 하기 위함입니다. 그렇기에 제4캠프에는 생존자 레벨 2구역 구출 작전을 찬성하는 칩리스만 남기도록 합니다. 그동안 인간들은 클론과 칩리스를 위해 많은 희생을 해왔습니다. 이번 작전에 참여하는 정예 멤버는 칩리스 중에서만 선발하여 이 또한 최소한의 희생으로 갈음하려고 합니다."

오안의 발언이 끝나자마자 회의장이 술렁거렸다. 신중한 태도로 보아 오랜 기간 숙고한 계획이 분명했다. 한 원로가 앞으로 나섰다.

"2-2구역에 있는 칩리스들은 회복 기간이 필요한 환자일 텐데 어떻게 옮긴다는 것이냐?"

"옮기지 않습니다. 그들이 회복해 스스로 이동할 수 있을 때까지 2-2구역을 탈환할 예정입니다."

"무기를 사용하겠다는 게냐?"

"무기는 마취총이면 충분합니다. 어차피 훈련된 군인과 최신 무기로 겨뤄봐야 우리가 불리합니다. 아시다시피 클론은 공격 성향이 현저히 낮기 때문에 마취총으로 무력 진압을 달성할 수도 없습니다. 우리는 시스템을 장악해 2-2구역을 통제해야 합니다. 가나가 이전에 2-2구역 지도를 통해 출입구 관문마다 통제 시스템을 구축한 바 있습니다. 그 시스템을 활용하는 걸 허락해주십시오."

회의장 내 눈들이 가나에게로 쏠렸다. 가나는 시스템 구축 사실을 확인해주며 적절한 타이밍에 감시병들을 지정 장소로 모이게 하면 통제도 가능하다고 의견을 말했다. 하지만 적절한 타이밍이라는 게 관건이었다. 그 부분을 지적한 건 인솔자였다. 변수가 많고 안전이 보장되지 않은 계획은 반대했다. 그에 동조하는 원로들이 고개를 끄덕였다.

"언제 회복될지 모르는 칩리스를 껴안고 있을 동안 2-1구역에서 이상을 눈치채지 못할 것 같으니?"

"2-2구역 내 칩리스들 건강 상태는 확인되지 않았습니다. 되도록 단시간에 구해낸다는 전제로 말씀드린 겁니다. 본질은 2-2구역이 성역이 아님을 보여주는 겁니다."

"그 정도론 어림없다. 상황 변화에 빠르게 대처하지 못하면 끝장이다. 변수는 끝도 없이 나타날 거야. 본질을 논하기 전에 성역에 침투할 수단부터 마련해야 할 거야."

"투항하는 척 현장에 들어갈 수 있을 겁니다. 이번 작전은 제가 직접 2-2구역에 들어가 지휘하려고 합니다. 칩리스 구출을 위해 기꺼이 목숨도 내놓겠습니다."

시욱에게 피해가 갈지도 모르기에 오안은 지금껏 얼굴이 드러나지 않도록 후방에서 지휘했다. 일부 캠퍼들은 오안의 그런 모습을 비겁하다고 보기도 했다. 그런데 오안이 각오를 보여주었다. 오안은 이 작전에 기꺼이 목숨을 걸 것이다. 그렇기에 오안이 목숨을 내던지도록 내버려 둘 수 없었다.

"생존자 레벨 2구역에 침투할 안전한 방법이 있어 제안드립니다."

가나가 회의장을 둘러보며 오안에게 류시욱의 생체칩을 이식하면 된다고 서두를 꺼냈다. 류시욱은 현재 특수정부군 총지휘관으로 생존자 레벨 2구역에 출입할 수 있는 권한이 있다고 하자 회의장 내 누구보다 오안이 동요하는 게 보였다. 이런 식으로 난폭하게 시욱에 관해 밝히고 싶었던 건 아닌데. 후회됐으나 이미 늦었다. 가나는 시욱을 이용하기 위해 접근한 과정을 설명했다. 설명하는 동안 오안 쪽을 바라보지 않았다.

"생체칩이 이중으로 사용되면 바로 발각되는 것 아닌가요?"

그건 시욱이 생체칩을 사용하지 못할 상황을 만들면 된다. 가나에게 계획이 있었다. 수면제로 시욱을 재운 사이에 복제한 시욱의 생체칩을 오안에게 이식해 생체칩 시스템에 접속하는 것. 모두 납득하는 분위기에서 오안만이 반대했다. 시욱에게 솔직하게 말하면 도와줄 거라면서. 그 믿음이 옳다는 걸 가나는 알고 있었다. 시욱은 오안의 부탁이라면 어떤 위험을 무릅쓰더라도 도울 것이다. 때문에 시욱이 이 계획을 더욱 알아서는 안 된다고 생각했다. 시욱에게는 지위와 생활과 명예가 있다. 비록 본인이 모든 걸 버릴 수 있다고 자부하더라도 타인이 그걸 깨뜨려선 안 된다. 잠에서 깨어나면 오안이 생체칩을 도용했다는 사실을 알게 될 테지만, 그래서 가나에 대한 배신감과 오안에 대한 그리움이 더 증폭되겠지만, 적어도 계획을 모른다면 시욱은 다른 건 잃지 않을 수 있다.

"신중하지 못한 방식이구나. 만약 류시욱이 예상치 못한 시각에 깨어난다면 그때는 어떻게 수습할 거냐?"

원로의 반대로 결국 가나에게는 시욱이 깨지 않도록 전담하는 역할이 주어졌다. 현장 침투 멤버로서는 배제된 것이다. 또한 칩리스만이 작전에 투입되는 건은 표결로 부결되었다. 더 나은 세상을 만들자는 모토대로 인간과 칩리스가 함께 작전을 이끌기로 결정됐다. 다만 작전에 찬성하는 칩리스만 제 4캠프에 남는 건 가결되었다. 3일 뒤, 크리스마스이브에 2-2 구역 내 칩리스를 구하기로 합의가 이뤄졌다.

이제 더는 모든 게 과거와 같을 수 없을 것이다. 칩리스도, 캠프도, 오안과 시욱과의 관계도. 가나는 회의장 밖으로 시선을 옮겼다. 하늘은 어둡고 밤은 깊어져 있었다.

14. 시욱

시욱은 침대에 걸터앉아 발을 내려다봤다. 힘줄이 드러난 발등과 긴 발가락들. 어른이 된 몸 어디에서도 어릴 적 골격을 찾을 수 없었다. 열린 문 사이로 보이는 거실에 걸린 사진으로 눈길을 돌렸다. 사진 속 오안은 여전히 소년이다. 어른이 된 오안을 만날 수 있을 거라는 기대로 비번일마다 칩리스 은신처를 단독으로 조사하러 다녔다. 오늘은 가나가 준 정보를 토대로 은신처로 추정되는 곳을 찾아갈 예정이다.

가나와는 어젯밤 늦게 연락이 닿았다. 크리스마스이브라 아침에 시욱을 보러 온다고 했다. 연락이 끊긴 동안 사고나 사건에 휘말렸을까 걱정된 나머지 시욱은 중앙통제시스템

GPS 프로그램으로 가나의 위치를 확인해왔다. 가나는 지난 3일간 여러 지역으로 이동해 짧게는 몇 시간, 길게는 하루 반 나절 동안 머물렀다. 그중에는 칩리스 은신처라고 시욱이 추정한 곳도 있었다. 가나가 진실과 거짓을 교묘하게 뒤섞어 정보를 흘렸다는 걸 시욱은 이미 파악하고 있었다.

시욱은 군 최고 지휘관 중 한 명이므로 고급 정보에 접근할 권한이 있다. 중앙통제시스템 위치 추적은 기본적인 권한에 속했다. 가나를 시계탑에서 만난 후 신뢰 차원에서 돛배의 생체칩 코드를 위치 추적했다. 시욱이 찾아간 바닷가 옆 마을에서 돛배의 코드가 확인되었다. 가나가 알려준 대로 찾아갔던 돛배의 거주지는 주소지로만 존재한다는 사실이 드러났다. 실제로 돛배는 몇 년 동안 옆 마을에서 어부로 살고 있었다. 가나를 미행해 돛배와 만나는 걸 두 눈으로 본 후에야 가나가 자신을 속였다는 사실을 인정했다.

그러나 가나는 거짓 정보만을 말한 것도 아니었다. 어느 것이 진짜이고 어느 것이 가짜인지 분류해 정리하고 나자 진실한 정보들이 보였다. 그렇게 진정한 단서를 조합해 칩리스 은신처를 추정할 수 있었다. 아침에 찾아오겠다는 지난밤 가나의 연락에 시욱은 오늘이 칩리스 은신처로 향할 적기라는 걸 깨달았다. 가나는 연락하고 찾아오지 않는다. 공교롭게도 은신처 예측지에서 지내다가 온 다음 날에 만나자고 연락해온 것이 의심을 부추겼다. 가나에게 늦잠 잘지 모르겠다고 안심시킨 후 허위 만남을 약속했다.

시욱은 디스플레이에 목적지를 말하고 자율주행차를 출발시켰다. 목적지는 폐쇄된 유전자 연구소였다. 사전 조사에 따르면 유전자 연구소는 일부 시험자에게 허락받지 않은 유전자 질병 정보를 불법으로 열람하고 유전자 폐기물을 몰래 유폐하다가 적발되어 15년 전 문을 닫았다. 그 후 연구소 부지는 어느 개인 소유가 되었다. 한동안 건설 인부들이 돌아다녀 연구소를 새로 짓는다는 소문이 돌았으나 아직 방치된 채로 있었다.

유전자 연구소에 도착한 시욱은 담을 따라 걸었다. 조금 이동하자 온통 풀로 뒤덮인 공터가 나왔다. 한 무리의 아이들이 연구소 담벼락을 기어오르려 애쓰고 있었다. 시욱이 다가오는 걸 발견하곤 당황한 듯 다리를 받치던 손을 하나둘 풀었다. 다리를 받치는 힘이 빠지자 담벼락에 매달렸던 아이들도 손을 놓고 바닥으로 내려섰다. 아이들이 달아나기 시작했다. 유전자 연구소 근처 마을에는 다른 소문도 퍼져 있었다. 안개 짙은 밤에는 인간을 잡아먹는 유령이 연구소에 나타난다고. 필시 아이들은 유령을 찾아 담을 오르려고 했을 것이다. 차량

257

디스플레이 지도에는 연구소 너머에 큰 호수가 있는 것으로 표시되었다. 안개가 자주 피어오르는 건 호수 탓일 것이다. 담을 뛰어넘어 연구소로 들어간 시욱은 키가 훌쩍 큰 마른 풀들을 헤치며 바닥을 훑어갔다. 라벨이 붙은 시험관이 군데군데 방치되어 있었다.

드디어 납작해진 풀을 다시 심은 흔적을 발견했다. 흔적을 따라 입구로 들어가자 먼지 쌓인 바닥에 발자국이 남아 있었다. 조금 더 훑자 지하에서 도수관으로 연결된 숨겨진 통로를 찾아낼 수 있었다. 손전등으로 비추며 안으로 깊숙이 들어갔다. 지하 통로에 그려진 여러 형태의 달 그림으로 짐작컨데, 지하 세계에 거미줄처럼 얽힌 비밀 통로가 있다는 도시 전설은 아마도 도수관에 그려진 그림 암호가 와전되면서 생겨난 것이리라. 길을 잃지 않으려면 이정표를 따라가야 할 터였다. 칩리스 표징이 만월이니 보름달을 따라가야 하나. 그렇지만 그건 너무 뻔한 설정 아닌가. 고민하던 시욱은 운에 맡기자는 마음으로 갈림길에서 보름달을 향해 방향을 잡았다.

세 시간 후 마침내 사다리가 나타났다. 시욱은 사다리를 올라가 철문을 열고 밖으로 나갔다. 철책 바로 앞에 삭발한 남자가 서 있었다. 시욱을 향해 다가온 남자가 자신은 안내자이며 시욱을 인솔자에게 안내하기 위해 기다리고 있었다고 말했다. 시욱이 인솔자가 누구이며 이곳은 어디인지를 묻자 안내자가 침묵했다. 시욱은 여기 오기까지 막다른 골목에서 되돌아 나오기를 반복했다며 지명과 위치 정도는 알고 싶다고 재차 물었다. 안내자가 이해할 수 있다면 자신이 쉬는 날마다 칩리스 은신처를 찾아 헤맸고, 오늘도 오안을 만나지 못할까 봐 두렵다고도 말하고 싶었다. 하지만 안내자는 여전히 아무 반응도 보이지 않았다. 시욱이 다른 곳으로 이동하려고 하자 적개심이 분명하게 느껴지는 태도로 앞을 막아섰다.

"인솔자를 만나면 당신의 궁금증이 해결될 겁니다. 그 전에 충고하겠습니다. 이곳에 당신이 온 건 인솔자와 저만 알고 있습니다. 모두 당신에게 말을 걸고 웃어줄 테지만 어떤 대꾸도 하지 마십시오."

시욱에게 웃어줄 거라는 말을 단서로 추측해보면 적개심은 시욱과 닮은 누군가를 보호하려는 마음에서 비롯된 걸지도 몰랐다. 오랜만에 가슴이 두근거렸다. 순순히 안내자를 따라가자 철책 끝 지점에 지붕이 높고 창이 많은 모듈러 주택으로 구획된 마을이 나왔다. 시욱은 지붕에서 빙글빙글 돌고 있는 풍향계를 올려다보았다. 멀지 않은 곳에 아이들이 몰려 있다가 손을 흔들며 달려왔다.

"오안! 벌써 다녀온 거예요?"

시욱에게로 뛰어온 아이가 불쑥 물었다. 오안의 이름을 부르면서. 오안이 살아 있다. 이곳에 오안이 살고 있기에 같은 외모의 자신을 오안이라고 착각한 것이다. 드디어 제대로 도착했구나. 추위에 빨개진 아이의 코끝을 보니 현실이 성큼 다가왔다. 시욱은 아이에게 오안에 관해 물으려다 안내자의 충고를 떠올리고 입을 다물었다. 안내자가 자신과 아이를 지켜보고 있었다. 섣부른 단정으로 진실을 알 기회마저 놓치지 말아야 한다는 자각이 일었다. 시욱이 말이 없자 주근깨 가득한 뺨을 손바닥으로 누르면서 아이가 고개를 갸웃했다. 손등에는 생체칩을 제거한 흔적이 있었다. 아이는 칩리스였다.

그때 등 뒤에서 안내자가 시욱을 불렀다. 시욱이 돌아보자 직사각형 형태가 두드러진 모듈러 주택으로 들어가며 따라오라고 했다. 안내자는 복도 끝에 있는 방문 앞에서 자리를 비켜주었다. 잘 정돈된 방 안으로 들어가자 흰머리를 가지런히 쪽 진 여자가 침대 등받이에 기댄 채 누워 있었다. 구석에 전동 휠체어가 보였다. 여자는 읽고 있던 책을 덮고 안경을 벗었다.

"제가 인솔자입니다. 일어나 맞지 못해 미안합니다. 보시는 것처럼 움직임이 편치 않아서요."

시욱은 뭐라고 대꾸해야 좋을지 몰라 잠자코 있었다. 새삼

스레 어머니 얼굴이 떠올랐고 입안에선 오안이 맴돌았지만, 조급하게 대화를 시작하고 싶지는 않았다. 시욱은 얻어내야 할 정보가 있었다.

"당신도 칩리스인가요?"

인솔자가 물끄러미 시욱을 보더니 긴 이야기가 될지도 모르겠다면서 의자를 권했다. 시욱은 의자를 끌어다가 침대 근처에 두었다. 인솔자가 오안이라고 말하며 입을 떼자 저도 모르게 집중하며 시욱의 눈동자가 커졌다.

"오안에게서 당신에 관한 이야기를 자주 들었어요. 마음이 부드럽고 단단한 사람이라고요. 인간답게 사는 노력을 하는 인간이라고 칭찬하더군요. 그 말이 전 정말 인상적이더라고요. 아마도 그 말 덕분에 당신을 제4캠프로 들일 용기를 냈을 거예요. 오안이 믿는 사람이니까요."

"오안이 이곳에 있습니까?"

"맞아요. 그러나 지금은 만날 수 없어요. 오늘 아침에 일정이 있어 다른 곳에 잠시 가 있어요. 내일 돌아올 거예요."

시욱은 상심을 들키지 않으려고 창밖을 바라봤다. 몇 시간만 일찍 출발했더라면 오안이 떠나기 전에 만났을지도 모른다. 인솔자가 뜨거운 차를 따라주었다. 인솔자 손등에는 생체칩을 제거한 흔적이 없었다. 당신은 클론이냐고 다시 묻자 인

261

솔자는 제4캠프에 있는 모두가 인간이라고 대답했다. 생체칩을 제거한 인간과 제거하지 않은 인간이 있을 뿐, 인간과 클론을 구별하지 않는다고. 연구소에서 도망친 칩리스가 제4캠프에 있음을 인정하는 말이었다. 이곳에서 칩리스는 장기 적출에 대한 걱정 없이 살아가고 있을 것이다. 하지만 정부는 칩리스를 범법자로 간주한다.

"저를 칩리스 은신처에 머물게 해도 괜찮으시겠습니까? 저는 특수정부군 총지휘관입니다. 연구소에서 도망친 칩리스를 생포하는 임무를 맡고 있습니다."

"세상에서 칩리스는 테러리스트로, 범죄자로 불리고 있지요. 여러 시도로 인식이 다소 바뀌었다곤 하지만 여전히 무서운 음모를 꾸민다고 오인하는 사람이 대다수예요."

"칩리스는 테러를 저지르지 않았다는 의미입니까?"

"정부 입장에서 도망친 칩리스는 유용한 도구죠. 칩리스라는 존재 자체를 체제 유지에 이용할 수 있기 때문이에요. 테러를 통해 정적을 제거한 뒤 테러리스트로 칩리스를 지목하면 사건은 수사도 없이 마무리되죠. 참 간단하죠? 거기다 테러가 발생할 때마다 국민은 정부에 의지하니 통제가 더욱 쉬워지는 악순환이 계속되는 거고요."

가나로부터 정부가 테러에 개입했다는 설을 듣고 시욱은

중앙통제시스템에서 틈틈이 칩리스 테러 사건을 조사해왔다. 그러나 기밀 AAA등급으로 분류되어 시욱마저 시스템 접근이 불가했다. 결국 다른 루트를 통해 겨우 선이 닿은 최근 칩리스 테러 사건은 담당 사령관의 전출로 인해 기밀로 분류되기 직전에 계류 중이었다. 그 사건은 시욱도 알고 있는 시계탑 아이들 사건이었다.

사건 문서에는 아이들이 '신원 미상, 생체칩 코드 삭제'라고 기록되어 있었다. 생체칩이 제거된 손등은 상처가 채 아물지 않은 사진 파일로만 남겨졌다. 영상 인터뷰 기록도 없고 사후 처리도 미흡했다. 삭제된 코드가 C코드인지 생체칩 코드인지, 그것이 왜 삭제되었는지 등 의혹이 남았는데도 사건은 종결 처리되었다. 가나가 처음부터 자신에게 잘못된 정보를 줬을 거라는 점도 고려해봤다. 그래서 인물 스캔 프로그램을 돌려 사망한 아이의 생체칩 코드를 확보했다.

주소지를 찾아가 직접 만나본 부모는 클론을 제작할 형편이 아니었다. 부모는 아이를 실종 신고한 상태였다. 동급생들이 함께 실종됐는데 경찰은 생체칩 정보가 삭제돼 위치 추적이 불가하다는 말만 하더라며 하소연했다. 적어도 이 건은 정부가 개입해 정보를 조작하고 테러 책임을 칩리스에게 전가한 사건이 맞았다. 연행된 아이들은 생존자 레벨 2구역의

2-2로 끌려갔다. 시욱을 붙잡고 울던 부모는 영원히 진실을 모를 것이다. 참담했던 그때의 기억이 떠올라 시욱은 마른세수를 했다.

그런데 칩리스는 어떻게 정부가 테러를 저질렀다는 사실을 알고 있는 걸까. 정보를 통제해도 목격자가 늘어난다는 가나의 가설을 떠올리며 시욱은 정보의 출처를 파악하기 위한 질문을 던졌다.

"정부가 테러를 저질렀다는 명확한 근거를 가지고 계신가요? 증명할 수 있는 증거 자료라든가요."

"생존자 레벨 2구역 건립 직전부터 일어난 일련의 클론연구소 연쇄 테러 기억나세요? 조사를 마친 정부는 범인이 도망친 칩리스라고 발표했죠. 그런데 실제 붙잡힌 몇몇 테러범은 칩리스가 아니라 정부에게 사주받은 범죄자들이었어요."

"클론연구소 연쇄 테러를 일으킨 게 칩리스가 아니라 범죄자라고요?"

"정부가 모든 테러에 관여할 수는 없죠. 말은 새어나가는 법이니까요. 그래서 일부 노출이 발생한 테러에는 범죄 조직을 은밀하게 끌어들인 거예요. 범죄 조직과 결탁하여 공공시설과 민가를 파괴하고 정부 기관을 테러해 국민을 불안에 떨게 만들고 있었던 겁니다. 아마 당신도 이미 이곳이 허술한 경계 속에 있다는 걸 눈치챘을 거예요. 우리는 정부가 기조를 바꿔 언제든 칩리스 은신처인 캠프를 공격할 걸 알아요. 그래서 대비 차원으로 테러에 관한 증언을 모으고 있어요."

테러가 시욱의 인생을 끝장낸 것처럼 사회 곳곳에는 지금도 뒤바뀐 진실을 오해하며 칩리스에게 증오를 품은 사람들이 있을 것이다. 칩리스를 둘러싼 음모에 시욱 자신을 포함해 생체칩을 이식한 모든 이들이 휩쓸려 눈 감은 줄도 모른 채 눈멀어 있었다. 이제 옳고 그름에 대해, 희망에 대해 눈을 떠야 할 때였다.

"캠프에서 오안은 어떤 존재인가요?"

인솔자가 책을 펼쳐 앞장에 넣어둔 디지털 엽서를 꺼냈다. 엽서 앞면에는 칩리스 그림이라고 알려진, 달을 향해 날아가는 아이들이 그려져 있었다. 시욱이 지금까지 보아온 어떤 버전보다 날개가 세밀하고 색채가 아름다웠다. 이것이 왜 칩리스 그림으로 불리는지 아느냐고 인솔자가 질문했다. 시욱은 미처 생각조차 해보지 않았다는 걸 솔직히 인정하며 의미를 되물었다.

"달을 감싼 무지갯빛은 달 표면에서 반사된 빛이에요. 남자아이는 칩리스고, 여자아이는 인간이죠. 날개를 단 인간과 칩리스가 달빛을 향해 날아가는 모습은 미래를 바꿀 힘이 우리에게 있다는 걸 표현해요. 당당히 날개를 펴고 스스로 미래를 선택해 날아가라고요. 인간과 칩리스가 바라던 미래가 서로에게 희망의 빛을 반사하며 기다리고 있을 거라는 의미를 담은 게 칩리스 그림이에요."

"혹시 오안이 그린 건가요?"

"오안이 그린 게 맞아요. 오안이 가나에게 준 선물이었지요. 그걸 우리가 의미를 부여해 칩리스 심벌마크로 확장시켰어요."

시욱은 대꾸해야 한다는 마음과 달리 머릿속이 텅 비어버린 느낌이었다. 가나가 칩리스와 캠프에 밀접하게 연관된 인물이라고 추측했으나 오안과 아는 사이일 거라곤 짐작도 하지 못했다. 더욱이 그림의 주인공은 오안과 가나였다. 두 손을 맞잡은 칩리스와 인간. 그들이 이 세계의 상징이었다.

인솔자의 방을 나와 복도를 되짚어 나오면서도 시욱은 생각에 빠져 있었다. 문 앞 복도에서 안내자가 대화가 끝나길 기다리고 있었다는 것도 눈치채지 못했다. 모래벌판에서 헤어진 후 오안과 가나와 돛배가 겪은 일들을 인솔자에게 전해 들었다. 시욱은 과거에서 연결된 현재의 시간에 관해 생각했다.

다른 시간을 살아왔음에도 현재에 이르러 모두 한 지점으로 모이고 있는 것 같았다. 오안에 관해 묻고 싶은 게 많겠지만 직접 만나 듣는 편이 좋겠다면서 인솔자는 오늘 캠프에서 기다리라고 했다. 낯선 시간을 곱씹어보는 동안 안내자가 인솔자를 만나고 돌아왔다. 안내자는 개인 모듈러 주택으로 시욱을 데려갔다. 안내자의 아내는 시욱을 오안으로 착각해 반갑게 맞아주다가 아니라는 말에 표정이 굳었다. 안내자와 그의 아내가 서로 눈빛을 교환했다. 한참 밖에서 대화를 나눈 후 두 사람이 안으로 들어왔을 때 아내는 눈가가 젖어 있었다. 누구 때문에 울었을까. 서먹한 분위기에 갑갑해져 창문을 열어도 되는지 묻자 아내가 그러시라면서도 창가로 가는 시욱을 못마땅하게 바라보았다. 확실히 나 때문에 운 건 아니군. 오안 때문이려나. 시욱은 창문을 원상태로 닫아두고 조용히 자리에 앉았다.

안내자는 방이 하나라 공간을 분리해줄 테니 그곳에서 자라고 딱딱하게 말했다. 하필 한 공간을 써야 한다니. 낭패였다. 야영이라면 자신 있기에 차라리 밖에서 기다리겠다고 말하자, 그냥 가만히 방에 있으라고 당부하곤 두 사람이 다시 자리를 비웠다.

주인 없는 집에서 시욱은 한 시간가량 기다렸다. 오안이 잠들고 깨어났을 장소에서 오안을 기다리고 있다고 생각하니 가슴이 흔들리기도 했다. 밤이 지나 아침이 오면 오안을 만날 수 있다는 게 믿기지 않았다. 시욱은 마냥 있기도 난처해 모듈러 주택 밖으로 나가 눈에 띄지 않을 만한 길을 따라 캠프를 돌아봤다.

크리스마스이브여서 캠프에도 군데군데 홀로그래피로 성탄절 분위기를 자아내고 있었다. 머플러를 두른 아이들이 선물 꾸러미를 들고 지나치거나 어딘가에서 캐럴이 들려오기도 했다. 눈은 올 기미가 없었다. 이제 오안을 만나게 되면 자신의 모든 상황이 변할 것이다. 앞으로 자신이 취해야 할 행동을 정하고 책임져야 한다. 시욱은 먹빛으로 물드는 하늘이 나무 위로 내려앉았을 즈음 개인 모듈러 주택으로 들어가 바닥에 깔아둔 양탄자에 앉았다.

안내자 부부는 저녁이 되어도 돌아오지 않았다. 밖에서 종소리가 들렸다. 아이들이 유독 큰 모듈러 주택으로 몰려가며 거리가 떠들썩했다. 시욱은 잠시 고민하다가 밖으로 나가 아이들을 따라 큰 주택으로 들어갔다. 크리스마스 파티를 여는지 칩리스들이 왁자한 분위기를 즐기고 있었다. 여기저기서 시욱에게 성탄절 인사를 건네왔다. 시욱은 대답 대신 어색하게 웃고 말았다. 누군가 크리스마스 케이크를 권하기에 순순히 받아 들고 자리를 잡았다.

그때 두리번거리던 안내자의 아내와 눈이 마주쳤다. 서두른 기색을 보니 시욱을 찾아다닌 모양이었다. 크리스마스를 아주 잘 즐기고 계시다는 드센 목소리가 귀를 울려왔다. 그제야 시욱을 흘깃 쳐다보는 칩리스들 표정에 의아함이 떠올랐다. 오안이 왜 지금 여기 있냐는 수근거림이 들려왔다.

밤이 되어서도 부부의 적대감은 계속되었다. 크리스마스 파티가 끝나갈 무렵에 돌아온 안내자는 그들만의 암호로 아내에게 말하다가 언어를 바꿨다. 시욱은 부부가 쓰는 방 한구석에 조심스럽게 담요를 깔고 누워 두 사람이 자신에 대해서 이야기하는 것을 들었다. 화가 난 듯한 목소리를 듣지 않으려고 눈을 감았다. 아주 길고 긴 시간이 느릿느릿 지나갔다. 부부가 잠자리에 들어 숨을 고르게 쉴 때까지 시욱은 어금니를 깨물고 있었다. 잠이 들었다는 확신이 든 뒤에도 힘을 주고 있던 어깨가 풀어지지 않았다. 입속의 이들이 몽땅 부서져 가루가 된 것만 같았다. 어떻게 숨을 쉬어야 소리가 새지 않는지를 알 수 없었다.

시욱은 조용히 현관문을 닫고 밖으로 나갔다. 길을 지나갈 때마다 센서 조명이 켜졌다. 자꾸만 자신을 쳐다보던 안내자 아내의 눈빛이 머릿속에 떠올라 한숨을 쉬었다. 시욱은 달빛을 받으며 캠프를 나섰다. 숲으로 이어지는 오솔길로 들어가자 공기가 맑고 더 서늘해졌다. 울퉁불퉁 솟은 작은 돌을 밟으며 길을 오르다가 샛길을 찾아냈다. 풀이 우거져 들어가지 못할 줄 알았는데 입구를 헤치고 들어가자 제법 잘 닦인 길이 나왔다. 시욱은 후두둑 떨어지는 나뭇잎을 맞으며 점점 가팔라지는 오르막을 올라갔다.

정상인가 싶었을 때 갑자기 시야가 트이며 호수가 보였다. 달그림자가 수면에 드리워져 일렁이고 있었다. 시욱은 호수에 비친 달을 보면서 그때까지도 자신이 점퍼를 벗지 않고 있었다는 걸 깨달았다. 철저하게 등을 돌린 채로 거리를 가늠하는 게 무슨 의미가 있을까. 담요를 여미고 있을 안내자 부부를 생각했다. 안내자 부부에게 시욱은 손님보다 불편한 사람일 것이다. 잠자리를 제공하고 밥을 먹여준다고 해서 얻을 수 있는 게 없을 테니까. 어쩔 수 없이 적대감으로 묶인 관계지만 자신이 나서서 친절을 베풀었더라면 상황이 조금쯤 달라졌을지도 모른다. 오안이라면 웃으며 몇 번이나 먼저 다가갔을 거라고 생각하면서 호수를 바라보았다. 여물고 여린 보름달이 하늘에 걸쳐졌다. 검은 그림자를 끌고 새들이 달을 향해 날아가고 있었다. 쓸쓸하고 아름다운 풍경이었다.

캠프로 돌아가던 길에 크리스마스 홀로그래피를 점검하는 남자와 마주쳤다.

"오안, 벌써 돌아온 거예요? 다른 칩리스들은요?"

시욱이 머뭇거리자 그가 다시 말을 이었다.

"혹시 생존자 레벨 2구역에서 무슨 일 있었어요? 동료들을 구하지 못한 거예요?"

드디어 깨달았다. 이성적으로 현 상황을 파헤치고 칩리스의 움직임에 의심을 입혀볼 기회가 여러 번 있었다. 시욱을 보며 아이가 다녀왔냐고 물었을 때, 인솔자가 오안은 내일 돌아온다고 했을 때, 파티장에서 왜 오안이 여기 있냐는 말이 들렸을 때, 오안이 대체 어디에서 오는 건지를 물었어야 했다. 그렇게 진실을 놓치지 말았어야 했다.

오안은 지금 칩리스를 구하기 위해 생존자 레벨 2구역에 침투하러 갔다. 시욱을 칩리스 은신처에 묶어두고 오안이 오길 기다리고 있는 권혜에게로 갔다. 오안이 돌아오지 못할 길을 건너기 전에, 너무 늦기 전에 시욱은 오안을 반드시 만나야겠다고 다짐했다.

15. 가나

펜트하우스에 시욱은 없었다. 통화를 시도했지만 연결되지 않았다. 생체칩 코드를 확인하면 생체칩 사용 여부가 이중으로 기록될 위험이 있긴 했으나 상황 파악이 우선이었다. 중앙통제시스템을 해킹해 시욱의 생체칩 위치 신호를 추적했다. 제4캠프 지하 통로와 연결된 유전자 연구소로 확인되었다. 기어이 퍼즐을 맞췄구나. 제4캠프에는 지금 인솔자가 머물고 있다. 연락을 하자 마침 조금 전 안내자로부터 지하 통로에 접근한 류시욱에 관한 보고를 받았다고 했다.

"그이는 내가 붙잡아두마. 그보다 칩리스 구출대가 생존자 레벨 2구역으로 출발했단다. 지금쯤 보안을 위해 외부 통신을 끊었을 게다. 연락이 닿지 않을 거야. 어떻게든 먼저 도착해서 생존자 레벨 2구역으로 들어가기 전에 합류해라. 그들을 도와줘."

오안에게 이식한 복제 생체칩 위치를 확인하자 현재 생존자 레벨 2구역 도착까지 한 시간여 남은 지점에서 이동중이었다. 가나는 플라잉카를 대여해 직접 운전 모드로 출발했다. 과속으로 플라잉카들을 제쳐갔다. 가나가 모는 플라잉카가 지나간 자리에 질서가 무너지며 정체가 시작되었다. 급기야 정지 신호까지 무시하자 플라잉카가 자율 주행 모드로 자동 변환되며 가나의 운전자 등록 정보가 중앙통제시스템에 신고되었다는 메시지가 디스플레이에 나타났다. 벌점과 함께 범칙금이 부과되고 직접 운전 모드로 한 달간 운행이 불가능하다는 통고가 왔다.

가나는 오안 일행과의 거리를 측정했다. 자율 주행 모드로 운행해도 생존자 레벨 2구역 도착 전 10킬로미터 지점에서 합류가 가능하다고 예측되었다. 비싼 게 좋긴 하네. 가나는 플라잉카 디스플레이를 손가락으로 툭 치곤 만약을 대비해 마련해둔 특수정부군 군복으로 갈아입었다.

생존자 레벨 2구역은 멸망한 세계에서 유일하게 보존된 구역 중 하나라고 클론에게 소개되고 있고 주변이 온통 사막화된 지역에 세워졌다. 상공에서 모래벌판을 달리는 군용차가 내려다보였다. 특수정부군 총지휘관인 시욱이 타고 다니는 군용차는 희귀 기종으로 같은 기종 구매는 3일 안에 어렵다고 했다. 그래서 브로커를 통해 같은 차량으로 보이도록 커스텀했는데 똑같은 외관과 달리 내부는 조잡했다. 플라잉카가 옆으로 붙자 군용차에 타고 있던 칩리스 구출대 일행이 가나를 알아보고 차를 세웠다. 가나가 배낭을 들고 내리자 플라잉카가 다음 호출 장소로 이동했다.

"가까스로 만났네."

가나는 일행에게 시욱이 제4캠프로 이동 중이라며 현 상황을 설명했다. 보고를 들은 일행에게선 가나가 예상치 못한 반응이 터져 나왔다. 인간 멤버들은 이번 작전뿐 아니라 캠프 노출로 시욱이 큰 위협 요소가 될 거라며 당장 제4캠프에 연락해 제거해야 한다고 주장했다. 반면 칩리스 멤버들은 제4캠프에 인솔자가 있으니 판단은 그분에게 맡겨야 한다고 반대했다. 동요하는 멤버들을 보며 오안이 차분하게 설득에 나섰다.

"제4캠프에 계신 인솔자님이 대처를 따를 겁니다. 생체칩은 사용되지 않을 테고, 그렇다면 달라질 건 없습니다. 우리는 임무를 반드시 성공시키는 데만 집중하도록 합시다."

모두 비장한 표정을 짓고 있었다. 실패하면 2-2구역 칩리스는 물론 자신들도 살아남지 못할 수 있다. 작은 실수라도 저지르지 않으려면 외부 상황에 휘둘리지 않되 내부 조건을 한번 더 점검해야 했다. 군용차로 이동하며 새롭게 합류한 가나가 맡을 임무를 분담했다. 가나는 만장일치로 메인 해커가 되기로 했다.

드디어 생존자 레벨 2구역이 보이기 시작했다. 높은 담으로 둘러싸인 거대한 죽음의 도시. 다들 말수가 없어진 채 성호를 긋거나 반지에 입 맞추며 성공을 기원했다. 생존자 레벨 2구역 정문은 마치 고대 성처럼 벽으로 가로막혀 있는 형태였다. 오안이 벽면에 설치된 생체칩 리더기에 손을 올리자 스캔 표시가 떴다. 시욱의 신원은 생존자 레벨 2구역 출입 시 사전 승인을 받지 않아도 되는 등급이다. 출입 허가 표시가 뜨며 출입 벽이 좌우로 열렸다. 내부는 다시 양방향으로 분리되어 각각 다른 거대 벽이 나타났다. 오른쪽으로 2-1구역, 왼쪽은 2-2구역으로 표시되어 있었다. 군용차가 왼쪽으로 방향을 틀어 다시 생체칩 인증을 받았다. 벽이 열릴 때 살펴보니 곳곳에 감시 카메라가 설치되어 있었다.

마지막 초소는 경비병들이 지키고 있었다. 사전에 협의되지 않은 출입이라 방문 목적을 확인했다. 운전병으로 분한 멤버가 특수정부군 류시욱 총지휘관이 칩리스 생포 작전의 중요한 참고인 조사를 위해 칩리스를 면담하러 왔다고 전했다. 경비병들을 긴장시키지 않으면서도 은밀한 목적이라 더는 정보 공유가 어려운 사항이라는 암시를 흘렸다. 예상대로 경비병들은 목적의 진위 여부를 더는 추궁하지 않고 면담 신청하려는 칩리스 이름을 물었다. 2-2구역에 감금된 칩리스 이름은 사전에 파악해두었다. 이름을 대자 경비병들이 면담 가능 여부를 체크한 뒤 보안 검색대를 오픈했다.

2-2구역 정문에 내린 칩리스 구출대 일행은 곧바로 3개 조로 흩어졌다. 가나는 오안, 칩리스인 씽과 같은 조였다. 클론 이름은 여전히 소유자가 정하기에 도망친 칩리스는 캠프에 도착하면 자신의 이름부터 바꾸었다. 씽 역시 노래하는 걸 좋아하는 성향에 맞게 스스로 지은 이름이다. 하지만 이름과 달

리 씽은 무술 대련이 특기였다.

세 사람은 사전에 파악해둔 CCTV 사각지대로 들어갔다. 씽이 보초를 서고 가나가 중앙통제시스템을 해킹해 2-2구역 내 경비병과 의료 종사자들 생체칩 코드를 확보했다. 생체칩에 등록된 연락처로 재난 대피 메시지를 발송했다. 근거리에서 갑자기 형성된 모래 폭풍이 생존자 레벨 2구역으로 접근 중이니 하던 일을 즉각 멈추고 지하 대피소로 3분 안에 대피하라는 내용이었다. 사막화된 지역에서는 종종 모래 폭풍이 발생했다. 피해 규모는 제각기 다르긴 했으나 매번 사망자가 생겨났다.

메시지가 발송되자마자 2-2구역이 분주해졌다. 바깥 상황을 체크하고 있던 다른 조로부터 지하 대피소로 모두 피신했다는 무전이 왔다. 가나는 지하 대피소 출입구 시스템을 봉쇄했다. 지하 대피소이니만큼 편의 시설을 갖추고 비상식량도 준비되어 있을 것이다. 또 다른 조로부터 정보 교란 장치 부착을 완료했다는 무전이 왔다. 곧바로 정보 교란 시스템을 발동시켜 감시 카메라를 하루 전 영상으로 전환하고 지하 대피소도 외부 통신을 차단했다. 시스템을 장악했다고 인이어를 통해 보고하자 각 조에서 확인 응답이 왔다.

자유롭게 움직일 수 있게 된 조들은 2-2구역에 입원해 있거나 감금된 칩리스의 인원 및 상태 파악을 위해 다시 흩어졌다. 병실마다 보안이 걸려 있고 칩리스가 한 명씩 관리되고 있었다. 칩리스가 모여 정보를 교환하지 못하도록 한 조치인 듯했다. 그나마 다행인 것은 대부분 회복 중인 터라 거동이 불편한 칩리스는 손에 꼽을 정도라는 점이다.

칩리스들은 구출대 일행이 자신들을 구하기 위해 침투했다는 얘기를 듣고 눈물을 흘렸다. 회복기에 있는 칩리스가 자신보다 거동이 불편한 칩리스를 도와 병실을 나올 수 있도록 도왔다. 로비에 모인 칩리스가 대략 250여 명이었다. 2-2구역 내 경비병들이 사용하는 차량으로 이동하면 바로 모두 탈출할 수 있을 인원이었다. 예상보다 수월하게 임무를 마치고 성공 귀환할 거라는 기대감이 생겼다. 2-1구역에서 2-2구역 경비병들의 부재를 알아차리기 전에 생존자 레벨 2구역을 빠져나가기만 하면 된다.

"우리 가족을 살려주세요."

막 이동하려던 참에 어디선가 간절한 목소리가 들려왔다. 목발을 쥔 칩리스가 앞으로 나와 그의 가족이 생활구역에 남아 있다며 도와달라고 애원했다. 생존자 레벨 2구역이 건설된 지도 어느덧 10년이 지났다. 그사이 구역 내에서 가족을 이룬 칩리스가 많았다. 목발을 쥔 칩리스는 모범적인 태도를 보인 덕분에 생존자 레벨 1구역으로 이동하는 영예를 안았다. 그러나 아내와 함께 갈 수 없다면 2구역에 남겠다고 버텼다. 당연히 받아들여지지 않았다. 구역을 상향해 이동한다는 건 장기 적출이 결정되었다는 의미니까. 그는 경비병에게 반항하다 다리가 부러졌다.

"새로 부임한 총사령관이 우리를 가축 부리듯 합니다. 음식과 물을 제한한 것도 모자라 말을 듣지 않는 자는 본보기를 보이겠다며 중앙광장에서 매질도 서슴지 않습니다. 어차피 중요한 건 껍데기가 아니라면서요. 그때는 그 말이 무슨 의미인지 알지 못했지만 지금은 깨달았습니다. 총사령관은 우리 장기가 무사한 선에서는 무슨 짓이든 할 거라는 걸요. 제발 생활구역도 구해주십시오."

눈물 흘리며 도움을 요청하는 칩리스를 다른 칩리스가 다독였다. 이번 작전은 애초부터 2-2구역만을 타깃으로 했다. 2-1구역을 구하려면 구역 내 설비부터 장소별 특징까지 파악해야 한다. 정보 교란 장비도 충분히 확보해야만 한다. 사연은 안타까우나 냉정한 판단이 필요했다.

"지금 가족을 도울 장비가 부족합니다. 이번에는 2-2구역 내 칩리스를 구하는 게 목적입니다. 다음 기회를 준비해 구할 수 있도록 하겠습니다. 다만 제가 직접 내부 사정을 파악해

가족이 무사한지 확인해보겠습니다."

오안이 일으킨 파문에 칩리스 구출대 일행이 구석에 모여 의논했다. 작전이 수월하게 진행된 부분에 고무되어 2-1구역도 같은 방식으로 해치우자는 의견이 지배적이었다. 오안이 침착하게 고개를 가로저었다. 2-2구역의 이상을 알아차릴 시간이 임박했을 거라 지금까지처럼 매끄럽게 진행되지 않을 거라고 분위기를 진정시켰다. 그러곤 칩리스를 구하는 것이 원 계획이니 탈출을 우선하자고 했다. 다만 오안 자신은 시욱의 신분이므로 비교적 자유롭게 2-1구역을 출입할 수 있으니 직접 내부 사정을 파악하고 이후 2-1구역 구출 단서를 찾아보겠다고 했다.

"혼자선 안 돼. 특수정부군 총지휘관이 수행원 없이 홀로 다닌다는 건 의심 살 일이야. 그리고 분명 정보력이 필요한 일이 생길 거야. 내가 같이 있을게."

그렇게 가나와 오안이 남고 다른 멤버들은 칩리스를 데리고 탈출하기로 결정되었다. 2-2구역 정문을 통과할 때까지 오안이 앞장섰다. 오안이 탄 군용차량을 뒤따라 칩리스를 숨긴 군용차량들이 줄줄이 빠져나갔다. 차량이 모두 빠져나간 후 오안이 탄 군용차는 유턴하여 다시 생존자 레벨 2구역으로 들어갔다.

생존자 레벨 2구역 세 번째 관문에서 목적을 밝히려던 가나는 경비병의 전언을 먼저 들었다. 총사령관이 특수정부군 총지휘관을 관저로 초청했다고 했다. 가나는 곧 찾아뵙겠다고 답한 뒤 군용차를 출발시키며 사이드미러로 경비병의 동태를 살폈다. 얼핏 보기엔 수상한 점은 없어 보였다. 시욱이 2-2구역을 방문했다는 보고가 이미 총사령관에게 전해졌을 테니 초청은 자연스러운 수순이긴 했다. 2-2구역 내 입원한 칩리스를 조사한다는 명분은 총사령관 입장에서는 설득력이 떨어진다. 높은 신분이 굳이 직접 나설 일이 아니니 특수정부군 총지휘관이 다른 목적으로 생존자 레벨 2구역에 왔다고 생각하는 편이 합리적이다. 가령 새로 부임한 총사령관이 일을 제대로 수행하고 있는지 시찰하러 왔다는 비밀 임무 같은 것.

"총사령관 이력을 봐서는 제가 아는 인물일 가능성이 있어요. 마주치지 않는 편이 좋겠어요. 총사령관 초청을 무시한게 탄로나기 전에 빠르게 내부를 훑어 보기로 하죠."

어떤 인연으로 알고 있다는 건지 오안은 사연까지 설명하지는 않았다. 가나도 지금 그런 걸 시시콜콜 질문할 때가 아니라고 생각했다. 두 사람은 2-1구역을 돌며 분위기를 살폈다. 경비병들이 레이저총을 들고 거리를 순찰하고 있었다. 클론은 보이지 않았다. 거리는 조용하다기보다 숨죽인 분위기였다. 화단에서 시든 꽃을 꺾던 클론 꼬마가 가나와 오안을 보더니 건물 안쪽으로 쏜살같이 도망갔다. 그러곤 얼굴을 빼꼼 내밀어 두 사람이 지나가는지를 확인했다. 오안이 다가가자 클론 꼬마가 꽃을 바닥에 내려놓고는 양손을 머리 위로 들어올렸다. 항복한다는 표시였다.

"잘못했어요. 시든 꽃이라 괜찮을 줄 알았어요."

오안이 난처한 웃음을 지어 보이며 클론 꼬마에게 손을 내리도록 했다. 그러곤 무릎을 꿇고 손을 내밀었다.

"괜찮아요. 나쁜 일은 생기지 않을 거예요."

클론 꼬마가 주저하며 오안의 손을 맞잡았다. 군복을 입은 오안과 가나를 본 것만으로도 두려워하는 거라면 평소 경비병들이 클론을 어떻게 대했을지 충분히 예측되었다.

"다른 클론은 보이지 않는데, 다들 어디에 있는지 알고 있어요?"

"오늘은 배급받는 날이잖아요. 다들 배급소에 갔어요."

클론 꼬마가 알려준 길로 들어서니 배급소라고 표시된 건물 밖까지 유니폼 차림의 클론들이 줄 서 있었다. 배급소에서 나온 한 클론이 물통을 가슴에 안고 지나갔다. 잠시 뒤에는 자동문에 거칠게 부딪혀 나동그라진 클론과 그 앞에서 씩씩대는 경비병들이 보였다. 이번에 배급을 늘려주겠다는 약속을 하지 않았느냐며 사정하는 클론을 향해 경비병이 허튼짓 하지 말라고 총으로 위협했다. 줄 선 클론들이 고개를 숙이거나 눈이 마주치지 않도록 다른 곳을 쳐다봤다.

총사령관이 부임한 후 클론은 비루한 생활을 영위하고 있다. 총사령관은 정부의 입이었다. 정부가 클론에 대한 기조를 바꾼 건 동면 기술이 발전해 필요할 때마다 클론을 동면에서 깨워 장기를 적출할 수 있는 점도 한몫했을 것이다. 굳이 성장하고 도망쳐 위협되는 클론을 오래도록 관리할 필요가 없다고 판단한 것이다.

"중앙광장 스크린이 꺼져 있어요. 아마도 총사령관이 클론을 감독하기 위해 정보를 띄울 만한 디스플레이에 접근하는 걸 제한했을 거예요."

보급소 건너 스크린을 보며 오안이 유추한 바를 풀어냈다. 오안 말대로 중앙광장에 설치된 대형 스크린에는 '노 시그널' 문구가 아닌 화면 자체가 꺼져 있었다. 전원을 아예 차단했다는 의미였다.

"2-1구역은 클론이 장기 제공 전까지 생활을 영위하도록 만들어졌어요. 클론이 스스로 인간이라 여기도록 단체 생활도 허용했죠. 그런데 작은 모래가 산사태를 일으키듯이 장기 이식에 관한 진실이 퍼지면 걷잡을 수 없다는 한계를 감안한 채 관리해야 했을 거예요. 그 한계점을 정부는 무엇으로 보완했을까요? 제 생각에는 광장에 있는 저 스크린이에요. 평소에는 분명 스크린을 통해 인간이라는 사상을 주입하는 가스라이팅이 이뤄졌을 거예요."

"지금은 대놓고 핍박만 하지."

"인간이라는 인식을 갖게 할 필요가 없어졌으니까요."

"어떻게 하지?"

"이 많은 인원을 한번에 탈출시키긴 힘들 거예요. 2-1구역 클론들 스스로 자신에 관한 믿음을 깨야 해요. 그래야만 세계가 전염병으로 멸망한 것이 아니라 정부로부터 보호받을 필요가 없다는 걸 알게 되겠죠. 세상이 넓고 삶을 스스로 꾸려내는 게 중요하다는 걸 알게 되면 거기서부터 정부와 맞설 힘이 생겨요. 저 스크린을 역이용 해야 해요."

진실을 알게 되면 지금의 무기력함이 분노로, 자괴감으로, 희망으로 점차 바뀌어갈 것이다. 중앙광장 스크린에 클론의 진실을 알릴 정보를 띄우려면 전원을 어디에서 관리하는지부터 확인하는 게 첫 순서다. 그와 같은 정보는 의외로 기록되지 않아 발품을 팔아야만 한다. 생존자 레벨 2구역의 해방을 위한 첫걸음이 되어줄 단서를 찾았으니 발각되기 전에 서둘러 빠져나가기로 했다.

군용차를 세워둔 골목으로 가던 도중 조금 전에 만났던 클론 꼬마가 경비병들에게 끌려가는 모습이 눈에 들어왔다. 자신이 처리할 테니 기다려달라면서 말릴 새도 없이 오안이 경비병들을 뒤따라 건물로 들어섰다. 가나는 은폐물 뒤에 숨어 상황을 지켜보았다. 오안이 경비병들을 불러 세우자 경비병들이 경례를 올려붙였다. 왜 데려가느냐는 질문. 총사령관이 데려오라고 했다는 대답. 자신이 총사령관을 만나러 가는 길이라며 책임질 테니 아이를 보내주라는 명령.

머뭇거리던 경비병들이 클론 꼬마를 보내주려고 할 때 갑자기 안쪽에서 권혜가 나타났다.

"초대했더니 오지는 않고 여기서 실랑이나 벌이고 있었던 거야? 그래, 책임을 어떻게 질 건데?"

경비병들이 총사령관을 향해 절도 있게 경례를 올려붙였다. 오안이 긴장한 듯 어깨가 뻣뻣하게 굳은 게 멀리서도 보였다. 그러나 다행히 목소리는 떨지 않고 당당했다.

"아이가 무슨 잘못을 한 거냐고 먼저 묻고 싶군."

권혜가 비웃으며 클론 꼬마를 가리켰다.

"아이? 저것이 너한테는 여지껏 아이로 보인다는 거지? 특수정부군 총지휘관이나 됐으면서도 어릴 때랑 변한 게 없네. 그런 사상으로 네가 어떻게 군사학교 수석이었던 거지? 어떻게 힘도 들이지 않고 총지휘관이 된 거냐고, 역겹게."

"내 질문을 해석하지 못할 만큼 이해력이 부족한 건 아닐 텐데."

오안 역시 날 선 마음을 굳이 숨기지 않았다. 권혜는 생존자 레벨 2구역 탄압을 주도한 당사자다. 그리고 그 전에 진압 정부군 총지휘관으로 칩리스에게 테러범이라는 오명을 씌운 장본인이기도 하다. 아무리 오안이라고 해도 대화에 배려를 얹고 싶지 않을 것이다.

"아! 류시욱, 많이 컸구나. 비꼴 줄도 알고. 그런데 아양도 상대를 봐가면서 부려야 한다는 교훈은 잊었나 봐. 학교에서 배웠을 텐데 말이야. 기억나도록 내가 도와줄까?"

권혜가 허리춤에서 칼집을 열고 주머니칼을 뽑았다. 오안의 군복 어깨솔에 칼끝을 대고 소매를 천천히 그어갔다. 어깨부터 팔까지 일직선으로 솔기가 벌어졌다. 오안은 그대로 움직이지 않고 서 있었다. 권혜가 피식 웃었다.

"나는 이상하게도 어릴 때부터 겁먹은 네 표정이 좋더라. 뭐랄까, 순수하게 짓밟아주는 맛이 있다고나 할까. 그러니까 언제든지 네 꼬리표를 잡아당길 이유가 나한텐 있어. 신경 거슬리게 하지 않는 편이 좋을 거야."

오안은 벌어진 솔기를 여며보려는 행동은 하지 않았다. 그런데도 권혜가 갑자기 인상을 썼다가 이내 표정을 풀었다. 가나는 그 표정을 놓치지 않았다. 무언가 잘못됐다는 직감이 들었다.

"그나저나 여긴 왜 온 거지? 취임식에서는 축하한다고 하더니만 감시라도 하려고 온 건가?"

"감시할 이유가 없지. 우연히 지나던 길에 어차피 조사해야 할 칩리스가 이곳에 있다는 걸 알고 들른 것뿐이야."

"2-2구역에 갔었다는 보고는 들었어. 그런데 지금 2-2구역 시스템이 엉망이 돼서 말이야. 류시욱이 왔다 가면서 얻은 정보가 윗선에 바로 전달되는 기밀이라도 되는 건가? 국방 마스터가 널 아끼는 이유가 이런 비밀 작전을 수행해서인 거야?"

"그럴 리가 있나. 그저 우연이 겹쳤나 보군."

"그래? 하긴 국방 마스터 측근인 너한테 내가 뭐라고 할 수나 있나. 그저 내 얘기나 잘 해달라고 할 수밖에. 그나저나 취임식에서 국방 마스터를 위해 내가 데려간 손님 말이야. 국방 마스터는 이번에 그다지 좋아하지 않으셨던 거 같아. 너한테는 귀띔했지? 손님이 마음에 들었다고 하시던가? 아니면 내가 다른 손님을 데려가는 편이 낫겠나? 지난번처럼."

"그분께선 이번 손님이 그다지 마음에 들지 않으셨던 것 같긴 해. 다음에는 다른 손님을 데려가는 게 나을 것 같군."

권혜가 미친 듯이 웃기 시작했다. 경비병들은 부동자세로 정면만 쳐다보고 있었다. 권혜는 숨을 고른 뒤 주머니칼을 돌리며 오안을 빤히 쳐다봤다.

"취임식에 내가 데려간 건 국방 마스터의 클론이었어. 이제 기억나? 기억날 리가 없지. 그 자리에 있었던 건 네가 아니니까. 오랜만이네. 류시욱 친구, 클론 오안."

권혜의 고갯짓에 경비병들이 재빠르게 움직여 오안을 포박했다. 권혜가 오안의 손목을 붙잡아 들어올렸다.

"취임식에서 만났을 땐 없었는데 그새 손등에 상처가 생겨버렸네. 생체칩 제거 흔적을 내가 어떻게 못 알아봐. 그것도 칩리스를 체포하는 내가."

오안은 눈을 내리깔지 않고 권혜를 똑바로 마주 보았다.

"여전히 과시용으로 주머니칼이나 들고 다니는 걸 보니 어릴 때와 전혀 달라진 게 없는 것 같군요. 20년 동안 어른이 되지 못하신 듯합니다."

"취임식에서 류시욱을 만났을 때 내가 그런 말을 했어. 널 찾으면 생존자 레벨 2구역에서 특별 대우를 해주겠다고. 그 잘난 입으로 언제까지 비아냥거릴 수 있는지 한번 보자고."

권혜의 뒤를 따라 경비병들이 포박한 오안을 끌고갔다. 장난감을 내팽개치듯 클론 꼬마는 내버려둔 채. 클론 꼬마는 건물 로비에 홀로 서서 오안이 끌려간 방향을 멍하니 바라보고 있었다. 가나도 같은 방향을 바라보았다. 가나 역시 혼자였다.

16. 시욱

시욱은 생존자 레벨 2구역으로 가기 위해 그길로 제4캠프를 빠져나왔다. 지하 통로는 이동 시간이 오래 걸리고 안내자가 언제든 따라잡을 수 있기에 피했다. 호수가 내려다보이는 산등성으로 올라가 플라잉카를 호출했다. 연결 신호가 잡히지 않았다. 캠프에 인간이 출입할 경우 생체칩 코드로 위치가 노출되지 않도록 정보 교란 시스템을 가동하고 있는 듯했다. 하는 수 없이 생체칩 신호와 다른 주파수를 사용하는 통신 라인을 수동 연결했다. 몇 번의 시도 끝에 특수정부군 부지휘관과 연결되었다. 시욱은 개인적인 사정으로 고립되었음을 밝히며 군용 헬기를 보내라고 지시했다. 폐쇄된 유전자 연구소 너머 호수가 내려다보이는 산등성에 있다면서. 생체칩 신호가 잡히지 않으니 헬기가 보이면 시욱 쪽에서 위치 식별이 되도록 빛으로 수신호를 보내겠다고 전했다.

헬기는 정확히 30분 뒤에 도착했다. 빛 수신호를 확인한 헬기가 시욱을 태웠다.

"위치 추적이 안 되는 민가라니. 오안을 찾을 단서를 수사하고 계셨던 것 아닙니까?"

부지휘관이 드문드문 조명이 켜진 캠프를 내려다보며 질문했다. 부지휘관은 시욱이 비번일마다 오안을 찾는다는 사실을 알고 있는 몇 안 되는 측근 가운데 한 명이다. 시욱은 지금쯤 인솔자가 자신이 사라졌다는 사실을 알았으리라 생각했다.

"생존자 레벨 2구역에 특이사항 없는지 확인해줘."

"비공식 루트로 퍼진 정보가 있는데 오늘 오후에 2-2구역 지하 대피소 시스템에 오작동이 발생했다고 합니다. 대피소에 갇힌 사람들이 있었던 모양입니다. 그런데 묘한 말이 같이 돌더군요. 총지휘관님께서 새로 부임한 총사령관을 음해하려고 공작한 일이라고요."

오안이 2-2구역까지는 성공적으로 침투한 모양이었다. 그러나 시욱이 배후로 지목되었다는 건 오안이 외부에 노출되었거나 침입의 대가를 치르고 있다는 의미였다. 어떤 상황이든 말미에는 시욱의 클론인 오안이 범인으로 지목될 테고, 권혜는 절대 시욱을 끌어내릴 이 기회를 놓치지 않을 것이다.

"조종사에게 생존자 레벨 2구역으로 가자고 전해줘. 그리고 부지휘관이 해줘야 할 일이 있어."

시욱은 부지휘관에게 향후 계획을 공유했다. 생존자 레벨 2구역에 도착하면 헬기는 착륙하지 않고 상공에서 시욱만 하강한다. 아마도 시욱은 착지 후 바로 체포될 가능성이 있다. 부지휘관은 즉시 공격 사정거리를 벗어나야 한다. 한 시간 내에 시욱으로부터 연락이 오지 않으면 부지휘관은 곧장 정책 마스터를 찾아가 시욱의 전언을 알린다. 생존자 레벨 2구역에서 오안을 찾았다고. 오안이 칩리스를 해방하려고 한다면 자신은 개인적 선택으로 그와 함께하겠다고. 시욱의 계획을 다 들은 부지휘관이 조종사가 듣지 못하도록 목소리를 낮췄다.

"총지휘관님, 그건 반역입니다. 정책 마스터님도 구제할 길이 없을 정도라고요."

"구제해달라고 정책 마스터님에게 자네를 보내는 게 아니야. 적어도 정책 마스터님은 편협한 시선으로 사건의 본질을 왜곡하지는 않으실 거라 믿기 때문이야. 그리고 내가 국가 반역죄를 저지른 걸로 결론난다면 그분은 특수정부군과는 무관하게 내가 개인적 신념으로 행한 일이라는 걸 보증해주실 걸세."

시욱 역시 특수정부군을 지휘하는 입장에서 정부 정책에 반하는 일을 저지른다는 자각이 있었다. 그럼에도 반역의 성공 또는 실패로 얻을 결과가 자신의 인생에 어떤 영향을 미칠지 심사숙고한 뒤에 내린 결정이었다. 특수정부군을 끌어들이지 않으려는 것도 같은 이유에서였다.

"그렇다면 제 개인적인 신념으로 저는 총지휘관님을 따르겠습니다."

시욱이 깊은 눈으로 부지휘관을 바라보았다. 눈동자에 고마움과 착잡함이 담겨 있었다.

"부지휘관이 내게 마지막으로 해줄 일은 내가 더는 특수정부군에 누가 되지 않도록 선을 그어주는 것이네. 칩리스 생포 작전을 명예롭게 수행해준 부대원들에게는 면목 없네. 특수정부군의 명예에 흠집을 내게 돼 정말 미안하게 생각하네."

생존자 레벨 2구역 상공에서 착륙 허가를 요청하자 건물 옥상 조명이 환해졌다. 경비병들이 정렬해 있었다. 시욱은 미간에 주름을 잡고 있는 부지휘관에게 쓸쓸한 미소를 지은 뒤 패스트로프 기술로 바닥에 착지했다. 예상대로 경비병들이 레이저총을 겨누며 시욱을 에워쌌다. 시욱을 체포한 경비병이 손등을 스캔했다. 생체칩 이중 사용으로 인증 불가 표시가 떴다.

"같은 외모의 클론을 이미 붙잡아두지 않았나? 난 특수정부군 류시욱 총지휘관이고 클론과는 무관하네. 군 고위 간부를 무례하게 대접하는 건 차후에 징계 소지가 된다는 걸 알고 있나?"

"총사령관님 명령입니다. 도주하거나 자살할 기미가 있으면 즉각 제압하라고 하셨습니다. 무력 사용을 원치 않으니 얌전히 따라와주십시오, 총지휘관님."

생체칩으로 신원 확인이 불가한 상황에서도 경비병들이 시욱이 누군지 이미 알고 있다. 군용 헬기를 타고 왔기 때문만이 아니다. 권혜가 이미 경비병들에게 체포를 명령하며 지위도 발설한 것이다. 체포 이유는 차치하더라도 경비병들이 오늘 발생한 불미스러운 상황에 클론이 연관됐다는 걸 알고 있다는 방증이기도 했다. 도주하는 일은 없을 거라고 시욱은 선선히 답했다. 계획을 실행하기도 전에 미리 경계심을 키울 필요는 없었다.

권혜의 관저는 시욱이 알고 있는 이전 총사령관 관저와는 달랐다. 단출했던 내부가 고풍스러운 가구로 화려하게 꾸며져 있었다. 권혜는 가죽 소파에 느긋하게 기대앉아 홍차를 마시고 있었다. 오안은 보이지 않았다.

"류시욱, 어서 와. 늦은 시각인데도 옛 친구를 보러 오다니 기쁘군. 보다시피 오늘 일을 수습하느라 다들 잠도 못 자고 바빠. 그래도 덕분이라는 감사 인사를 소홀히 할 수는 없지."

시욱은 계획이 되어줄 많은 질문을 어디서부터 시작해야 좋을지 고심했다. 오안을 언급해서는 안 되니 차라리 권혜가 지금 가장 꺼릴 만한 주제를 건드리기로 했다. 그건 시욱이 가장 궁금한 주제이기도 했다. 칩리스 테러 사건의 내막. 테러를 벌일 당시에 어떤 목적이 있었는지에 따라 파장이 달라질 수 있는 주제였다. 테러에 군이 개입했다면 뒷배는 정부일 테고, 거대한 음모에 휩쓸린 건 국민이 되고 만다. 정부가 무슨 이득을 위해 테러를 저지른 건지 인솔자가 파악한 바가 아닌 관계자의 언어로 정확한 진상을 듣고 싶었다.

"감사하기는 아직 이르지. 그동안 쌓인 의문을 해소하려고 찾아온 거니까. 진압정부군 총지휘관으로서 마지막 임무를 멋지게 수행했던 때 말이야. 연구소 화재를 주도한 칩리스들을 시계탑에서 체포했잖아. 한 명은 사살하고. 내가 그때 마침 현장에 있어서 관심이 가더라고. 그래서 나름 조사했더니 체포된 칩리스가 실종 신고된 인간 아이들과 신원이 동일하더군. 물론 그 아이들 집에선 클론 제작을 의뢰한 적 없다고 하고. 칩리스를 체포한 날짜가 아이들이 실종된 날짜와 같은 것도 이상하고, 그날을 기점으로 아이들 생체칩 코드 정보는 모두 삭제되었지. 이 사건이 날조된 것 같다는 합리적 의심이 자꾸 들어서 말이야."

권혜가 찻잔을 내려놓았다. 경비병이 심각해진 분위기를 감지하며 어깨를 약간 움츠렸다. 권혜가 경비병에게 물건을 가져오라고 명령을 내렸다. 경비병이 밖으로 나간 사이에 권혜가 자리에서 일어났다.

"진압정부군 사단장으로 첫 진급했을 즈음일 거야. 네가 특수정부군 부지휘관으로 발탁됐다는 소식을 전해 들었던 게. 어릴 때 내 발밑에서 기던 놈이 어느새 최고 명문 부대를 이끄는 최연소 부지휘관이 됐다는 소식이 내 인생을 다시 돌아보는 계기가 되었지. 기껏 병신 같은 놈 하나 밟아줬다고 유급 처리된 것부터 바로잡아야 널 따라잡을 수 있겠더라고. 그래서 그놈이 휴가를 받아 외국으로 놀러 갔을 때를 노렸어. 멀고 먼 길을 돌아 따라가 죽여 버렸지. 호수에서 시신을 건져내는 것까지 지켜보고 돌아왔어. 익사 건은 사고로 처리됐지."

"네가 군 간부 아들을 죽였다고 고해성사하는 거야? 이제 와서 왜? 죽인다고 과거가 바뀌는 것도 아닌데."

"왜 죽였냐고? 그래야만 내 앞길이 열리려고 할 때마다 회자되는 그놈과의 인연이 끊기잖아. 그럼 더는 나랑 엮는 인간들이 생기지 않게 되는 거지. 또 그래야만 날 유급시킨 그놈 아버지가 자식 잃은 슬픔으로 평생 고통에 젖어 살 테니까.

294

그게 최고의 복수 아니겠어?"

"미쳤구나."

"류시욱, 정책 마스터가 곱게 깔아준 길만 걸어온 네가 소수 엘리트끼리 겨루는 진급의 치열함을 알 턱이 있겠냐. 넌 아마도 네 힘으로 총지휘관까지 올라섰다고 믿고 있겠지. 정책 마스터의 후광이 얼마나 대단하게 널 받쳐준 건지도 모르고. 군에서 바라보는 넌, 청정지역에 사는 클론 장기 이식 마스코트일 뿐이지 정부를 위해 네가 직접 손을 더럽힐 동지라고 보지 않아. 뭐, 내 아버지가 쇠락한 종교 지도자가 아니었다면 나도 너처럼 멋모르고 살아가는 인간이 됐을지도 모르지. 혐오스러운 클론 따위가 만들어져 세상의 근간이 어떻게 무너졌는지도 모르고 살았을 테니까. 고작 장기 교체 따위에 의존하느라 클론이 세상을 허물어버리는 동안 너는 뒤에서 징징거리며 우는소리나 하고 있었지. 정작 사탄인 네 어머니가, 사탄 새끼인 네가 제 손으로 세상을 허문 줄도 모르고."

"클론을 만든 건 정부가 주도한 일이야. 너 역시 피해자라면서 테러에는 왜 가담한 거지?"

"힘이 필요하니까. 너처럼 나약한 놈이 승승장구할 때 뒤에서는 온갖 더러운 짓을 벌여야만 겨우 한 단계 올라설 수 있으니 권력을 얻으려면 무슨 짓이든 해야 하는 거야. 물론

나는 운이 좋았지. 내 체질에 딱 맞는, 나의 정의를 지킬 수 있는 일을 맡았으니까. 사건 내막이 궁금하다고? 정부가 칩리스에게 누명을 씌워 정적을 제거하고, 권력을 유지하기 위해 도망친 클론들을 이용했냐고? 이래서 내가 너를 경멸하는 거야. 순진해 빠져 세상 돌아가는 바탕이 뭔지도 모르는 주제에 네 존재가 마치 정의라고 믿고 있는 게. 유지비는 많이 들고 성과는 없는 연구소 테러든, 정부에 비판적인 의원 테러든, 협의되지 않은 법안을 상정하려는 의회 테러든, 그 외 칩리스가 벌인 어떤 테러든 정부의 힘을 떠받치도록 사건이 철저하고 교묘하게 조작된 배경이 뭔지 넌 영원히 모르겠지."

시욱은 저도 모르게 주먹을 꽉 쥐었다. 국가는 과학기술의 발전으로 변화를 거듭해왔다. 과학기술은 정책과 의도에 따라서 쓰임새가 달라졌다. 신기술로 만들어진 클론이 장기 이식이라는 애초의 목적에서 벗어나 통제의 수단으로 악용된 것처럼. 그간 정부가 벌여온 일들을 되짚어볼수록 주도면밀한 계획에 치가 떨렸다. 클론 장기 이식 마스코트라며 꼭두각시 취급당한 시간이 억울하고 수치스러웠다. 무엇보다 괴로운 건 테러의 배후에 정부가 있다는 걸 자신이 실은 느끼고 있었던 건 아닐까 하는 자각 때문이었다. 순간순간 느껴온 위화감을 외면한 채 자신도 조작된 진실의 일부로 움직여왔는지도 몰랐다.

　그때 노크 소리가 들렸다. 문이 열리고 낯익은 인물이 경비병들에게 끌려 들어왔다. 그토록 그리워한 오안이 마침내 눈앞에 있었다. 오안이 살아 있다는 사실만으로도 그동안 경직된 상태로 버텨온 긴장감이 한순간 녹아내리는 듯했다. 오안을 부르려던 시욱은 순간 말들이 가슴에서 증발해버려 입엣말조차 할 수 없었다. 자신과 거울처럼 보였을 외모가 무참하게 얻어맞아 엉망이었다. 그래도 부어오른 눈두덩 아래 시욱을 바라보는 눈빛만은 명징했다. 오안도 시욱을 잊지 않고 있었음을 알 수 있는 눈빛이었다.

　오안에게 다가가려던 시욱은 등 뒤에 총구가 닿는 느낌에 멈춰 섰다. 뒤돌아보자 권혜가 씨익 웃으며 그제야 총구로 등을 밀었다. 시욱은 차츰 거리를 좁혀 오안 앞에 섰다. 그동안 수천억 번도 더 오안을 만나는 상상을 해왔다. 하지만 이런 잔혹한 모습을 한 오안을 만나는 장면은 상상 속에 없었다. 오안이 처음 만난 날처럼 부드러운 미소를 지어 보였다.

　"시욱, 보고 싶었어요."

　"나도. 나도 정말 보고 싶었어, 오안."

　오안을 만나면 우선 속죄할 생각이었다. 오안의 눈을 바라보며 모래벌판에서 저지른 일을 후회해왔다고 진심을 전하고 싶었다. 하지만 미안하다고 말하지 않아도 오안은 이해해 주었다는 걸 오안의 다정한 목소리로 깨달았다. 손을 뻗으려고 하자 권혜가 총구로 시욱을 위협하며 오안에게서 떨어지도록 했다.

"옛 친구를 오랜만에 만나 이성을 잃은 모양인데, 재미없는 재회는 곤란하지. 류시욱, 우리 공연장에서 만난 날 기억나지? 그때는 네가 어려서 중요한 게 뭔지 몰랐을 거란 말이야. 하지만 이제는 다르잖아. 지켜내야 할 게 많아. 지위, 명예, 부, 권력 같은 것들. 오늘 네 혐오스러운 친구가 저지른 일은 관대한 나조차 그냥 넘어갈 수 있는 일이 아니야. 죽음으로써 책임져야 할 일이지."

권혜가 한발 물러서서 시욱의 머리를 조준했다. 그러곤 나지막한 목소리로 오안을 죽이라고 명령했다. 만약 시욱이 죽이지 않더라도 반역을 저지른 오안의 배를 갈라 장기를 모조리 적출할 거라고 협박했다. 어차피 죽을 운명인 오안이 네 손에 죽는 게 덜 고통스럽지 않겠냐면서 권혜가 히죽 웃었다.

시욱도 공연장에서 권혜를 만난 날을 기억하고 있었다. 다만 그때와 다른 건 권혜가 채찍을 휘두르기 전에 반격할 수 있다는 점이다. 시욱은 상황을 장악했다는 기분에 도취한 권혜에게서 순식간에 레이저총을 빼앗았다. 그러곤 경비병들에게 연달아 레이저를 쐈다. 경비병들이 레이저총을 놓치며 보호 장갑을 움켜잡았다. 다른 경비병이 시욱을 조준하는 사이, 권혜가 날렵하게 움직여 바닥에 떨어진 레이저총을 집어 들었다.

"배신자 놈이 눈 둬야 할 곳은 여기다."

권혜가 오안의 목에 팔을 걸고 뒷덜미에 레이저총을 들이 댔다. 시욱을 노리는 가장 유리한 방법을 권혜는 정확히 파악하고 있었다. 오안이 고개를 저었다. 겨우 찾은 돌파구를 자신으로 인해 망치고 싶지 않다는 절박함이 묻어 있었다. 일시적 고통으로 레이저총을 잡지 못하는 경비병을 빼더라도 시욱을 조준하고 있는 총구만 여덟이었다. 오안 때문이 아니라 기민한 경비병들 수를 간과한 자신의 판단 착오였다. 시욱은 레이저총을 바닥에 내려놓고 손을 들어올렸다. 권혜가 뒤로 빠지자 경비병들이 오안을 넘어뜨리고 가격했다.

"자꾸 다른 곳으로 시선을 뺏기는 걸 보니 정책 마스터가 구해줄 거라고 믿는 모양이야. 그렇지?"

"정책 마스터님은 상관없어. 내가 책임져."

"상관없다? 책임? 내가 그 말들을 어떻게 믿지?"

"정책 마스터님은 내가 반역에 가담한 걸 알고 계셔. 네가 생각하는 문제는 생기지 않아. 그러니까 오안을 놔주고 나를 죽여. 네가 원하는 사람은 처음부터 나였잖아. 네 인생을 박살 낸 건 나니까."

"설마 내 인생을 박살낼 수 있을 만큼 네가 대단한 존재라고 착각하고 있는 거야? 넌 그저 내가 가지고 놀던 장난감이었을 뿐이야. 그러니까 주제넘게 나한테 명령 하지 마."

권혜가 이를 갈면서 시욱의 배를 주먹으로 가격했다. 명령은 자신만 내릴 수 있다는 말을 한마디씩 끊어 말하며 단어 끝마다 분노를 표출했다. 그러다 별안간 주먹세례가 멈췄다. 어느새 검은 입을 벌린 것 같은 총구가 주저앉은 오안의 가슴을 향해 있었다.

"류시욱, 네 꼬리표를 붙잡고 있다는 걸 잊지 말라고 했지? 네 꼬리표는 이 녀석이야. 네 가슴에 평생 괴로움을 남길 꼬리표. 그러니 네게 깨달음을 주려면 이 녀석을 죽여야 진정한 괴로움을 맛보게 해주는 거겠지."

권혜가 오안을 향해 방아쇠를 당기려고 했다. 오안이 바닥을 짚고 일어난 것은 그때였다.

"그만두세요."

"곧 죽을 놈이 여전히 건방지구나."

"어릴 때처럼 아직도 인간답게 사는 노력을 잊고 계시는군요."

300

조준경에 바짝 닿은 권혜의 눈썹이 꿈틀거렸다. 총구를 여전히 오안에게 향한 채로 한쪽 입꼬리를 비틀었다.

"공연장에서 모욕 주던 때와 같은 상황이라고 생각하는 거냐? 그때 널 죽일 수 있었는데도 내가 왜 그냥 넘어갔는지 알아?"

"…."

"나는 너의 끝을 보고 싶었다. 희생을 사명처럼 여기는 인간들이 부메랑이 된 배신에 비참해지는 걸 수없이 봐왔거든. 근데 몸속에 프로그래밍된 희생을 자신의 의지라고 여기는 클론이라면 어떨까? 배신당해도 제 탓으로 여기겠지. 그러니 클론인 너도 제 주인을 죽이는 게 네 죽음보다 더 괴로울 거야. 난 그때 너한테 네 주인이 죽는 걸 보여주는 게 낫겠다고 여겼어. 그래서 살려뒀더니만 둘 다 서로 죽겠다고 난리네. 류시욱 저 녀석은 인간으로서 긍지도 없어. 짐승 새끼 때문에 가진 걸 다 버리려고 하잖아. 그럼 이건 어떨까. 이번엔 반대로 네가 류시욱을 죽이는 거야. 그러면 네 동료들은 살려주지. 너희가 타고 도망친 군용차량을 추적하면 칩리스 은신처는 금세 찾을 수 있어. 더욱이 데려간 놈들 중에는 생체칩을 제거하지 않은 놈들도 있거든. 내가 너희 은신처를 찾으면 어떻게 할 것 같아? 거기 있는 칩리스를 모조리 쓸어버릴 거야.

아주 잔인하게. 애든 어른이든 한 놈도 빠짐없이 갈가리 찢어주지. 그러니까 넌 선택해야 해. 네가 지키려는 게 칩리스인지, 네 주인인지."

시욱과 오안이 서로를 구해낼 수 없음에 비관하며 자신의 발 밑에 납작 엎드리게 하겠다는 악의가 권혜에게서 풍겨왔다. 어떤 태도를 취하든 약속은 지켜지지 않으리라는 걸 시욱도, 오안도 알고 있었다.

"아무도 죽지 않는 방법도 있어요. 평화롭게 함께 살기로 선택한다면요."

오안의 말에 권혜가 한숨을 쉬었다.

"공격 성향이 없는 클론은 인간을 죽이지 못한다는 사실을 아니까 어차피 기대는 안 했는데, 예상도 못 한 평화론을 펼치네. 역시, 괜히 짐승한테 말 걸었어. 시간만 아깝게. 이제 내 새로운 계획을 알려줄게. 오랜 시간 인간 세상에 복수를 꿈꾸고 주인의 생체칩까지 이식한 클론이 있어. 칩리스 테러를 주도해온 대담한 주범이지. 그놈이 자신을 구하겠다고 온 제 주인을 죽이게 돼. 왜? 칩리스를 탄압하는 부대를 이끄는 총지휘관이니까. 하지만 오해였다는 사실을 알게 돼 죄책감에 자살하는 거야. 완벽하게 둘 다 세상에서 제거되는 시나리오. 너희 둘의 사연을 알고 있는 누구도 의심하지 않을 시나리오로 이 지겨운 상황을 끝내자."

권혜가 시욱의 어깨를 붙잡고 허리춤에서 주머니칼을 다시 꺼냈다. 칼끝이 섬뜩하게 빛났다. 칼이 시나브로 거리를 좁혀왔다. 시욱이 몸부림치자 권혜가 웃음을 터뜨렸다.

"그렇게 안달하지 않아도 돼. 내가 해부를 잘한다는 걸 넌 알잖아. 자, 조금 더 극적으로 움직여봐. 복수심 가득한 칩리스가 너를 어떻게 죽일지 내 상상력을 더 자극하게. 그리고 너는 주인이 비참하게 죽는 걸 똑똑히 지켜보고 있어."

시욱은 어떤 고통에도 비명을 지르지 않으려고 윗니로 입술을 꽉 깨물었다. 마지막 모습만은 의연하게 보이도록. 그래서 잠시일망정 오안에게 더는 괴로움을 주고 싶지 않았다. 칼날이 목에 막 닿으려는 찰나, 오안이 자신을 붙잡고 있던 경비병들을 잽싸게 차례로 밀쳤다. 그리곤 순식간에 달려와 권혜를 안고 넘어졌다. 두 사람이 달라붙은 채 공격과 방어가 이어지다가 곧 권혜가 오안을 제압하며 일어났다.

"최초 모델이라 그런가 공들여 만든 티가 나네. 클론이라면 이 정도 힘은 있어야지. 최근에 만들어진 것들은 약해 빠져서 아무짝에도 쓸모가 없거든."

권혜가 돌려차기로 오안의 머리를 가격했다. 오안이 휘청거리며 벽에 머리를 부딪쳤다. 동시에 자유로워진 시욱이 두 사람 사이에 끼어들며 권혜에게 맞섰다. 다부진 체격의 권혜에게는 힘으로 밀린다고 판단해 암살 기술을 사용했다. 하지만 한계가 명확했다. 권혜는 암살 기술에서도, 방어에서도 시욱을 크게 앞서 있었다. 시욱이 처참하게 얻어맞으며 쓰러졌다. 권혜는 틈을 주지 않고 시욱의 머리 위주로 주먹을 날렸다. 그러고도 분이 풀리지 않는지 경비병에게 레이저총을 가져오게 했다. 권혜가 레이저총을 시욱의 머리에 겨눴다.

"멈춰요."

오안이 권혜가 떨어뜨린 주머니칼을 들고 있었다. 권혜가 서서히 찢겨나가는 종이처럼 입이 점점 벌어지는 웃음을 흘렸다.

"칼은 어설프게 쓰면 본인도 다치는 법이다. 칼을 쓸 때는 칼자루를 단단히 잡고 상대의 급소를 찔러야 해. 그런데 너는 어느 단계까지 할 수 있지? 칼자루를 쥐는 것까지는 할 수 있나? 그 다음 스텝은? 클론 주제에 인간을 죽여보겠다고? 제 몸에 오롯이 흐르는 평화 유전자를 거부하고? 그렇다면 받아주지. 자, 내 목을 한번 노려보거라. 안 그러면 네 주인놈이 먼저 죽을 테니까."

그 후 모든 일은 순식간에 일어났다. 시욱이 몸을 옆으로 날리는 사이 권혜가 방아쇠를 당겼고 동시에 오안이 권혜를 향해 칼을 던졌다. 제일 먼저 시욱이 쓰러졌다. 이어서 목에 칼이 꽂힌 권혜도 무릎을 꿇었다. 목에 손을 가져다 대곤 주머니칼을 뽑으며 피식 웃었다. 그러곤 서서히 앞으로 고꾸라졌다. 권혜의 목에서 흘러 나온 피가 사방으로 퍼져갔다.

"오안!"

다리를 관통당한 시욱이 오안을 불렀다. 오안은 얼굴을 감싸며 주저앉았다. 클론이 만들어지고 20여 년의 시간이 지나는 동안 처음으로 클론이 인간을 죽이는 사건이 발생했다. 클론 중에서도 가장 따뜻하고 세상을 사랑하며 누구보다 인간적이었던 오안. 그런 오안이 권혜를 죽였다. 권혜를 죽이면서 오안 역시 내면이 붕괴되었다.

오안은 하늘을 향해 절규했다. 오안을 체포하기 위해 다가서는 경비병들 마저 그 자리에 멈추게 만들만큼 처절한 울음이었다.

17. 가나

어딘가에서 총성이 연이어 들려왔다. 가나는 초조해져 작업 중에 계속 실수했다. 그간 정부 시스템을 해킹해 모아둔 클론 관련 자료는 태블릿 내장 하드에 보관하고 있었다. 차라리 시스템 해킹은 쉬웠다. 영상 편집과 카피 작성에 비하면. 인공지능 자동 변환 프로그램을 활용하고 싶었지만 생존자 레벨 2구역의 디지털 보안 벽은 예상보다 견고했다. 인터넷 사용 시 즉각 사용자 위치 정보가 노출되도록 설정되어 있었다. 숨어서 긴 시간 작업해야 하는 도망자 처지로서 안일하게 대응하다가 티끌만큼의 실수라도 저지르면 모든 게 허사가 된다. 그래서 수동 작업에 매달릴 수밖에 없었다.

오안과 헤어진 가나는 혼자 탈출하지 않기로 결심했다. 오안과 시욱 그리고 생존자 레벨 2구역 총사령관은 과거 악연으로 얽힌 사이인 듯했다. 그대로 두면 오안은 죽는다는 직감이 들었다. 시욱이 마음에 걸리기도 했다. 제4캠프로 오안이 돌아가지 않았으니 시욱은 분명 생존자 레벨 2구역으로 올 것이다. 시욱이 온다면 오안을 구할 방안이 생길지도 모른다. 그때까지 가나는 자신이 할 수 있는 일을 하기로 했다.

중앙광장 스크린 전원 위치를 확인기 위해 건물마다 들어가 시스템을 점검했다. 감시 카메라를 피해 더디게 움직이는 게 번거로워 차라리 감시 카메라 전체를 뒤바꿔놓기로 했다. 3중으로 차단된 출입 체계 탓인지 내부 감시 카메라는 의외로 접근이 용이한 편이었다. 정보 교란 장치가 없어도 가능한 수준이었다. 다만 인터넷에 접속하는 외부 디지털 보안은 철저하다는 걸 그때 알게 되었다.

보초를 서는 경비병들을 따돌리기 위해 유니폼으로 갈아입고 조심스럽게 움직였다. 시간은 걸렸으나 결국 전원 컨트롤 센터를 찾는 데 성공했다. 먼지 쌓인 콘솔박스를 보자 스크린 전원을 끈 후 아무도 들어오지 않았다는 확신이 생겼다. 전원 컨트롤 센터에서 영상 제작을 마무리할 즈음 총소리를 들었다. 오안과 관련된 일일까 봐 자꾸 손이 엇나갔다. 불안해도 저절로 해결되는 문제는 없다. 가나는 마음을 다잡고 영상 제작을 끝까지 완수했다.

전원 장치를 복구한 뒤 영상을 송출하기 전 잠시 망설였다. 다만 송출 후 바로 경비병들이 전원 차단에 나서리라는 점을 간과할 수 없었기 때문이다. 전원 컨트롤 센터에 접근하지 못하게 할 방법을 강구해봤으나 뾰족한 수가 없긴 했다. 되도록 마취총은 사용하고 싶지 않았다. 가나는 무기를 사용하는 데 소질이 없었다. 그래도 접근을 늦추는 용도로 쓸 수 있을까 싶어 영상 송출을 시도하기로 했다.

즉시, 중앙광장 스크린에 영상이 흘러나왔다. 클론이 왜 태어났는지가 주된 내용으로 모범적인 인간에게 부여된다고 알려진 특권, 생존자 레벨 1구역으로 옮긴다는 의미가 어떤 것인지도 보여주었다. 2-1구역 생존자들이 실은 인간이 아니라는 진실을 광장에 모인 클론들이 올려다보고 있었다. 클론들이 점차 모여들었다. 영상 말미에는 지금 이 화면을 보고 있는 클론들이 진실을 알게 되어 혼란스럽겠지만 자유를 위해 의식이 깨어나야 한다고 강조했다. 그들을 기다리고 있는 가족, 친구 그리고 무엇보다 자기 자신을 위해서.

가나는 전원 컨트롤 센터 구석에 숨어 경비병들이 나타나길 기다렸다. 클론들이 광장을 메우며 혼란이 일어나고 있는데 경비병이 움직이는 기척은 없었다. 가나는 마취총을 숨겨 들고 광장으로 향했다. 주변을 서성거리는 경비병들이 눈에 띄었다. 우왕좌왕할 뿐 클론의 소요에 어떤 조치도를 취하지 않았다. 대기하고 있는 경비병 부대도 보였으나 역시 마찬가지로 무력을 사용할 기미는 보이지 않았다. 상부의 명령을 기다리고 있는 거야. 가나는 생존자 레벨 2구역을 책임지고 있는 총사령관이 이 사태를 수습하는 것보다 급박한 일에 휘말렸거나 사태를 미처 확인할 수 없는 상황에 놓였을 거라고 짐작했다. 그건 아마도 조금 전 들렸던 총성과 연관이 있을 터였다.

스크린에서 반복적으로 흘러나오는 영상을 보면서 클론들이 삼삼오오 모여 대화를 나누었다. 존재 의미에 관해 심각한 대화들이 이어졌다. 대화 그룹은 차츰 뭉쳐지며 큰 중심을 이뤘다. 마침내 목소리가 하나로 모여 진실을 안 이상 생존자 레벨 2구역을 만든 정부와 대화를 해야 한다는 결론에 이르렀다.

가나는 그 흐름을 지켜보고 있었다. 그러다 광장 가장자리서부터 웅성거림이 잦아들어 시선을 옮겼다. 광장 끝에서 시욱과 오안이 모습을 드러냈다. 둘은 심각한 부상을 입은 상태로 다리에 붕대를 묶은 시욱을 오안이 부축하고 있었다. 시욱과 오안이 지나가자 클론들이 길을 비켜주며 정적이 깔렸다. 가나는 클론들을 지나쳐 두 사람에게로 달려갔다. 그러나 막상 두 사람 앞에 서자 말문이 막힌 듯 그저 어딜 다쳤는지 뜯어보고 있을 수밖에 없었다.

"약속 시각에 늦었네."

허탈한 표정에도 불구하고 시욱의 목소리는 차분했다. 무사하다는 걸 눈으로 확인했으면서도 목소리를 들은 그제야 그 사실을 믿을 수 있었다. 가나는 두 사람이 만난 게 다행이다 싶으면서도 한편으로 가슴이 아팠다. 오안에게 어쩌면 시욱에게도 자신의 자리는 없을지도 모르겠다고 생각했다. 그래도 할 수 없다. 가나는 마음을 숨기며 평소처럼 냉소적인 어투로 말했다.

"친구! 토끼들이 총사령관 안부가 궁금하다는군."

가나의 질문에 두 사람의 표정이 일순간 어두워졌다. 이제 곧 경비병들이 진압에 나서겠구나. 그런데 예상과 달리 시욱이 의외의 소식을 전해주었다.

"총사령관은 죽었어. 같이 있던 경비병들을 설득해 빠져나왔지만 보고가 들어갔을 테고, 아마 지금쯤 부사령관이 정부와 소통하며 이 사태를 어떻게 진정시킬지 논의하고 있을 거야."

총사령관이 죽음에 이른 경위를 전해들은 가나는 처음엔 믿기지 않았지만 오안의 온몸에서 풍기는 절망감을 보고 사실이라는 걸 깨달았다. 공격 성향이 제거된 클론이 인간을 죽였다면 클론이 한 단계 진화했다고 봐야 하는 걸까. 스스로 성장을 일궈낸 것이니까. 아니면 인간과 성질이 동일해진 거라고 봐야 하는 걸까. 분명한 건 클론은 앞으로 이전과 같은 지위가 될 수 없다는 것이다. 정부에서 이 사실을 알게 되면 클론 정책에 분명 변화가 생길 것이다. 아마도 부정적인 방향으로. 그것은 개인 차원에서 오안도 마찬가지다. 가나는 전과 달리 공허해 보이는 오안을 바라보면서 앞으로 많은 것이 달라질 거라는 예감이 들었다.

"당신들은 누구신가요?"

한 클론이 대표로 나와 세 사람에게 물었다. 광장에 모인

310

클론들이 세 사람의 대답을 기다리고 있었다. 가나는 비록 내면이 어둠으로 가득 차 휘청일지언정 오안이 대변하는 게 맞다고 생각했다. 시욱도 같은 생각인지 오안을 쳐다보았다. 분위기를 느낀 오안이 비로소 고개를 들었다. 클론들이 지금 느끼고 있을 모든 감정이 오안의 눈을 통해 가슴으로 밀려 들었다. 오안이 광장에 모인 클론들을 향해 천천히 입을 열었다.

"저는 최초의 클론, 오안입니다. 20년 전 국가바이오휴먼연구소에서 지금 제 옆에 있는 류시욱의 심장을 대체하기 위해 태어났습니다. 또한 현재는 생체칩을 제거한 인간이라는 의미의 칩리스입니다. 우리는 여러분의 자유를 되찾아주기 위해 이곳에 잠입했습니다. 여러분이 병원 구역으로 알고 있는 2-2구역은 실은 클론의 진실을 알고 있는 칩리스가 감금되거나 장기를 적출당한 클론이 있던 곳입니다. 어제 우리는 그곳에 있던 클론과 칩리스를 모두 구출했습니다. 이제 여러분들이 남았습니다. 정부는 인간 장기의 대체재로 클론을 만들었습니다. 그러나 클론이 생각하고, 감정을 느끼며, 창조함으로써 성장하는, 인간과 다를 바 없는 종이라는 사실을 감추고 있습니다. 저 담장 밖에는 클론을 인간과 같은 종이라고 여기는 사람들이 있습니다. 또한 밖에는 클론과 칩리스를 유해한 존재라고 여기는 사람들도 있습니다. 우리는 스스로 어

311

떤 존재가 되어야 하는지 결정해야 합니다. 생존자 레벨 2구역에 있는 여러분의 결정에 따라 대응은 달라질 것입니다. 여러분은 계속 인간의 복제체로 사실 겁니까? 아니면 스스로 자유를 위해 사실 겁니까? 그러기 위해 무기를 드실 겁니까? 평화롭게 교섭에 나설 겁니까? 여러분의 의지를 알려주십시오. 그러면 우리는 여러분을 위해 행동할 것입니다."

오안의 연설에 여기저기에서 질문이 쏟아졌다. 오안은 질문들에 차분히 답변해주었다. 막연한 상황이 구체적인 정보로 채워지는 사이 시욱이 가나에게 통제실로 함께 가자고 했다. 시욱은 부사령관을 만나 진압 상황을 협상할 계획이었다.

그러나 통제실에 부사령관은 없었다. 그는 크리스마스 휴가 중이었고 총사령관의 죽음까지 겹친 경비대는 통솔할 지휘부가 부재한 상태였다. 사단장들이 비상사태에 대응하기 위해 회의를 하던 참이었다. 시욱은 회의 테이블에 모인 사단장들에게 자신의 신분을 밝혔다. 2-2구역에 침투한 시욱의 클론과 시욱이 칩리스 도주를 공모했다며 총사령관이 체포를 명령했다. 증거는 없었다. 그러던 차에 총사령관은 클론의 손에 죽임을 당했다. 그 자리에서 시욱은 클론과 한패처럼 행동했다. 어느 부분을 우선하느냐에 따라 시욱의 지시를 따르거나 체포하는 양극단의 기로로 나뉠 수 있었다. 사단장들의 머릿속이 복잡하게 돌아가리란 걸 시욱도 알았다. 그래서 자신이 먼저 지금부터 벌일 정부와의 협상 내용을 설명하기로 했다.

"나를 따를 필요 없다. 제군들이 따를 건 정부의 결정이다. 현 사태를 국방부에 알리면 정부는 클론을 무력으로 진압할지, 협상할지 결정해줄 것이다. 만약 무력 진압이 결정된다면 제일선에 서야 하는 건 생존자 레벨 2구역 경비를 맡고 있는 제군들이다. 제군들도 잘 알다시피 클론은 공격성이 없다. 손쉽게 제압할 수 있을 것이다. 다른 방향으로 정부가 협상을 선택할 수도 있다. 클론을 대변할 협상 테이블에는 내가 나설 것이다. 정부 쪽 협상 테이블에 앉을 이로는 정책 마스터를 요청하는 바이다. 클론들은 이제 자신들이 어떻게 태어난 건지 알게 되었다. 클론의 정신적 변화를 무력으로 덮을 수 없다는 건 정부도 안다. 그러니 클론이 어떻게 대응할지 알고 싶을 것이다. 클론이 요구하는 바를 정리할 시간을 줄 것인지, 지금 바로 국방부에 알릴 것인지. 제군들이 선택해라."

사단장들이 난처한 기색으로 서로를 쳐다봤다. 그중 다부져 보이는 사단장이 앞으로 나왔다.

"시간을 얼마나 드리면 되겠습니까?"

"앞으로 한 시간. 그럼 결과가 나올 것이다."

"좋습니다. 결과를 듣고 국방부에 알리겠습니다. 총지휘관님이 정책 마스터님과의 협상을 요청한 것도 물론 함께 전달하겠습니다. 그 부분을 수용할지는 위에서 결정하시겠지요. 그 이후에 저희는 정부 결정을 따를 것입니다."

사단장은 시욱의 제안을 수락했다. 사실 이 제안은 정부와 협상하려는 배경도 있었으나 가나가 외부 통신망을 통해 디지털 환경을 장악하려는 의도도 깔려 있었다. 시욱이 사단장들과 협의하는 동안 가나는 현재 이 나라에서 일어나고 있는 클론 배양이 얼마나 비윤리적인가를 세계에 알릴 시스템 활용을 고민했다. 그러느라 내부를 슬쩍 슬쩍 둘러봤다. 방안을 찾은 가나가 시욱에게 고개를 끄덕였다.

통제실을 나온 가나와 시욱은 광장으로 돌아갔다. 그사이에 클론들은 투표를 진행하고 있었다. 시욱은 통제실에서 협의한 내용을 오안에게 알렸고 가나는 통제실과 연동할 프로그램을 만들기 시작했다. 30여 분 뒤에 마침내 클론 대표가 세 사람에게 다가왔다.

"우리는 정체성과 자유를 찾기로 의견을 모았습니다. 무력으로 자유를 얻을 수는 없습니다. 평화롭게 시위하겠습니다. 우리는 생존자 레벨 2구역을 클론과 칩리스만의 자치지구로 인정해줄 것을 정부에 요구합니다."

클론은 인간과 구분되지 않을 세상을 꿈꾸고 있었다. 자유의 기반이 되어줄 그들만의 세상이 필요한 것이다. 시욱과 가나와 오안은 생존자 레벨 2구역 거주자들을 이끌고 평화적으로 맞서는 것에 동의했다.

그로부터 한 시간 뒤에 통제실에서 정책 마스터와 영상으로 연결되었다. 정부는 시욱의 요청을 받아들여 진압 전에 정책 마스터와의 독대를 승인했다. 화상 회의용 스크린에 세월이 내려앉은 정책 마스터의 얼굴이 나타났다.

"괜찮게 살고 있는 줄 알았더니 아주 큰일을 벌였구나."

"저택이 테러당한 이후로 괜찮았던 적이 한 번도 없습니다. 계속 같은 지점에서 부서져왔습니다."

"오안을 만났다고 들었다. 그게 널 부췄구나."

"오안 때문이 아닙니다. 인간 중심의 공평하지 않은 세상을 명확하게 본 것뿐입니다."

"원하는 바가 뭐냐?"

"클론 배양을 즉각 종료해주십시오."

"지금 생존자 레벨 2구역 상황을 정부에서 파악하지 못했다고 여기는 거냐? 무기라는 걸 만져본 적도 없는 클론들과 고작 반역자 셋이서 뭘 하겠다고. 정부가 당장이라도 무력 진압을 명령하면 그 안에 있는 경비병들만으로도 너희는 즉각 진압된다."

"알고 있습니다. 그래서 정책 마스터님과 독대를 청한 겁니다. 저희는 클론 배양의 실체를 세계가 알아야 한다고 생각합니다. 그 영상을 보고도 클론 바이오 산업이 유지될 수 있을지 걱정하셔야 할 겁니다."

"그런 걸로 경제적 이득을 포기할 만큼 정부가 허술하게 대처할 거라고 보는 거냐? 관념과 인식은 언제든 변하게 마련이다. 너희가 부정적인 걸 말한다면 긍정적인 것으로 대체하면 그만이야. 시간이 걸리더라도 정부는 모든 걸 바꿔놓을 거다."

"마치 진실을 조작하듯이요. 정부가 칩리스를 이용해 테러 사건을 조작하고 있다는 걸 알고 계셨습니까?"

시욱의 돌발적인 질문에 정책 마스터의 표정이 굳었다. 정책 마스터는 그와 같은 일에 관여하지 않았길, 그도 몰랐길 시욱은 간절히 바랐다. 그러나 정책 마스터의 표정에서 그 역시 은폐된 진실을 알고 있었다는 게 분명해졌다.

"정부는 정치적인 생물이다. 생물은 어떤 순간에도 자신의 생명을 최우선으로 여긴다. 생명을 지키기 위해선 어떤 짓이든 벌이지. 그게 네가 보고 있는 현실이다."

"그래서 저도 정치적인 인간이 되려고 합니다. 생존자 레벨

2구역의 클론과 칩리스를 지키기 위해 정부가 벌인 테러 공개를 협상안에 넣겠습니다. 이곳은 이제 칩리스가 주권을 가진 자치지구가 될 겁니다. 이 요구를 받아들이지 않겠다면 그동안 정부가 저질러온 만행을 전 세계가 알게 되리라는 점을 분명하게 전해주십시오."

"칩리스 자치지구라고? 그 안에서 뭘 먹고 어떻게 살아갈 건데? 경제적 독립이 가능하다고 보는 거냐?"

"칩리스 자치지구에 관해서는 오안이 저를 대신해 독립지구 선언을 선포할 겁니다."

시욱과 자리를 바꿔 앉은 오안이 스크린에 나타났다. 오안은 태블릿을 들여다보며 직접 작성한 선언문을 읽어나갔다.

"칩리스 자치지구는 클론과 칩리스가 인간으로서 주권을 행사할 권리를 보장해줄 것을 요구한다. 칩리스 자치지구는 인간으로서 마땅히 누릴 자유를 비롯해 인간에게 주어지는 평등한 권리와 기회를 보장받길 원한다. 이를 위해 칩리스 자치지구는 행복과 번영을 추구하며 인간과 클론, 칩리스를 동등하게 여기겠다는 결의를 천명한다. 칩리스 자치지구는 클론과 칩리스만의 독립지구로서 어떤 국가의 침입이나 개입도 수락하지 않을 것을 선포한다."

다시 스크린에 시욱이 나타났다. 정책 마스터는 손으로 이마를 누르고 있었다.

"소꿉놀이하듯 너희끼리 자치지구를 선포한다고 해결되는 게 아니야. 그동안 군에서 배운 게 고작 어린애들 놀음이었나 보구나. 이런 모습을 보려고 내가 널 그 자리에 올린 게 아니 다. 네 어머니를 생각해야지."

"알고 있습니다. 어머니를 위해 저를 여기까지 이끌어주셨 다는 것을요. 그런데 제가 어머니에게 떳떳해지는 길은 어머 니의 뜻을 지키는 겁니다. 20년 전에 정책 마스터님께서 그 러셨죠. 어머니께서는 오안에게 자유를 주고 싶어 하셨다고 요. 어머니는 클론이 인간과 같이 진화하는 존재라는 걸 알고 계셨어요. 그래서 오안에게 자유를 주자고 하셨던 거예요. 이 제 장기 이식은 슈퍼 인자로 자체 배양한 개별 장기를 냉동 보관했다가 필요시 손상 없이 꺼낼 수 있는 기술로까지 발전 했어요. 클론을 만들 필요조차 없어졌지요. 클론은 몇 년 내 경제적 효율성이 저하돼 제작이 중단될 겁니다. 생존자 레벨 2구역도 역사 속으로 사라지게 될 거고요. 인간과 같은 진화 된 존재를 모두 죽였다는 죄의식과 역사적 단죄와 함께 후퇴 한 정부 편에 서시겠습니까? 정책 마스터님께서는 그것이 진 정 어머니가 바라던 세상이라고 보십니까?"

정책 마스터가 이마에서 손을 떼자 눈가에 맺힌 눈물이 보였다.

"네가 맞다고 치자. 하지만 네가 협상 대상으로 봐야 하는 건 내가 아니라 정부다. 그래서 너는 칩리스 테러에 대해 어디까지 파악하고 있는 거냐?"

정책 마스터의 입가에 희미한 미소가 서려 있었다. 시욱은 드디어 어른으로서 정책 마스터에게 다가갔다는 걸 깨달았다. 모래벌판에서 돌아와 어머니를 잃은, 돌봐줘야 할 고아가 아니라.

시욱은 어깨를 펴고 그간 파악한 테러 목록을 차례대로 읊어갔다. 그 가운데는 시계탑에서 끌려가 2-2구역에 감금된 아이들에 관한 것도 있었다. 어린아이마저 클론으로 둔갑시킨 사건이 공표되면 파장이 만만치 않을 테고, 여론마저 등 돌릴 수 있었다. 아이들은 제4캠프에서 자신들이 칩리스로 오인된 일을 증언하고 있었다.

정부의 클론 배양 중단과 칩리스 자치지구를 인정을 이끌어낼 첫 번째 협상의 문이 비로소 열리기 시작했다. 시욱이 자신감 있게 정책 마스터와 협의를 이어가는 걸 보면서 가나는 어쩌면 마침내 무지갯빛 테두리에 감싸인 달에 도착한 건지도 모르겠다고 생각했다. 시욱의 입가에 미소가 어려 있었다. 행복할 때 떠오르는 진짜 미소였다.

시욱, 잘 지내고 있나요?

태어나 처음으로 편지라는 걸 쓰고 있어요. 이곳에 있는 나의 아이가 쓰는 방법을 가르쳐주었어요. 굉장한 비밀을 공유하는 것처럼 잔뜩 거드름을 피우면서요. 나의 아이라고 말해서 무척 당황했죠? 그리 놀랄 필요는 없어요. 나의 아이는 제가 돌봐주고 있는 아이들을 부르는 말이거든요.

지금 저는 인간 마을에서 보살핌이 필요한 아이들과 함께 지내고 있어요. 이곳에서는 아무도 제가 클론이라는 사실을 몰라요. 클론이라는 사실을 안다고 해도 그러냐며 웃고 말 인간들과 더불어 살고 있으니 제 정체를 들킬까 봐 걱정하지 않으셔도 된답니다.

여긴 디지털 문명의 혜택을 포기하고 자연과 어우러져 사는 태초의 근원 같은 곳이에요. 사방 어딜 보아도 온통 푸른 색뿐이죠. 정신과 육체를 수련하기에 최적인 곳. 인간들은 이곳을 '수도자 성지'라고 부르더군요.

수도자 성지에는 깨달음이나 안식을 얻기 위해 고단한 수행을 해야 하는 규칙이 있어요. 제가 선택한 방법은 유전자 치료를 받지 못해 버려진 아이들에게 봉사하는 일이에요. 어린아이였던 적 없는 제가 아이들에게 봉사활동이라니. 경탄할 시욱의 얼굴이 눈에 선하네요. 어쩌면 제게 어린 시절이 없었기에 겁 없이 선뜻 선택한 건지도 모르겠어요. 오래된 수도자들이 제가 아이들을 돌본다고 했을 때 설핏 웃는 것도 몰랐으니까요.

수도자 성지에는 제각기 개성 강한 서른세 명의 아이가 있어요. 호기심과 정의감이 뱃속에서 꼬물거리는 걸 참지 못하는 아이들이지요. 늘 분주하고 때때로 괴팍하게 굴 때도 있지만 대체로 반짝거리는 에너지를 가지고 있어요. 나름대로 고민에 빠지고 부모님이 계신 아이들과 비교당해 시무룩하다가도 어두운 감정을 순식간에 밀어낼 줄 알지요. 행복을 지어내는 생명력이 무척 경이로워요.

그러다 제 안일함을 깨부수기로 작정한 듯 사랑스러움을 팽개치고 돌아가면서 금세 사고를 치곤 하죠. 어떨 땐 서너 명이 동시에요. 아이들이 평정심을 흔들어놓을 때마다 마음을 가라앉히기 위해 속으로 주문을 외워요. 눈앞에 있는 장난

꾸러기는 나의 아이라고요.

나의 아이라고 부르고 나면 한결 마음이 차분해져서 무턱대고 노여워하는 일은 줄어들어요. 웃기죠? 세상의 진리를 깨닫겠다고 떠났으면서 고작 아이들에게 휘둘리다니요. 아직 수련이 부족한가 봐요. 그래도 아이들을 돌보는 일이 어째서 수행인지 나름 깨달았으니 한 걸음 전진한 거라 여기기로 했어요.

이런. 서론이 너무 길었네요. 안부는 짧게 전하라고 나의 아이가 당부했거든요. 오늘 편지를 쓰려고 마음먹은 건 정전 때문이었어요. 이곳은 전기가 불안정해서 자주 정전되곤 해요. 지금도 초를 켜고 편지를 쓰고 있어요. 어둠 속에 있으면 시욱의 얼굴이 또렷하게 기억나요. 촛불 같던 시욱의 눈빛 때문인지도 모르겠어요.

시욱은 몰랐을 사실 하나 알려줄까요? 실은 공연장에 다녀온 날 저는 마음이 안정되지 않아 손을 놀리던 차에 저도 모르게 처음으로 그림을 그렸어요. 우리가 함께 울다가 시욱이 방에서 나간 뒤, 손 가는 대로 완성한 그림을 보니 어느새 시욱의 얼굴이 그려져 있더군요. 그림 속 시욱은 불꽃이 일렁이는 눈빛으로 세상을 바라보고 있었어요. 그날 채찍을 맞으면서까지 저를 지켜주던 눈빛 그대로 아주 당당하게요.

그날 공연장에서 있었던 일은 삶이라는 커다란 지도 앞에 선 별일이 아니었을지도 몰라요. 그렇지만 저에겐 충분히 의미 깊은 일이었어요. 절 감싸는 시욱을 보며 시욱이 저를 진심으로 친구라 여기고 있다는 걸 깨달았거든요. 저는 시욱의 희생을 통해 관계란 서로에게 이어진 통로라는 걸 배울 수 있었어요. 덤으로 막다른 벽을 넘어 나의 삶을, 다른 의미로 시욱에게로 향하는 삶을 살고 싶다는 의지도 얻었고요. 그랬기에 모래벌판에서 생체칩을 제거당했을 때도, 시욱이 제 손을 놓쳤을 때도 절대적으로 시욱을 믿을 수 있었던 거예요. 제가 시욱에게 그랬듯 시욱 역시 제게는 버팀목이었으니까요.

그런데도 시욱은 오랜 시간 동안 저를 버렸다고 자책했더군요. 깜깜한 시간을 홀로 견디면서요. 모래벌판에서 일어난 일은 그저 살아가면서 누구나 겪을 수 있는 실수일 뿐인데도 말이에요. 아무도 인생이 어디로 흘러가는지 모르잖아요. 아무리 조심스레 살아도 함정에 빠질 수 있는 법이고요. 그러니 자신을 책망할 필요 없이 너그럽게 대해야 한다는 것을 늦었지만 이제라도 시욱에게 알려주고 싶었어요.

이게 시욱에게 편지를 쓰는 첫 번째 이유예요. 비록 시욱에게 전달되지 못했지만 크리스마스 선물로 주려던 저의 첫 그림처럼 시욱이 촛불로 살았으면 좋겠어요. 꺼질 듯 보이지만 쉽게 힘을 잃지 않으며 자신을 스스로 지키는 촛불로요. 촛불 같은 눈빛이 시욱에게는 어울리니까요.

제가 편지를 쓰는 첫 번째 이유가 나왔으니 이제 두 번째도 궁금하겠죠? 얼마 전 가나에게서 연락이 왔어요. 어느 날 수도사님이 찾아오셔선 전화가 왔다고 하더라고요. 급히 수도사님 댁으로 가보니 가나가 전화기 너머에서 큰 목소리로 제 이름을 불렀어요. 대단하죠? 제가 있는 곳을 해킹으로 알아내다니요.

놀라움도 잠시, 가나는 상담할 게 있다고 했어요. 시욱이 저택을 개조해 칩리스 자치지구 영사관으로 사용하길 제안했다고요. 저와 함께한 추억을 지키고 싶어 지금껏 저택을 팔지 않았다고 하더군요. 그쯤이면 못 이기는 척 수락했을 텐데, 전 재산을 기부해 칩리스 자치지구를 확대하고 싶다고 해서 강심장인 자신조차도 놀라고 말았다고요.

자치지구 확대에 필요한 자금을 가나가 운용해주길 요청했다지요. 칩리스 자치지구를 확대하면 정부가 반역으로 간주할 수 있으므로 위험을 감수할 배짱이 필요하다면서. 가나는 자신을 믿어준 건 고마우나 칩리스 자치지구를 확대하는 게 과연 옳은 일인지 판단이 서지 않는다고 고민하더군요.

생존자 레벨 2구역이 칩리스 자치지구로 탈바꿈한 건 시욱의 공이 커요. 클론이 권리를 박탈당하고 위협이란 이름이 붙여졌다는 걸 증명하며 정부를 설득했으니까요. 그것만으로도 충분한데 자치지구를 확대해 클론에게 제한 없는 자유를 주려고 마음먹고 있었다니 정말 대단하다고 할 수밖에요.

칩리스 자치지구를 확대하자는 시욱의 제안은 분명 칩리스와 클론에게 필요한 조치예요. 칩리스 자치지구를 벗어나지 않는다는 조건으로 정부와 체결한 클론 권리 보장 협의는 이제 더 치밀한 권익으로 발전할 단계니까요.

자유는 굴레 안에서는 절대 누릴 수가 없지요. 정부는 클론이 인간과 같은 존재인 걸 알면서 클론 바이오 산업을 육성한 부분에 대해 해명하지 않았고, 잘못을 덮었어요. 그렇게 클론의 장기를 이식하던 과거는 펼쳐보지 않을 역사가 되고 말았지요. 칩리스를 테러에 이용했다는 진실을 덮어주는 대가로 받은 칩리스 자치지구 역시 여전히 정부에 구속되어 있는 것과 마찬가지죠.

하지만 칩리스 자치지구를 확대한다면 생체칩을 제거한 클론과 인간이 그곳에서 더 자유롭게 움직이며 권리를 설계할 수 있을 거예요. 클론을 위해 스스로 생체칩을 제거한 최초의 인간 칩리스인 시욱이라면 지금까지 그랬듯이 세상을 바꿀 수 있을 테죠.

그런 제 생각을 가나에게 말했더니 며칠 뒤 인솔자와 함께 오래 상의한 후 마침내 시욱의 제안을 받아들이기로 했다고 전해주었어요. 아마도 지금쯤 시욱 역시 굳은 얼굴을 풀고 안도하며 웃고 있을지도 모르겠네요.

가나는 최근 인간들이 자진해서 생체칩을 제거하는 사례가 점점 증가하는 추세라고 했어요. 20여 년이라는 시간을 지나는 동안 세상의 어느 면이 변했고 어느 면이 변하지 않았는지 생각하면 아득해지고 마는 인간들이 늘어난 거예요. 변하는 것과 변치 않는 것. 변할 수 없는 것과 변해선 안 되는 것. 그리고 변하지 않았으면 하는 것들을 눈감은 채 바라보았던 건 아닐까 자각하게 된 거지요. 거대한 시스템의 작은 칩이 되어가던 클론이 진정한 삶을 누릴 수 있도록 자발적으로 저항운동에 참여하는 인간들이 많아지다 보면 거창하지 않은 의지들이 희망으로 뻗어나가게 될 거라 믿어요.

원 안에서 원 밖으로. 조금씩 멀리.

여전히 세상은 인간답게 사는 법을 잊은 것처럼 돌아가지만 부서지지 않는 것이 없으니 언젠가는 이 사회도, 시스템도, 끝 모를 부조리함도 허물어지겠지요. 서서히 변하고 있기에 지금은 전혀 알아차릴 수 없을 만한 변화라도요.

물론 지금은 결과로 가는 도중이기에 결말이 어떻게 될지는 아무도 몰라요. 그렇기에 생체칩을 제거하고 자치지구를 확대하려는 지금의 상황을 희망이라고 단정 지을 수는 없어요. 어쩌면 이 선택이 또 다른 지옥을 만나는 상황을 만들지도 모를 테죠. 그렇지만 모든 것이 수포로 돌아가는 날이 오더라도 우리는 먼 훗날을 위해 한 번 더 희망을 믿기로 다짐할 수밖에 없잖아요. 그러니 어떻게든 나아가 볼 수밖에요.

잠깐 손이 아파서 쉬었다가 쓸게요. 연필을 쥐는 건 생각보다 힘들군요. 글씨가 자꾸 삐뚤빼뚤해지네요. 지금 연필을 내려놓고 잠시 숨을 고르고 있자니 창밖에서 나의 아이들이 뛰어노는 소리가 들려와요. 아이들이 뛰어 들어오기 전에 편지를 얼른 마무리해야겠어요.

자, 이제 시욱이 진짜 듣고 싶어 할 이야기를 해줄게요. 제가 죄책감을 떨쳐냈는가에 대해서요. 이 이야기를 하기 전에 예전에 돛배와 있었던 일을 말해주고 싶어요. 우리를 테러리스트로부터 인계한, 돛단배 문신을 울대뼈에 새긴 남자를 기억하시죠? 사람들은 그를 돛배라고 불렀죠.

시욱과 모래벌판에서 헤어진 후 돛배가 도와주지 않았다면 저는 지하 벙커에 영영 묶여 있었을지도 몰라요. 제게는 고마운 사람이지만 정작 돛배는 지하 벙커를 폭파해 장기밀매 조직원들을 죽음에 이르게 한 일로 죄책감에 시달렸어요.

죄책감은 모래처럼 쌓이다가 마지막에는 돛배를 뒤덮어버렸지요. 돛배가 캠프를 떠나기로 했다고 말했을 때, 저는 아무 말 없이 깨진 도자기 조각들을 테이블에 올려두었어요. 어리둥절해하는 돛배에게 깨진 조각들을 같이 붙이자고 제안했어요. 캠프에서도 아이들은 조심성이 없어 컵이나 거울 심지어 창문을 무시로 와장창 부수곤 해서 조각들은 넘쳐났죠.

돛배와 저는 말없이 깨진 도자기 조각들을 붙여갔어요. 돛배는 손재주가 좋아 능숙하게 척척 붙여나갔고 금세 울퉁불퉁한 화병을 완성했어요. 그 화병은 돛배에게 선물로 주었어요. 돛배는 화병을 오래도록 바라봤어요. 아마도 깨진 조각을 손에 쥔 채 부서진 세상을 바라만 볼 것인지, 아니면 깨진 마음들을 이어 붙이는 노력을 하며 공들인 삶을 살 것인지 생각했겠지요. 잠시 뒤에 돛배가 계속 넘어질 것 같았던 몸의 균형을 찬찬히 바로잡았어요. 그러곤 화병을 품에 안았어요. 돛배는 바닷가 집에 화병을 두고 행복하게 살고 있어요. 그리고 저는 지금에서야 저의 화병을 완성한 것 같아요.

권혜 총사령관 살인 건이 정당방위로 무죄 판결이 나도록 시욱이 애써준 걸 알아요. 애썼음에도 불구하고 클론 고유의 특성인 인간을 공격하지 않는다는 전제를 깨버려 칩리스 자치지구 외 다른 곳은 갈 수 없다는 선고가 내려졌을 때 저보다 더 안타까워했다는 것도요. 시욱의 도움으로 칩리스 자치지구를 빠져나와 몸을 숨길 때 죄책감을 떨쳐내라고, 그 시간을 같이 견뎌내주겠다고 시욱이 말했지요. 세상의 진리를 깨닫는답시고 제가 칩리스 자치지구에 대한 책임을 회피하는 동안에도 시욱은 묵묵히 제 대답을 기다려주고 있었어요.

제 대답은 죄책감을 안고 살아갈 수밖에 없다는 걸 깨달았다는 거예요. 그건 어쩔 수 없는 일인 것 같아요. 제가 완성한 화병은 이음새마다 후회와 죄책감을 덧붙여 만든 것이니까요.

그래도 그 화병은 물이 새는 법 없이 온전해요. 온전하게 행복도, 기쁨도 화병에 넣어두고 죄책감마저 공들여 담아내고 있어요. 이것이 속죄인지 모르겠으나 저의 삶에 일부이긴 하답니다.

시욱, 제가 편지를 쓰는 이유를 모두 전한 것 같아요. 저는 시욱이 헤어질 때 빌어준, 행복해지라는 말이 무엇일지를 오래도록 생각했어요. 그리고 그 생각을 따라 지금 여기까지 온 것 같아요. 고단하지만 충실하고, 무엇보다 자유로운 삶의 중간 지점으로요. 세상의 시초이자 희망의 기원이 되는 곳. 마음이 행복과 무척 가까운 곳으로요.

"오안! 오안!"

나의 아이가 제게 달려오고 있어요.

"어? 오안의 신발 끈이 풀렸네."

뺨이 상기된 나의 아이가 제 앞에 쪼그리고 앉아 운동화 끈을 야무지게 묶어주었어요. 그러곤 내처 자기 운동화 끈도 새로 단단히 묶어요. 우리는 모래벌판에 꽃을 심을 거예요. 잎을 피우기 전에 꽃이 시들지도 모르고 새싹조차 피워내지 못할 수도 있지만 분명 살아남아 뿌리를 내리는 꽃들도 있을 테니까요. 나의 아이가 따뜻하고 작은 손으로 제 손을 잡았어요.

"이제 가요."

노랗고 밝은 보름달이 하늘에 뜨려면 아직 시간이 남았어요. 새들이 달을 향해 힘차게 날갯짓하려면 비바람을 기다리는 법도 배워야만 해요. 아주 평화롭고 아름다운 풍경이 펼쳐지기를 바라면서 우리는 밖으로 나갈 거예요.

그러니 안녕, 시욱. 저는 행복을 전하러 이제 가야만 해요. 다음에는 더 아름다운 세상에 관해 이야기해줄게요. 시욱도 화병에 물이 샐까 걱정하기보다 더 자주 웃고, 더 많이 사랑하고, 더 깊이 삶 속으로 파고들길 바랄게요.

나의 그리운 친구에게도 부디 행복이 찾아오기를 바라며.

부디 안녕히.

지옥에서라도 다시 만나고 싶은 당신의 친구로부터

2007년에 생체칩을 이식하며 벌어지는 살인 사건을 다룬
《바코드 인간》이라는 소설을 썼다. 한동안 나는 생체칩이라
는 소재에 꽂혀 있었다. 이후 생체칩을 기본으로 하되 틀과
내용이 조금씩 변형된 습작을 여섯 편 더 썼다. 일곱 번째 작
품인 《칩리스》가 2022년 대한민국 콘텐츠대상 수상작으로
선정되며 마침내 작품이 세상에 나올 기회를 얻게 되었다.

헤아려보니 15년이나 걸렸다. 15년 동안 다양한 변주로
일곱 번 뻗어 나가봤으니 출간이 수월할 줄 알았는데, 아니
었다. 이 작품은 마지막까지 더 확장될 운명을 가졌던 모양
이다.

출간이 결정된 후, 수정 과정에서 주요 사건 소재였던 '생
체칩'을 배경 정도로만 삼게 되었다. 대신 '클론'이라는 새로
운 소재를 전면에 세우고 자연스러운 흐름을 위해 주인공들
어린 시절부터 전개하는 걸 선택했다. 더 좋은 작품이 되었

으면 해서 '전면 수정'이라는 욕심을 부린 것이다. 거의 모든 부분을 다시 썼고 완전히 새로운 이야기가 나왔다. 욕심부린 덕에 다시 2년이 흘렀다.

처음 이 작품을 쓴 뒤 여덟 번째 버전으로 완성한 《칩리스》가 비로소 출간된다. 17년 만이다. 17년이라고 소리 내어 말해보면, 가슴이 울컥하며 눈물이 날 것 같다. 그간 나에게는 어떤 일이 있었나. 그간 《칩리스》는 어디를 헤매고 다닌 걸까. 그런 생각이 머리를 삼킨다. 그래서인지 이 작품은 내게 시간인 것 같고, 기회인 것 같고, 배움인 것 같다.

'칩리스chipless'라는 말은 '홈리스homeless'에서 착안해 만들었다. 내용이 수정될 때도 제목이 바뀌지 않도록 칩리스에 의미 부여하는 작업을 계속했다. 다행히 김명래 편집자님도 마음에 들어 하셔서 제목이 그대로 쓰일 수 있었다. 여러 아이디어를 주시고 작품을 잘 이끌어주셔서 감사하다.

부모님과 동생에게도 감사하고 싶다. 17년은 내게도 힘든 시간이었지만 책이 나오길 옆에서 기다리는 처지에서도 그러했을 것이다. 그러니 나 혼자만 견딘 시간은 아니다. 가장 가까운 사람들의 지지가 없었다면 중간에 포기했을지도 모른다. 작품이 나오기까지 신중하면서도 애정 어린 조언을 해준 상현, 영재, 혜원, 혜민에게도 정다운 인사를 전한다.

이 책이 내게 소중하듯, 독자분들에게도 소중한 무언가를 일깨우는 책이 되었으면 좋겠다. 세상을 살아가는 마음가짐에 대해서 생각해볼 기회가 된다면 더욱 좋을 것 같다.

모래벌판에도 꽃은 필 수 있다. 지금 어렵더라도 행복과 가장 가까워지는 지점에 다다르시길 기원한다.

2024년 가을, 김선미

칩리스

초판 1쇄 인쇄 2024년 10월 17일
초판 1쇄 발행 2024년 10월 30일

지은이   김선미

총괄   김명래
책임편집   김명래
디자인   디자인소요
책임마케팅   김서연 김예진 김소희 김찬빈 박상은 이서윤
    최혜연 노진현 최지현 최정연 조형한 김가현 황정아

마케팅   최혜령, 유인철
경영지원   백선희, 권영환, 이기경
제작   제이오
교정.교열   손현미

펴낸이   서현동
펴낸곳   ㈜오팬하우스
출판등록   2024년 5월 16일 제2024-000141호
주소   서울특별시 강남구 테헤란로 419, 11층 (삼성동, 강남파이낸스플라자)
이메일   info@ofh.co.kr

ⓒ김선미 2024
ISBN 979-11-94293-28-6 (03810)

한끼는 ㈜오팬하우스의 출판브랜드입니다.